LE RESPONSABLE DES RESSOURCES HUMAINES

AVRAHAM B. YEHOSHUA

Le Responsable
des ressources humaines

Passion en trois actes

ROMAN TRADUIT DE L'HÉBREU PAR SYLVIE COHEN

CALMANN-LÉVY

Titre original :

SHLICHUTO SHEL HAMEMUNEH AL MESHAVE ENOSH
Hakibbuz Hameuchad, Tel-Aviv, 2004 in the imprint
« Ha-sifria ha-chadasha »

Ouvrage traduit avec le concours
du Centre national du livre

*Sylvie Cohen tient à remercier Edna Degon
pour son aide précieuse.*

À la mémoire de notre amie Dafna,
victime de l'attentat du mont Scopus, en l'été 2002.

I

LE RESPONSABLE

1

Bien que n'ayant pas cherché cette mission, le responsable des ressources humaines en saisit toute la signification dans la douce clarté de l'aube. Et quand on lui eut traduit la surprenante prière de la vieille femme, debout dans sa robe monacale près du feu mourant, il fut transporté d'enthousiasme. La Jérusalem torturée et morne qu'il avait quittée une semaine auparavant lui apparut soudain dans la splendeur de son enfance.

Toujours est-il qu'il aurait été possible d'en finir avec cette extraordinaire mission, résultant d'une simple bavure bureaucratique – d'autant que le rédacteur en chef de l'hebdomadaire avait pris la peine de les prévenir –, par une explication plausible, accompagnée d'éventuelles excuses. Mais le patron de l'usine, un vieillard autoritaire de quatre-vingt-sept ans, s'était tellement inquiété de sa réputation que, loin de se contenter de cette dérobade qui aurait pu enterrer l'affaire, il avait exigé de lui-même comme de ses subordonnés de sincères regrets et un véritable repentir ; d'où ce périple vers de lointains horizons.

Mais pourquoi le vieil homme s'était-il mis dans tous ses états ? D'où venait cet élan quasi mystique ? Était-ce parce que l'époque troublée que vivait le pays, et Jérusalem en particulier, n'avait en rien diminué ses bénéfices, bien au contraire ? Ou que, devant les difficultés, voire la faillite des autres entreprises, sa réussite l'obligeait à se défier davantage encore de la grogne générale qui, pour comble d'ironie, serait imprimée sur le papier que lui-même fournissait au journal ? Or le journaliste, un éternel étudiant en lettres et un moralisateur fanatique à qui le provincialisme de Jérusalem laissait la bride sur le cou, était loin de soupçonner, au départ, l'origine du papier sur lequel serait publié son article au vitriol. Aurait-il été plus mesuré s'il l'avait su ? Après avoir lu l'article à paraître et étudié la photocopie de la feuille de paie déchirée et maculée de sang trouvée dans le cabas de la victime, le rédacteur en chef, qui était également le propriétaire du journal, avait estimé qu'il lui fallait aviser le patron de l'usine et lui offrir un droit de réponse, voire la possibilité de s'excuser, afin de ne pas prendre un ami au dépourvu, surtout une veille de sabbat, avec une histoire qui aurait risqué d'empoisonner leurs relations.

L'incident n'avait pourtant rien d'insolite. Mais en ces jours sombres où il était fréquent de voir des passants se faire déchiqueter dans la rue, une sensibilité éthique se manifestait là où l'on s'y attendait le moins. Et c'est ainsi que, à la fin de sa journée de travail, le responsable ne put se dérober à la convocation du patron transmise par sa fidèle assistante. Le matin même, il avait promis à son ex-épouse de rentrer tôt pour consacrer sa soirée à leur fille unique, qu'il devait garder jusqu'au lendemain. Consciente du désarroi de son chef, la secrétaire pressa l'employé récalcitrant de trouver une solution concernant ses obligations familiales.

Le DRH et le patron entretenaient généralement de bons rapports, qui remontaient au temps où le responsable des ressources humaines représentait le nouveau secteur d'activité de l'entreprise – papier et fournitures de bureau –, pour lequel il prospectait des marchés juteux dans le tiers-monde. C'est pourquoi, lorsque le mariage du DRH avait commencé à battre de l'aile – ses nombreux déplacements n'y étaient sans doute pas étrangers –, le vieux n'avait pas accepté de gaieté de cœur de le relever de ses fonctions pour le nommer provisoirement DRH de l'usine, afin qu'il puisse rentrer chez lui chaque soir et tenter de réparer les dégâts. Mais le ressentiment accumulé pendant ses absences s'était mué en poison : sur les plans psychologique, intellectuel et enfin sexuel, la cassure entre son épouse et lui était devenue irrémédiable. Après son divorce, et malgré l'envie qu'il en avait, il n'avait pas repris ses anciennes fonctions pour s'efforcer de regagner la confiance de sa fille unique.

Dès le seuil du bureau du directeur, vaste pièce où régnait une pénombre feutrée en toute saison, on lui jeta à la tête sur un ton dramatique un résumé du récit qui allait paraître dans le numéro du vendredi suivant.

« Une de *nos* salariées ? (Le DRH refusait d'y croire.) C'est impossible. Je l'aurais su. C'est une erreur. »

Sans répondre, le patron se contenta de lui tendre les épreuves de l'article, un bref libelle intitulé : « Le manque d'humanité choquant de nos fabricants et fournisseurs de pain », que l'employé parcourut rapidement en négligeant de s'asseoir.

Une femme d'une quarantaine d'années, sans papiers d'identité, hormis un bulletin de salaire du mois précédent émanant de l'usine, taché, déchiré et ne mentionnant pas de nom, avait été grièvement blessée dans l'attentat du marché de la semaine passée, et elle avait lutté contre la mort pendant deux jours sans qu'aucun de ses collègues de travail ou de ses supérieurs hiérarchiques s'inquiète à son sujet. Après sa mort, on l'avait transportée à la morgue de l'hôpital, victime anonyme dont le sort laissait indifférente la direction de l'usine qui ne se préoccuperait pas davantage de ses funérailles. Suivait une brève description de l'entreprise – la célèbre boulangerie industrielle fondée par le grand-père de l'actuel propriétaire au début du siècle dernier, sans oublier le nouveau secteur de papier et articles de bureau – illustrée avec les photos des deux responsables incriminés : un portrait du patron remontant à plusieurs années et un cliché récent, flou, du responsable des ressources humaines pris à son insu, accompagné d'une légende malveillante insinuant qu'il avait obtenu ce poste grâce à son divorce.

« Quelle langue de vipère ! maugréa l'employé. C'est fou le venin qu'on peut répandre dans un article aussi court… »

Mais le vieil homme exigeait de l'action, pas de la mauvaise humeur. Puisque c'était l'usage de nos jours, on ne pouvait rien y faire, et c'était l'accusation qu'il fallait réfuter. Du moment que le rédacteur en chef était bien disposé à leur égard et acceptait d'insérer un droit de réponse, ou des excuses, afin d'atténuer la désapprobation susceptible de marquer les esprits si l'on attendait l'édition suivante, il fallait se mettre immédiatement à l'œuvre pour identifier la victime et apprendre les raisons pour lesquelles personne n'avait remarqué son absence. Et même, pourquoi pas, tâcher de rencontrer la « vipère » en personne pour découvrir si ce journaliste détenait d'autres informations. Il avait peut-être plus d'un tour dans son sac, allez savoir.

En d'autres termes, il devait se consacrer entièrement à ce dossier, toutes affaires cessantes, car outre les congés, les maladies, les naissances ou les départs à la retraite, la gestion du personnel incluait aussi la mort. Et se laisser accuser de manque d'humanité ou

d'indifférence motivée par l'avarice, sans aucune explication ni excuse, entraînerait peut-être une réaction qui
pourrait se répercuter sur les ventes. La réputation
de la boulangerie n'était plus à faire et le nom de la
famille apparaissait sur tous les produits qu'elle fabriquait. Inutile donc de faire le jeu d'éventuels concur-
rents vindicatifs…

« Vindicatifs ? ricana le DRH. Vous exagérez. Qui se
soucie d'une histoire pareille, surtout ces jours-ci… ?

– Eh bien *moi*, je m'en soucie, rétorqua le patron,
furieux, et justement ces jours-ci… »

Le DRH baissa la tête et replia l'article qu'il esca-
mota prestement dans sa poche, comme pour rompre
le contact avant que le vieux ne se déchaîne et n'en
vienne à lui reprocher cette légère bévue, et l'attentat par-dessus le marché. « Ne vous en faites pas, le
tranquillisa-t-il, je m'en occupe. Demain matin à la première heure. »

L'élégant vieillard se redressa de toute sa hauteur,
très pâle, avec sa mèche patriarcale flottant dans le
demi-jour telle une colombe princière. Terrifié à l'idée
de voir sa réputation compromise, il s'appuya lourde-
ment sur l'épaule de son subordonné. « Il n'y a pas de
demain matin qui tienne, scanda-t-il. C'est maintenant.
Ce soir. Cette nuit. On n'a pas le temps. Il faut que cette
affaire soit tirée au clair demain à l'aube pour qu'on
fasse parvenir la réponse au journal dans la matinée.

– Ce soir ? Cette nuit ? » se rebiffa le DRH. Non, pardon, il était tard. Il devait rentrer chez lui. Sa femme,
enfin son ex-femme, s'absentait et il lui avait promis
d'aller chercher leur fille pour lui éviter les dangers des
transports en commun. Mais pourquoi tant de hâte ?
Cette maudite feuille de chou paraissait le vendredi et
on n'était que mardi. On avait le temps.

Mais, obsédé qu'il était par son humanité, le vieux n'en démordait pas. Non. On n'avait pas le temps. Au journal, ils « bouclaient » le lendemain soir et si la réaction tardait à venir, elle ne paraîtrait pas dans ce numéro, mais dans le suivant, et on serait privé de réponse pendant sept jours. Alors, si le DRH refusait de s'y mettre sur-le-champ, il n'avait qu'à le dire et on trouverait quelqu'un d'autre, pour son poste aussi d'ailleurs.

« Mais… attendez… excusez-moi…, balbutia le DRH, abasourdi par la menace qui lui tombait dessus sans crier gare. Et ma fille ? Qui me remplacera auprès d'elle ? Et sa mère ? ajouta-t-il amèrement, vous la connaissez, elle va me tuer…

– C'est *elle* qui va vous remplacer, trancha le patron en désignant son assistante, qui rougit en apprenant le rôle qu'on lui confiait sans lui demander son avis.

– Me remplacer ? Mais comment ?

– Absolument. Elle va conduire votre fille à votre place, là où elle voudra, et elle s'en occupera comme si c'était la sienne. À partir de maintenant, tout le monde est mobilisé pour prouver que nous n'avons pas moins d'humanité que cette vipère et que cette affaire nous tient à cœur. Avons-nous une autre solution, mon vieux ? Réfléchissez et vous verrez que non. »

2

« Oui, ma chérie, oui, ma petite fille, je comprends. Je sais que tu n'as pas besoin de moi, mais je t'en supplie, pour notre tranquillité d'esprit à ta mère et à moi, il faut que cette dame t'accompagne à ton cours de danse et qu'elle vienne te chercher. Il n'y a pas d'autre solution. Il n'y a pas d'autre solution, répéta-t-il, imitant le ton implorant du patron dans l'espoir d'amadouer au téléphone sa fille frustrée qui n'attendait pas un chauffeur, mais son papa.

« C'est vrai. Je le reconnais. Je te l'avais promis juré. Mais il s'est passé quelque chose de terrible. Il faut que tu sois raisonnable. Une de nos employées a été victime d'un attentat et je dois m'en occuper tout de suite. Tu ne veux pas qu'on me licencie, hein ? Il n'y a pas d'autre solution. » Et il rembarra son ex-épouse, qui, informée par sa fille, s'était empressée de le rappeler pour lui reprocher cette nouvelle défection.

« Il n'y a pas d'autre solution », cette formule, martelée par le patron, il la fit sienne, telle une parole d'encouragement, une sorte de mantra. Par la suite, au cours de cette longue nuit mouvementée où il n'hésita pas à interroger les morts, comme les jours qui suivirent et durant le voyage dans le pays lointain, plat et glacial où se rendit le cortège funèbre – de même que dans les moments de doute et de désarroi –, il la brandit devant ses compagnons, tel un étendard à l'heure de l'assaut, un phare guidant le voyageur, la nuit. « Il n'y a pas d'autre solution. » Il fallait aller jusqu'au bout, quitte à rebrousser chemin ensuite.

Et il usa du même argument au téléphone, avec sa propre secrétaire, qui avait décidé de rentrer chez elle plus tôt et qui eut beau le supplier en alléguant qu'elle avait renvoyé la nounou et n'avait personne pour garder son bébé. L'inquiétude du patron l'incitait à être ferme, voire menaçant. « Venez avec votre fils, il n'y a pas d'autre solution, je m'en occuperai, l'essentiel est de découvrir au plus vite à qui appartenait ce bout de papier et vous êtes la seule à pouvoir le faire. »

Des pluies torrentielles et des vents déchaînés s'abattent alors sur le monde, véritable bénédiction du ciel en ce rude hiver, pénible et réconfortant à la fois, que nous connaissons cette année-là. Un hiver qui, nous l'espérons, apaisera la folie suicidaire de nos ennemis bien mieux que n'importe quel garde ou policier. Le pays verdoie et la terre se couvre de fleurs et de végétation au parfum oublié. Mais nous n'allons pas nous plaindre de cette eau prodigieuse qui ruisselle sur les trottoirs et les chaussées et gêne la circulation ; nous savons que tout n'ira pas se perdre dans le gouffre et qu'une partie s'infiltrera dans des réservoirs cachés, une aubaine en prévision de la canicule.

Lorsque sa secrétaire arriva, aux premières lueurs du crépuscule, emmitouflée jusqu'aux oreilles et dégoulinante, le DRH crut d'abord qu'elle avait réussi à caser son enfant. Mais après qu'elle eut plié son parapluie, ôté sa cape jaune et se fut dépouillée de son grand manteau de fourrure, il vit apparaître un harnais renfermant un beau bébé aux joues rouges, une tétine dans la bouche, qui le dévisagea avec une curiosité tranquille. « C'est comme ça que vous le transportez ? s'étonna le DRH. Il aurait pu s'étouffer.

– Ne vous en faites pas ! » lança la secrétaire d'un ton péremptoire dont elle n'était pas coutumière. Elle posa le bébé sur la moquette et lui donna une autre tétine. Le petit regarda autour de lui comme s'il était en quête d'un but intéressant, il cracha sa sucette, se mit à quatre pattes et, sa tétine à la main, il commença à ramper avec une rapidité stupéfiante. « Allez, suivez-le, vous m'avez promis de le surveiller », proféra la secrétaire sur le même ton. La mine maussade, elle s'empara de l'article qu'elle lut très lentement avant d'étudier, en la retournant dans tous les sens, la copie de la fiche de paie déchirée, retrouvée sur l'ouvrière morte. « L'attentat a eu lieu quand ? » demanda-t-elle au DRH qui emboîtait pensivement le pas au bébé. En apprenant la date, elle suggéra que la défunte avait dû quitter son travail au moins un mois avant l'attentat. De sorte qu'il était vraisemblable qu'à sa mort, même si, pour une raison obscure, elle avait continué à percevoir un salaire, elle ne faisait en réalité plus partie de l'entreprise et que cet article venimeux se fourvoyait complètement.

« Qu'elle en fasse partie ou non, qu'il se fourvoie ou pas, il faut que nous sachions qui était cette employée et comment il se fait que personne n'ait constaté son absence, déclara le DRH qui, sans quitter des yeux le bébé parvenu à la porte, se demandait s'il allait l'arrêter ou le laisser aller dans le couloir. Qu'elle ait été licenciée ou qu'elle soit partie de son plein gré, comment expliquez-vous qu'elle ait continué à émarger ? Cela aurait dû être consigné quelque part. Alors au travail, s'il vous plaît, il n'y a pas de temps à perdre », conclut-il en talonnant le marmot qui, surpris par l'obscurité du corridor, se ressaisit aussitôt et se remit à crapahuter avec un regain d'énergie en direction du bureau du patron.

Et après on s'étonne qu'à vingt ans l'Himalaya ne leur suffise pas, songea le DRH en se traînant derrière la petite créature rampante qui, de temps à autre, se mettait sans crier gare sur son séant pour s'octroyer un court instant de réflexion avant de reprendre sa route sans jamais dévier de son chemin. Brusquement, ce solide quadragénaire de taille moyenne, aux tempes grisonnantes, à la coupe stricte, sombra dans un profond abattement, mêlé d'une sourde rancœur envers cette inconnue qui s'était rendue au marché sans papiers, juste pour l'embêter et pour l'obliger à découvrir son identité, alors qu'il était assoiffé, affamé et fatigué après une longue journée de labeur.

Parvenu au fond du couloir, le bébé fit halte devant la porte du patron qui, à cette heure, devait dîner tranquillement chez lui, persuadé que le DRH se mettait en quatre pour préserver sa réputation. L'élégante porte capitonnée, destinée à celer les secrets professionnels qui se tramaient derrière les battants garnis de cuir noir, excitait au plus haut point le petit ; il se mit à y tambouriner joyeusement avec sa tétine, qui avait par miracle survécu à cette longue reptation. C'est alors que retentit à l'autre bout du couloir le cri d'allégresse de la secrétaire qui venait d'identifier la propriétaire du bulletin de salaire. Mon service n'est pas si mal organisé, après tout, se félicita le DRH. Il se baissa, arracha l'enfant à la porte magique et, afin de prévenir toute protestation, il le souleva, tel un avion captif, pour le ramener à sa mère qui avait fait surgir sur l'écran de l'ordinateur, outre la fiche de renseignements, une photo d'identité – le portrait souriant d'une femme mûre aux cheveux blonds.

« Je suis pratiquement sûre que c'est celle que vous cherchez, déclara la secrétaire en montrant la photo. Je vais l'imprimer pour que vous l'ayez à portée de la main. Et maintenant que je connais la date d'embauche, je peux même vous retrouver le texte de l'entretien que vous lui avez accordé.

– C'est moi qui l'ai engagée ? s'étonna le DRH sans songer à lui remettre le bébé qui, de sa menotte, lui malaxait l'oreille.

– Et qui voulez-vous que ce soit ? À votre arrivée, en juillet dernier, vous avez déclaré que vous vous chargeriez vous-même du recrutement et du licenciement du personnel.

– Mais pour quelle fonction ? questionna le DRH, ennuyé d'apprendre qu'il était personnellement impliqué dans cette affaire. Dans quel secteur ? Quel département ? Qui est son supérieur hiérarchique ? Que dit l'ordinateur ? »

Là, les réponses de la machine étaient moins claires. D'après le code, elle était répertoriée dans l'équipe de nettoyage mobile.

« Pas étonnant alors que sa mort soit passé inaperçue… », commenta sombrement le DRH.

Mais la secrétaire, qui travaillait là depuis de nombreuses années – elle avait pris de brillantes initiatives, nommer le personnel « ressources humaines », par exemple, ou encore scanner la photo des employés –, réfuta la théorie de son supérieur, lequel avait besoin de ses conseils avisés, de temps à autre.

« Absolument pas. L'absence d'un employé ne peut pas passer inaperçue. Tout le monde, jusqu'au dernier des porteurs ou des agents de nettoyage, a au-dessus de lui quelqu'un qui supervise sa présence et son affectation. »

Une frénésie bureaucratique, voire éthique, s'était emparée de la jeune femme qui ne semblait plus penser à son foyer, qu'elle rechignait tout à l'heure à abandonner. Oubliés ses deux aînés qui attendaient leur dîner, oubliée la tourmente qui ébranlait les vitres. À croire que l'humanité bafouée du patron s'était insinuée par-dessous la porte close et l'avait contaminée à son tour. Stimulée par cette nouvelle tâche, avec la même efficacité dont elle avait fait preuve pour retrouver l'identité de l'employée dans les fichiers de son ordinateur, elle sortit d'un classeur l'entretien que le DRH avait accordé à la défunte, l'été précédent, ainsi que l'avis médical succinct qui était joint. Elle perfora le rapport et la fiche de renseignements, sans oublier l'article avec les deux photos, et inséra le tout dans un dossier jaune qu'elle remit au DRH – mince ou pas, le document constituait un point de départ.

Elle reprit le bébé qui s'était soudain mis à brailler dans les bras du DRH et pria ce dernier d'aller consulter le dossier dans son bureau, ou au moins de tourner la tête, le temps qu'elle nourrisse le petit pour qu'il leur fiche la paix et les laisse découvrir « celle qui les avait mis dans ce pétrin ». Elle n'avait pas fini de parler qu'elle déboutonnait son chemisier pour donner le sein.

3

Parfait, maintenant, je tiens le bon bout, se réjouit le DRH en entrant dans son bureau où il débarrassa sa table avant de se plonger dans le dossier. Il voulut détourner son regard de la petite photo imprimée, mais le visage avenant de cette femme de quarante-huit ans l'attirait irrésistiblement, avec ses yeux clairs et la ligne exotique, mi-nordique, mi-asiatique, qui obliquait des paupières au nez. Elle avait un long cou flexible, adorable. Durant une fraction de seconde, il oublia qu'elle avait disparu, qu'elle était peut-être en mille morceaux et que l'indifférence administrative pour son sort constituait la seule preuve tangible de son existence.

Il faillit téléphoner au patron pour se vanter du succès de son entreprise, mais quelque chose le retint. Puisque son inquiétude pour l'humanité n'empêchait pas le vieux de piétiner allégrement la vie domestique de trois de ses employés, il pouvait continuer à mariner dans son jus. Pourquoi l'entretenir dans l'illusion qu'il n'avait qu'à claquer des doigts pour que ses ordres soient exécutés, et dans la bonne humeur qui plus est ?

Il étudia la fiche d'embauche qui accompagnait le CV et frissonna en constatant qu'elle n'était pas de la main de la morte, comme le voulait l'usage, mais de la sienne, mot à mot, un peu comme une déposition au commissariat.

> *Mon nom est Ragaïev. Julia Ragaïev. Ingénieure en mécanique. J'ai un diplôme. Je ne suis pas née dans une ville. Je viens d'un petit village. Au bout du monde. Très loin. Ma mère habite là également. Et j'ai un enfant, il est déjà grand, il a treize ans, son père est ingénieur lui aussi. Mais je ne vis plus avec lui. C'est un homme très gentil, mais nous sommes séparés. Je l'ai quitté pour un autre homme, très gentil aussi. Plus âgé. Mais pas beaucoup. Il a soixante ans. Sa femme est morte depuis longtemps, et il est venu travailler dans notre ville, à l'usine, c'est là que nous nous sommes connus. J'avais très envie de venir ici, à Jérusalem, et il était d'accord. Et c'est comme ça que nous sommes arrivés ici, lui, mon fils et moi. Mais il n'a pas trouvé de travail qui convienne à un ingénieur de son niveau. Et il n'a pas voulu rester à n'importe quel prix. Il n'acceptait pas de balayer les rues, d'être gardien ou quelque chose du même genre. Alors il est reparti, pas dans ma ville, mais dans la sienne, où il a sa fille et sa petite-fille. Mais pas moi. Parce que je voulais essayer encore à Jérusalem, peut-être que je vais y arriver. Parce que je me sens bien à Jérusalem, j'aime cette ville et je la trouve intéressante, et si je retourne chez moi, je ne reviendrai plus jamais. Au début, mon fils était avec moi, mais son père a dit qu'ici c'était très dangereux et il a voulu qu'il reparte. Alors j'ai dit, bon, d'accord, qu'il rentre, mais moi, en atten-*

dant, je vais essayer encore un peu à Jérusalem, pour voir. Je suis prête à faire n'importe quoi, même si j'ai un diplôme d'ingénieur. Ça n'a pas d'importance. Et peut-être que mon fils reviendra. Voilà où j'en suis aujourd'hui. Ma mère a très envie de venir à Jérusalem elle aussi. Bon, on verra… peut-être qu'elle me rejoindra…

Venait ensuite une déclaration rédigée par le DRH lui-même :

Je soussignée, Julia Ragaïev, n° de carte de séjour 836 205, m'engage à effectuer n'importe quelle tâche dans l'usine, y compris dans l'équipe de nuit.

Au-dessous figurait la signature de la défunte en lettres énormes.

Il avait ajouté son avis :

La candidate est résidente temporaire, elle paraît en bonne santé, elle n'a pas de famille et m'a fait bonne impression. Elle semble très motivée. Affectée provisoirement au service entretien, mais, en raison de sa formation technologique, elle pourrait, si elle fait ses preuves, intégrer par la suite une chaîne de fabrication dans la boulangerie ou le secteur papeterie.

Pour finir, une remarque laconique émanant du médecin du travail :

Aucun problème de santé particulier. Apte à n'importe quelle fonction.

La secrétaire, dans l'autre pièce, ne chômait pas. Tout en allaitant, elle téléphona une série de recommandations à ses enfants, puis à son mari et enfin à sa mère. Et sans consulter le DRH, elle mena sa petite enquête personnelle, décrocha le téléphone intérieur et, sur un ton ferme et enjoué, elle questionna le chef de l'équipe de jour de la boulangerie pour savoir s'il avait eu vent de l'absence prolongée d'une des agentes de nettoyage, une certaine Julia Ragaïev, bien qu'aucun rapport en ce sens n'eût été transmis à la DRH. Elle se garda bien d'évoquer le sort de la femme et demanda s'il y avait eu récemment des licenciements ou des démissions, et si tel était cas, pour quelle raison la DRH n'en avait pas été informée selon la procédure habituelle afin d'entériner la situation.

Assis dans son bureau dont la porte était entrouverte, le responsable ne perdait pas un mot de la conversation, dont il ignorait si elle se déroulait pendant l'allaitement. Il souleva le combiné de son téléphone pour écouter la réponse embarrassée du contremaître qui, ayant vaguement remis l'employée, dont il avait d'ailleurs constaté l'absence, suggérait de contacter son supérieur hiérarchique direct, à savoir le chef de l'équipe de nuit qui était déjà arrivé pour prendre la relève. Visiblement choqué par l'agressivité de la secrétaire, il conclut en suggérant que le DRH aille lui-même parler à son collègue.

La secrétaire, en femme avisée qu'elle était, ne parut guère se formaliser du mépris qu'on lui manifestait et acheva poliment l'entretien sans avoir mis son interlocuteur dans la confidence au sujet de l'employée disparue, comme si sa mort était un atout qu'il ne fallait pas abattre trop vite. Et elle s'empressa d'appeler son chef, qu'en dehors des heures de travail, elle avait l'air de considérer comme son subordonné plutôt que l'inverse.

En entrant dans la pièce, il découvrit que la tétée s'était merveilleusement bien déroulée, avec pour corollaire une couche nauséabonde. Et tandis que le bébé, rassasié, les joues cramoisies, gigotait et rendait grâce en gazouillant, elle se flatta d'avoir eu du nez. « Vous verrez que même si nous n'avons pas été prévenus et que nous avons continué par erreur à lui verser son salaire le mois dernier, elle n'était officiellement plus chez nous au moment de l'attentat. Nous pouvons donc exiger de ce fumier de journaliste et de son trop aimable rédacteur en chef qu'ils nous présentent leurs plus plates excuses et mettent leur "choquant manque d'humanité" à la poubelle, et en profiter aussi pour dire au patron de se calmer. Quel gâchis ! ajouta-t-elle avec un dernier regard au portrait de la défunte, affiché dans un coin de son écran. Elle était belle, conclut-elle avant d'éteindre l'ordinateur.

– Belle ? répéta le DRH, troublé, en ouvrant le dossier pour jeter un nouveau coup d'œil à la photo imprimée. Vous exagérez. Si c'était le cas, je m'en serais souvenu. »

La secrétaire ne répondit pas. Elle se hâta de langer l'enfant, jeta la couche souillée dans la corbeille, boucla le porte-bébé, y fourra son fils, enfila son lourd manteau de fourrure et s'enveloppa dans sa cape jaune bruissante où le petit disparut, à croire qu'il n'avait jamais existé. Elle lança ensuite un regard pénétrant à son supérieur, comme si elle avait du mal à le cerner. « Mais oui, elle n'en démordait pas, elle était jolie, très jolie, même. Et si vous ne l'avez pas remarquée le jour où vous l'avez engagée, c'est parce que vous êtes généralement comme un escargot, recroquevillé sur vous-même, et que le bon et le bien ne vous effleurent jamais.

Mais à quoi bon discuter de quelqu'un qui n'est plus là ? Nous n'avons rien à prouver. Il vaut mieux que je vous accompagne à l'usine pour voir comment l'équipe de nuit a pu virer une employée sans nous demander l'autorisation ni nous mettre au courant. »

Le DRH considéra avec sympathie la jeune femme dont il appréciait le dynamisme volubile et décrocha du portemanteau son blouson trop mince. Il s'apprêtait à éteindre la lumière quand, mourant de soif, il lui demanda si elle avait quelque chose de frais dans son petit réfrigérateur.

« Du frais ? Par ce temps ? » s'étonna-t-elle en ouvrant la porte pour découvrir qu'il ne restait qu'une boîte de lait concentré qu'elle mélangeait à son café.

Faute de mieux, il absorba lentement le liquide glacé en luttant contre la nausée.

4

Dire que tout à l'heure elle le suppliait de ne pas l'obliger à retourner au bureau et qu'à présent, emmaillotée dans plusieurs couches de vêtements, le bébé repu sur son cœur, détendue et patiente comme si elle puisait dans une nouvelle réserve de temps, elle trottinait à ses côtés sur le chemin dallé menant des bureaux à l'immense bâtiment sans fenêtres, hérissé d'étroites cheminées, de la boulangerie. Ce n'était pas une simple ondée qui s'abattait sur l'auvent du joli toit de tuiles abritant l'allée, mais des rafales de plus en plus fortes, comme si, impuissant à vider le ciel, l'hiver se résignait en désespoir de cause à en déverser le contenu sur le sol. Le DRH songea à l'assistante du patron, contrainte de le remplacer auprès de sa fille, avec l'espoir que cette femme d'âge mûr aurait la présence d'esprit de ne pas croire que ce déluge dissuaderait un éventuel kamikaze de mourir en semant la mort après avoir prié pour son âme ; elle devrait patienter devant le studio de danse, n'importe où, afin que sa petite protégée ne s'expose pas aux dangers de la rue. Brusquement, il prit conscience du pouvoir que détenait la défunte, une femme seule, étrangère et anonyme capable de créer cette chaîne de solidarité au sein de l'entreprise et, posant la main sur l'épaule de la secrétaire – geste dont il s'était toujours abstenu –, il haussa la voix pour couvrir le hurlement du vent :

« Vous allez finir par l'étouffer, votre bébé.

– Jamais de la vie, lui répondit-elle sur le même ton en essuyant sa figure ruisselante de pluie. Je le sens respirer. Tenez, en ce moment, il vous dit bonjour. »

Bravant les éléments déchaînés, l'équipe de nuit au grand complet, quatre-vingt-dix hommes et femmes environ, est arrivée au crépuscule. Les ouvriers des silos, les meuniers, les tamiseurs et les pétrisseurs, les préparateurs chargés des levures et des additifs, les mécaniciens qui arpentent les vastes hangars pour inspecter les instruments de contrôle commandant les différentes étapes de la cuisson dans les entrailles des fours – immenses réceptacles métalliques scellés devant lesquels les ouvriers des chaînes de fabrication veillent à ce que les miches dorées ne dévient pas de leur trajectoire. Sans oublier les agents préposés au ramassage et au conditionnement des produits finis de toutes formes : pains entiers ou tranchés, pitas, bagels, petits pains, biscottes, croûtons et chapelure. Vient ensuite la cohorte des porteurs et des chauffeurs qui transportent la marchandise aux quatre coins du pays. Et tous de houspiller les agents de nettoyage vêtus, comme tout le monde, de blouses blanches et de bonnets immaculés pour que des cheveux ne risquent pas de tomber dans la pâte chaude circulant autour d'eux. Armés de seaux et de brosses, ils grattent la pâte brûlée qui adhère aux moules utilisés par l'équipe de jour, en consultant la pendule murale pour vérifier que le temps ne s'est pas arrêté et ne les abandonnera pas au cours de cette longue nuit.

C'est alors que nous les avons vus. Deux employés de l'administration, trempés comme une soupe – un homme robuste et une femme ronde-lette, enveloppée dans une fourrure noire et une cape jaune. Avant même d'entendre ce qu'ils avaient à nous dire, nous les avons retenus à l'entrée de l'usine pour les prier de mettre un bon-net en papier.

Le directeur des ressources humaines s'exécuta de bonne grâce et courut se réchauffer auprès du four, au milieu de la salle. Ses fonctions précédentes l'avaient familiarisé avec la section des fournitures de bureau, située de l'autre côté de la rue ; et même après qu'il eut été nommé à son nouveau poste, il préférait donner rendez-vous dans leur fief aux ouvriers papetiers qui désiraient le voir. Quant aux boulangers venus négocier leur contrat de travail, il les recevait dans son bureau. Les immenses salles et les fours plombés, le long et mystérieux processus de la panification, notamment les caisses de pains et de brioches, l'assommaient, comme si sa mère le renvoyait faire une commission à l'épice-rie poussiéreuse à côté de chez eux.

Mais en ce soir d'orage, il bénit la tiédeur odorante qui l'accueillait à la fin d'une journée harassante ; et la nuit risquait d'être agitée. La pâte ocre, archaïque, qui avançait lentement à hauteur de ses yeux sur les tapis de tri et de levage en direction du feu caché dans les fours, versait un baume sur la colère de son ex-femme et adoucissait le sentiment de culpabilité qu'il éprouvait envers sa fille unique. Non sans fierté, comme si le bébé lui appartenait au même titre que sa secrétaire, il vit la tête chauve et dorée du petit scaphandrier surgir de la fourrure de sa mère pour profiter du spectacle. Et devant tous ces regards médusés qui les dévisageaient en attendant le contremaître qu'on était allé chercher, la secrétaire lui glissa sèchement de garder sa langue, comme si la triste nouvelle qu'ils détenaient était un autre bébé que l'on pouvait camoufler sous un manteau.

Le chef de l'équipe de nuit arriva. C'était un homme basané d'une soixantaine d'années, grand et légèrement de guingois, qui portait le tablier bleu des mécaniciens par-dessus sa blouse blanche et dont le fin visage reflétait une curiosité mêlée d'appréhension. La visite inopinée du DRH à pareille heure ne présageait rien de bon.

Par crainte que le directeur du personnel ne dévoile ses batteries et facilite ainsi la tâche au contremaître dans ses explications (qu'elle n'aurait pu alors réfuter), la secrétaire posa d'emblée une question en apparence anodine : est-ce qu'une femme de service nommée Julia Ragaïev, qui n'avait pas pointé depuis quatre semaines, travaillait toujours ici et si oui, où était-elle ? « Est-il possible de la voir, s'il vous plaît… ? »

Ne pouvant deviner que la mort se déguisait derrière cette question en apparence banale, le contremaître s'empourpra, comme si le nom même de l'employée était un piège, et fit signe aux agents de nettoyage de se remettre au travail. Mais le cercle fantomatique ne se disloqua pas. Le spectacle les fascinait, surtout le bébé dans son harnais.

« Ragaïev ? dit-il en regardant ses mains, comme si l'ouvrière absente pouvait s'y cacher, mais… non… Julia nous a quittés… depuis longtemps… »

La douceur avec laquelle le contremaître prononça le prénom de la défunte toucha la corde sensible du DRH.

Mais, tel un chien hargneux se croyant autorisé à interpréter la volonté de ses maîtres, la secrétaire continua de secouer les puces à l'homme de haute taille penché vers elle, l'air un peu ahuri :

« Comment est-elle partie ? De son plein gré ou bien a-t-elle été licenciée ? Quelle faute a-t-elle commise ? A-t-elle été remplacée ? Il n'est fait mention nulle part d'une réduction des effectifs de l'équipe de nettoyage. Et puis, excusez-moi, mais comment se fait-il qu'avec votre ancienneté et vos compétences, vous ayez pu oublier de nous signaler les faits, sans même demander l'autorisation. Maintenant c'est la pagaille dans la paperasserie, et en plus vous avez causé un grave préjudice à tout le monde.

– Un préjudice ? » ricana l'homme brun.

Quel préjudice, par exemple, pourrait bien causer le départ d'une femme de service, en CDD qui plus est ?

Le DRH, éberlué par l'acharnement de sa secrétaire, attendait de voir quand elle finirait par annoncer la fâcheuse nouvelle. Mais elle n'avait pas l'air pressée. Elle fusilla du regard le contremaître qu'inexplicablement elle considérait comme le principal suspect dans cet imbroglio.

« Par exemple… (elle reprit le mot du chef d'équipe avec des trémolos dans la voix) par exemple… avez-vous pensé aux ennuis que risque de nous attirer un ouvrier licencié qui n'aurait pas restitué son badge ? Sans parler du fait que l'on continue à payer les charges patronales et les cotisations sociales pour un employé qui n'existe plus chez nous… »

Le DRH remarqua que le tablier bleu du contremaître était souillé de taches de graisse.

Prudent, ce dernier temporisait, décidé à obtenir des éclaircissements sur les raisons pour lesquelles ils avaient bravé le mauvais temps, en dehors des heures de travail, afin de se renseigner sur cette employée toutes affaires cessantes. Elle ne se serait jamais hasardée à venir se plaindre…

« Et pourquoi pas ? »

Parce qu'il la savait incapable d'une chose pareille.

« Alors pour quelle raison l'avez-vous licenciée ? »

Qui avait parlé de licenciement ?

« Bon, alors que s'est-il passé ? Pourquoi tournez-vous autour du pot… ? »

Le contremaître redoutait d'être poussé dans ses derniers retranchements en s'entêtant davantage. L'un d'eux avait-il rencontré cette femme ? Oui ou non ?

« Pas encore… (La secrétaire décocha un sourire discret au DRH.) Mais ça pourrait se produire bientôt. »

Elle exagère, songea le directeur du personnel, sans pourtant se départir de son silence. Les ombres dorées de la boulangerie qui se reflétaient sur son bonnet lui donnaient l'air d'une vieille femme.

« D'accord, concéda le contremaître, ça n'a pas d'importance. » En effet, quand ils la verraient, elle leur confirmerait qu'il n'y avait eu ni licenciement ni démission, mais… disons… une séparation. Oui, il comprenait maintenant qu'il aurait dû le notifier, pour information. En effet, ni la direction ni le comité d'entreprise n'avaient le droit de s'opposer au départ d'un CDD à l'essai. Une excellente recrue d'ailleurs, irréprochable, même si elle était sous-employée vu son haut niveau de qualification. La DRH l'avait parachutée dans l'équipe de nettoyage sans réaliser qu'ils avaient affaire à une ingénieure diplômée. Voilà pourquoi il lui avait conseillé de partir pour trouver un travail qui lui conviendrait mieux. Ça lui faisait mal au cœur de voir une femme comme elle se promener la nuit avec un seau et un balai.

Cette simple explication, destinée à contenter la petite délégation, ne fit que décupler l'ardeur investigatrice de la secrétaire, plantée devant le bel homme basané, avec son bonnet d'où s'échappaient des mèches folles, son manteau de fourrure grand ouvert et le bébé qui avait l'air d'un moteur jaillissant de son ventre.

« Si je comprends bien, c'est à cause de votre cœur brisé que vous avez viré une excellente ouvrière ? Vous auriez pu au moins demander si on pouvait l'affecter ailleurs, de l'autre côté de la rue, par exemple… »

À bout de patience, le contremaître s'en prit aux nettoyeurs subjugués qui se pressaient autour de lui. Après quoi, il annonça au DRH qu'il n'avait pas beaucoup de temps car il devait mettre en route un autre four et ne voyait toujours pas où ils voulaient en venir. Il ne croyait pas qu'ils s'étaient précipités ici à cause des charges patronales et sociales versées par erreur. Auquel cas, ils n'avaient qu'à déduire la somme de son salaire et on n'en parlait plus.

Qu'est-ce qui me prend de me taire et de laisser cette diablesse asticoter cet homme en m'humiliant par la même occasion ? songea le DRH. Mais la chaleur odorante de la boulangerie l'engourdissait tant et si bien que la question opiniâtre du contremaître lui parvint comme dans un brouillard :

« Dites-moi la vérité. Que s'est-il passé ? Elle est venue vous voir ?

– Oui, mais pas comme vous le croyez… », souffla la secrétaire.

Le DRH reprit du poil de la bête.

« Elle a été tuée dans l'attentat de la semaine dernière. »

La ceinture d'explosifs qui avait sauté au marché provoqua cette fois une déflagration silencieuse. Le contremaître vira au cramoisi, recula et se prit la tête dans les mains.

« Ce n'est pas possible…

– Si, c'est possible », proféra la secrétaire, visiblement très satisfaite.

Mais le DRH l'interrompit. Il mit brièvement le contremaître au courant de l'article à paraître en fin de semaine et du désarroi du patron, qui redoutait les répercussions sur les ventes.

« Vous nous avez mis dans de beaux draps avec votre histoire de séparation, conclut-il, mais maintenant, au moins, nous avons la preuve qu'elle ne travaillait plus chez nous quand elle est morte et que nous étions donc dans l'ignorance de la situation. »

Le contremaître semblait profondément affecté, mais le DRH sentit que la secrétaire ne désarmait pas et il se permit de lui poser la main sur l'épaule au vu et au su de tout le monde. « Bon, ça va, dit-il gentiment. Il est très tard et il n'arrête pas de pleuvoir. Tout est clair maintenant. Merci pour votre aide. Je peux continuer seul, et vous… vos enfants vous attendent… »

Ragaillardi, il plaqua un baiser sur le crâne du bébé pour le remercier de s'être tenu tranquille.

Le tout-petit ferma les yeux de contentement et en perdit sa tétine. La secrétaire reboutonna son grand manteau de fourrure dans lequel elle enveloppa le bébé. Elle ôta son bonnet et le tendit avec un sourire penaud au contremaître qui le plia et le glissa précautionneusement dans sa poche, comme si c'était la preuve tangible de la terrible nouvelle qu'il venait d'apprendre.

Dégrisée, maintenant que la fièvre de l'enquête était retombée, elle promena un regard curieux sur les chaînes de fabrication qui serpentaient pendant le levage, avant que la pâte soit enfournée dans la gueule béante. Mesurant enfin l'ampleur et l'importance des opérations qui s'y déroulaient, ainsi que le haut grade du coupable présumé, elle demanda non sans malice si, comme les autres employés, le personnel administratif avait également droit à un pain gratuit par jour.

Le beau visage du contremaître se dérida en entendant la modeste requête de l'inflexible enquêteuse, il s'empara d'un grand sac au fond duquel il déposa trois sortes de pains, deux paquets de biscottes et des sachets de croûtons et de chapelure, et il pria l'un des agents de nettoyage, lesquels ne s'étaient toujours pas décidés à se disperser, de porter cette offrande dans la voiture de la dame. Le DRH, à qui il fit la même proposition, s'accorda le temps de la réflexion avant de lâcher : « Pourquoi pas, finalement ? »

5

Il accepta un pain, mais en refusa catégoriquement un second, comme s'il y avait un danger. La secrétaire partie, il emboîta le pas au contremaître qui s'engouffra dans une autre salle, plus vaste que la précédente, où deux mécaniciens l'attendaient pour activer le troisième four, encore plus gigantesque, à l'aide d'une batterie de leviers, de cadrans et d'interrupteurs, à croire que le mécanisme était totalement indépendant du reste. Le contremaître, qui avait l'air si désorienté tout à l'heure, distribuait à présent avec virtuosité des ordres brefs auxquels répondait le sourd grondement du four, telle une énorme bête de cirque tirée de son sommeil. Il ne quittait pas des yeux ses hommes qui travaillaient en bonne entente, dans l'air tiède qui embaumait. Le DRH ressentit un pincement de jalousie. Dans une pareille tourmente, mieux valait avoir affaire à la matière inanimée qu'à une fragile humanité blessée. Ici, on pouvait réparer une erreur en levant ou en poussant une simple manette.

La présence du DRH perturbait le contremaître. Une fois la mise en route achevée avec un léger chuintement, il voulut savoir ce qui le troublait encore alors qu'il lui avait promis d'aller trouver le patron dès le lendemain matin, à la relève, afin de lui avouer son erreur et lui proposer de défalquer de son salaire les sommes versées pour rien. Les yeux rivés sur la nouvelle chaîne de production qui s'était mise à cliqueter à vide autour d'eux, le DRH le pria d'attendre car il voulait d'abord empêcher la publication de l'article.

« N'y comptez pas, le doucha le contremaître.

— Pourquoi ? Puisqu'on sait maintenant qu'à sa mort, cette femme ne travaillait plus chez nous.

— Vous êtes naïf. De toute façon, le journaliste ne renoncera jamais à son papier, et si vous insistez, il se débrouillera pour nous enquiquiner d'une manière ou d'une autre. Qu'est-ce que ça change si on publie cet article ? Ne vous en faites pas. Les gens ne lisent ce canard que pour les petites annonces, les adresses de restaurants ou les voitures d'occasion, et en admettant qu'ils tombent sur votre article, ils l'auront oublié avant même de l'avoir terminé… »

Le DRH protesta avec une véhémence dont il fut le premier surpris :

« Si vous avez tellement de peine, expliquez-moi pourquoi vous l'avez licenciée avant qu'elle ne retrouve du travail ?

— Qu'est-ce qui vous fait dire ça ?

– C'est évident.. On a retrouvé des denrées avariées dans son panier…

– Des denrées avariées ? Ça veut dire quoi ? Comment peut-on en avoir la certitude après un attentat ? Croyez-moi, laissez tomber, n'allez pas chercher des crosses à cette ordure de journaliste. Tout finit par s'oublier… »

Le DRH dévisagea en silence son interlocuteur sans réitérer sa question. Une idée lui trottait dans la tête. Cette nuit, il allait l'épater, le vieux. Sans mot dire, il ôta son bonnet et, comme la secrétaire avant lui, il le rendit au contremaître qui le glissa aussitôt dans sa poche. Il prit congé d'un signe de tête et s'apprêta à quitter l'immense hangar pour regagner son bureau. L'équipe de nettoyage l'arrêta à la porte de l'usine pour lui demander de plus amples détails. Mais que pouvait-il leur dire de plus ? Il posa à son tour des questions auxquelles il obtint de vagues réponses. À cause de la taille de l'usine, chacun était isolé dans son coin. Et comme la victime était en CDD et craignait de perdre son emploi, elle restait en retrait, travaillait d'arrache-pied et ne perdait pas son temps en bavardages.

Des camions militaires apparurent à la queue leu leu sous les trombes d'eau, ils firent demi-tour dans la cour, guidés par le bip du radar de recul, et stoppèrent en marche arrière devant la plate-forme de chargement des hangars. Le responsable des ressources humaines eut l'envie subite de demander aux collègues de la défunte si, comme la secrétaire, ils pensaient que c'était une belle femme. Mais il se retint, de crainte que ses intentions soient mal interprétées, surtout s'agissant d'une morte.

Il remonta le col de son blouson et rebroussa chemin en courant sous la pluie battante.

6

Avant d'entrer dans son bureau, il s'arrêta dans celui de sa secrétaire où stagnait l'odeur du bébé dont elle avait jeté la couche dans la corbeille. Il faillit une fois encore céder à la tentation d'informer le patron des progrès de sa mission et du plan qu'il avait concocté, mais il se ravisa. Puisqu'il s'angoissait tant pour son humanité, le vieux n'oublierait pas de sitôt l'efficacité de son subordonné.

Il appela le secrétariat de l'hebdomadaire et demanda à parler au rédacteur en chef. Mais la secrétaire, apparemment aussi zélée que la sienne, lui apprit que son chef était absent et serait injoignable pendant quelque temps. Il était épuisé et avait décidé de se retirer quelques jours, une vraie retraite, la preuve, il n'avait même pas pris son portable. Elle lui proposait donc ses services. Le responsable des ressources humaines admira l'autorité que s'attribuaient les secrétaires. Il déclina ses nom et qualité et lui demanda avec tact si elle était au courant de l'article à paraître à la fin de la semaine. Non seulement elle était informée, mais elle s'y était impliquée personnellement. C'était elle, en effet, qui avait conseillé au directeur d'avertir son ami avant de partir faire sa retraite et elle encore qui, dans l'après-midi, avait conseillé au vieux de rédiger pour le lendemain quelques mots d'explication et d'excuse qui seraient publiés en même temps que l'article afin d'en atténuer la portée.

« Là est la question, justement, s'emporta le DRH, il ne s'agit pas d'excuse, mais d'une précision. Cette accusation n'a aucun fondement, c'est un malentendu. Les premiers résultats de l'enquête démontrent que si cette femme a effectivement travaillé pour notre entreprise, elle n'en faisait plus partie à sa mort, de sorte que la direction de l'usine, la DRH en particulier, ne saurait être accusée de négligence ou d'indifférence. » Par conséquent, si son supérieur était réellement injoignable, ce dont il doutait, il lui conseillait d'user de l'autorité qu'elle s'adjugeait pour ne pas publier ce malheureux article.

« Ne pas publier l'article ? » se récria la secrétaire comme s'il lui demandait de décrocher la lune. Non. C'était absolument impossible. Mais pourquoi une telle panique ? L'article serait publié, accompagné d'un encadré avec des explications, ou des excuses, de sorte que les lecteurs trancheraient par eux-mêmes. « En aucun cas », protesta le DRH. À quoi cela rimait-il, en ces temps troublés, de déconcerter les lecteurs avec ce genre de calomnie ?

Mais la secrétaire ne voulut rien savoir. Malgré la haute opinion qu'elle avait d'elle-même et la sympathie que lui inspirait le responsable des ressources humaines, il n'était pas en son pouvoir d'empêcher ou de repousser la publication d'un article sans l'approbation de son auteur. En conséquence, puisqu'il semblait tant y tenir, pourquoi n'essaierait-il pas de convaincre le journaliste d'adoucir ou de pondérer ses propos… ? La nuit était longue…

« Cette langue de vipère ?

– Une vipère ? (Estomaquée, l'exubérante secrétaire en hennit de joie.) Oh, oh ! C'est merveilleux ! Vous le connaissez personnellement ou vous vous êtes contenté de lire sa prose ?

– Cet article stupide m'a suffi.

– Dans ce cas, vous avez mis dans le mille, quoique notre journaliste ne ressemble pas du tout à un reptile, au contraire, même s'il en est bel et bien un. Il est fuyant, efficace, et il se faufile dans les endroits les plus inattendus pour attaquer par surprise. Mais, dites-moi (elle lui livrait le fond de sa pensée avec sincérité) sans ces vipères-là, serions-nous attentifs aux dérapages ? C'est très important pour la rédaction d'un journal d'en avoir au moins un comme ça… »

Ravie de sa démonstration, elle consentit à donner au DRH le numéro du portable de la vipère.

Là, dans le bâtiment obscur et silencieux, au terme de cette conversation enjouée et inutile, il se laissa aller au découragement. Pourquoi se démenait-il comme un beau diable ? Contre quoi luttait-il ? Était-ce seulement pour réparer la singulière erreur du contremaître ? Ou pour prouver une fois encore au vieux qu'il pouvait compter sur lui, comme du temps où il était responsable des ventes, pour que jamais, plus jamais, il ne menace de le licencier ? À moins que – l'idée commençait à germer dans son esprit – il ne cherche à réhabiliter la mémoire de cette femme, cette ingénieure venue de si loin pour se retrouver à faire des ménages à Jérusalem, afin qu'elle-même et tous ceux qui l'avaient aimée sachent que ce n'était pas par indifférence ou par négligence que l'on avait ignoré ses souffrances et sa mort.

Il alluma la lampe et scruta la photo de l'employée scannée par ordinateur. Était-elle réellement belle ? Comment savoir ? Il referma le dossier et téléphona à sa fille pour s'assurer que le cours de danse s'était bien passé.

Mais il n'y avait personne chez lui et il ne réussit à joindre sa remplaçante, la secrétaire du patron, que sur son portable. Elle le rassura avec son léger accent britannique et une ardeur au moins égale à celle de ses deux collègues. Oui, la leçon de danse était terminée depuis un quart d'heure et tout aurait dû se dérouler comme prévu, mais la petite avait oublié les devoirs à faire pour le lendemain et il avait fallu passer les prendre chez une amie.

« Elle a encore oublié ses devoirs ? Avec ce temps pourri ?

– Que voulez-vous qu'on y fasse si la météo se met de la partie ? » La secrétaire s'efforça d'excuser l'étourderie de la fillette. Ce n'était pas une tragédie. Elle l'attendait dans un café très agréable où elle n'était d'ailleurs pas seule, car son mari l'avait rejointe – il était justement là, assis à côté d'elle, en train de siroter sa bière. Le DRH pouvait donc préparer sereinement une riposte foudroyante à cette odieuse calomnie. Et même s'il devait y passer la nuit, cela ne posait aucun problème. Son mari et elle avaient l'habitude. Aux États-Unis, ils avaient une nièce exactement du même âge.

Y passer la nuit ? Et puis quoi encore ? Le DRH repoussa cette généreuse éventualité. En fait, tout était clair et il viendrait bientôt les relever. Et d'informer la secrétaire de l'identité de la victime, dont il déclina solennellement les nom et prénom, sans oublier la rapide enquête à la boulangerie au cours de laquelle il avait appris la curieuse « séparation » du contremaître. Même si cette fameuse feuille de paie, à l'origine de toute l'histoire, était authentique, il n'en demeurait pas moins qu'au moment de l'attentat, et a fortiori à sa mort, cette femme ne faisait plus partie de l'entreprise. Il allait donc s'efforcer d'empêcher la publication de cet article inique. Mais en l'absence du rédacteur en chef, il serait contraint de s'adresser directement au journaliste.

Cette nouvelle perspective enthousiasma la secrétaire. Empêcher la publication de l'article ! Quelle bonne idée ! Ce serait plus efficace que n'importe quel droit de réponse. Et c'était la seule manière de rassurer le vieux après la crise d'aujourd'hui.

« Vous n'allez pas baisser les bras, l'encouragea-t-elle, prenez votre temps, nous nous occupons de votre fille. Vous vous êtes engagé à régler cette affaire… Alors foncez, ce n'est pas le moment de flancher, montrez-lui qui vous êtes, à ce journaliste…

– C'est une langue de vipère, ce type, soupira le DRH. Dès qu'il aura fourré son nez dans nos affaires, il ne nous lâchera plus. Et à force de fouiller dans la merde, il sera bien capable de dénicher autre chose.

– Quoi donc ?

– Est-ce que je sais ? Au sujet du contremaître, peut-être.

– Inutile de vous mettre martel en tête.

– *Il* pourrait peut-être téléphoner au journal. On *lui* donnera sûrement le numéro personnel du rédacteur en chef. »

Mais la secrétaire, qui connaissait son patron par cœur, s'y opposa résolument. La subtilité n'était pas son fort, il risquerait de tout embrouiller, de perdre ses moyens, voire de faire davantage de dégâts. N'importe comment, le temps pressait. On « bouclait » le lendemain. En ce moment, le vieux dînait au restaurant… ensuite, il allait au concert…

« Bon sang, il est au restaurant et il va au concert pendant que nous sommes dans la mélasse jusqu'au cou, en pleine tempête, en train de nous décarcasser pour lui sauver la face. »

Optimiste par nature, la secrétaire tenta de remettre les pendules à l'heure.

« Pas seulement la sienne de face, mais aussi la nôtre, sans parler de celle de la DRH. Fichez-lui la paix, laissez-le écouter sa musique, combien de temps lui reste-t-il à vivre ? Et ne vous en faites pas, mon mari et moi veillons sur votre petite. »

Ému, le père eut besoin d'entendre une bonne parole.

« C'est une brave gosse…, se força à dire la secrétaire, elle est juste un peu déboussolée… désordonnée… Elle ne sait pas très bien ce qu'elle veut… Mais ne vous inquiétez pas, elle finira par trouver sa voie… »

Le responsable des ressources humaines ferma les yeux.

7

Une voix flegmatique et arrogante lui répondit au téléphone sur une musique de fond tonitruante, comme si la vipère se trouvait à un mariage ou dans une boîte de nuit. Mais les accords endiablés n'empêchèrent pas le journaliste d'injurier son chef, qui n'avait rien trouvé de mieux que de montrer son papier aux coupables. Il ne mâcha pas ses mots : l'attitude de son patron était une crasse professionnelle, une faute déontologique. « Je comprends maintenant pourquoi il était si pressé de filer faire sa retraite, le cochon. » En fait, il soupçonnait qu'il y avait anguille sous roche depuis que le photographe lui avait signalé qu'en dehors de la boulangerie, l'usine possédait un secteur papeterie qui fournissait le journal. « Alors ? En échange d'un petit rabais, vous réclamez aussi l'immunité morale ? Pourquoi diable ne peut-on remettre votre réponse à la semaine prochaine ? Et pourquoi étouffer l'affaire dans l'œuf ? L'accusation de "manque d'humanité" vous fait-elle si peur ou craignez-vous seulement les réactions de la clientèle ? Parce que si c'est le cas, une telle naïveté est incroyable de la part de capitalistes de votre espèce. Ce serait bien que l'on boycotte vos produits à cause de cet article ! Mais ne vous inquiétez pas, cela n'arrivera pas. Parce qu'à une époque où l'humanité individuelle chancelle, tout le monde se fiche du "manque d'humanité" d'une grande entreprise. Au contraire, ça risque même de susciter l'admiration des esprits bornés pour une gestion inflexible et efficace. Et en admettant même que des âmes sensibles s'indignent ? Croyez-vous qu'on boycotterait vos marchandises dans les supermarchés ? C'est n'importe quoi ! Qu'est-ce qui vous prend ? Êtes-vous si vulnérables que vous êtes incapables d'accuser le coup ? Ce n'est pas dramatique. Il vous suffit de reconnaître vos torts et de présenter vos excuses. Mais attendez la semaine prochaine, s'il vous plaît.

– Pas question de torts ni d'excuses ni d'attendre la semaine prochaine, s'époumona le DRH qui tentait de couvrir la musique. Vous vous trompez sur toute la ligne. La victime que vous voulez à tout prix nous mettre sur le dos nous a quittés depuis un mois. Par conséquent, officiellement, elle n'était plus employée chez nous au moment de l'attentat, même si nous avons continué à lui verser son salaire et à payer les cotisations sociales en raison d'un simple dysfonctionnement administratif. Nous avons contrôlé. Nous n'avions aucun moyen d'apprendre sa mort, que nous n'étions pas censés connaître, d'ailleurs. La moindre des choses serait donc de prendre acte de votre erreur et de ne pas publier l'article. »

La voix flegmatique et arrogante de la vipère ne semblait guère disposée à reconnaître quoi que ce fût : « Qu'est-ce que ça veut dire qu'elle n'était plus employée chez vous ? Ne me dites pas qu'à cause de mon article, vous avez trouvé le moyen de la licencier rétroactivement pour soulager votre conscience ? Si le seul papier qu'on a retrouvé sur elle est une feuille de paie émanant de votre entreprise, cela signifie que c'était très important pour elle. Alors à quoi riment toutes ces discussions et ces échappatoires ? Bien sûr qu'elle était employée chez vous ! Et non seulement vous devez présenter vos excuses, mais encore la reconnaître au plus vite afin de retrouver des parents ou des amis pour vous aider à lui donner une sépulture décente, à vos frais. C'est le minimum qu'un employeur puisse faire pour un de ses salariés isolé, exploité jusqu'à la moelle de surcroît. Et quand vous aurez promis de ne plus vous comporter comme des canailles sans cœur, les lecteurs finiront par vous pardonner et même par oublier… »

Le DRH bouillait de colère.

« D'abord, il s'avère que ce que l'on croit oublié dans ce pays ne l'est jamais. Et avant que vous ne vous mettiez à condamner et à dicter des ordres, pourriez-vous me dire qui vous a informé ? Pourquoi l'hôpital ne s'est-il pas adressé directement à nous après avoir trouvé la feuille de paie ? Et pour quelle raison enfin quelqu'un à la morgue est-il allé immédiatement trouver la presse ?

– Primo, il ne s'agit pas de la presse, mais de moi seul, nuance, répondit la voix flegmatique et arrogante. Secundo, aux urgences, ils ne se sont pas souciés de paperasserie, mais de sauver une vie. Et après sa mort, quand on l'a transférée à la morgue, comme je l'ai signalé, il y a eu un certain flou, on ne savait pas qui de l'hôpital ou de la police devait procéder à l'identification. Ce n'est pas forcément par mauvaise volonté ou pour se défiler, mais juste parce qu'ils étaient dépassés par les événements. Et au bout de deux ou trois jours, comme la situation s'éternisait, le directeur de la morgue, une de mes connaissances entre parenthèses, a eu l'idée de fouiller le cabas de la victime où il a trouvé votre bulletin de paie, non nominatif, parmi des denrées avariées… Au fait, avant d'aller plus loin, pourriez-vous, s'il vous plaît, m'expliquer pourquoi vos feuilles de paie sont si arides, anonymes, sans un seul nom, uniquement des numéros ?

– Parce que chaque salarié a un contrat personnel. Nous ne voulons pas de comparaisons ni de réclamations au cas où une feuille de paie s'égarerait entre de mauvaises mains.

– C'est bien ce que je pensais, exulta la vipère, diviser pour mieux régner, dissimuler pour mieux exploiter. Voilà qui vous ressemble parfaitement. Mais là n'est pas la question pour le moment. Une prochaine fois, peut-être. De toute façon, comme le patron de la morgue, qui est technicien pas sociologue, était dans le brouillard, il m'a appelé à la rescousse. On a fait connaissance l'année dernière, quand je rédigeais une série d'articles sur la manière dont les hôpitaux gèrent les attentats, et il avait manifesté un peu trop d'enthousiasme et de naïveté à l'égard du pouvoir de la presse…

– Mais alors, pourquoi ne nous avez-vous pas contactés quand vous avez su l'origine de la feuille de paie ?

– Parce que votre insensibilité et votre indifférence m'ont tellement énervé que j'ai décidé de vous donner une petite leçon, en public. Ce n'est pas la première fois que de grandes entreprises comme la vôtre négligent leurs malheureux salariés intérimaires, blessés ou décédés…

– Comment ça ? s'emporta le DRH qui venait de comprendre les tenants et les aboutissants de l'affaire où il se débattait depuis le début de la soirée. Non content de stigmatiser notre manque d'humanité dans votre journal, vous abandonnez cette pauvre femme à son triste sort juste pour nous donner une leçon…

– Je l'abandonne ? (La vipère en ricana de surprise.) Que voulez-vous dire ?

– Vous savez très bien ce que je veux dire. Seule… Anonyme… Pour que vous puissiez raconter vos salades.

– Écoutez (le journaliste perdait patience), au-delà du cas particulier, c'est le principe que je dénonce, l'indécence publique et humaine de ceux qui ont réussi en piétinant les autres. Ne vous inquiétez pas pour cette femme. Elle peut rester éternellement là où elle est, ça ne changera rien pour elle. J'ai vu des morts attendre des semaines avant d'être identifiés et inhumés, et il y en a qui n'ont même pas cette chance. N'oubliez pas que la morgue est sous la tutelle de la faculté de médecine et que les étudiants y viennent pour observer et étudier. La conservation des corps s'effectue selon des méthodes scientifiques. L'année dernière, j'ai écrit un très bon papier à ce sujet, avec des photos sobres, des silhouettes délibérément floues et tout, mais finalement, la rédaction a renoncé à le publier.

– C'est à peine croyable ! s'écria le DRH, indigné. Vous parlez de conservation scientifique ! Alors, pourquoi avoir entrepris cette croisade contre nous au nom de la dignité de la défunte ? »

La musique s'interrompit brusquement.

« La dignité de la défunte ? (La voix de la vipère trahit la plus profonde stupéfaction.) Parce que vous croyez que je me bats pour ça ? Pardonnez-moi, monsieur, mais vous êtes à côté de la plaque. Je pensais que vous aviez compris que je ne m'intéressais absolument pas à la dignité des morts. Je sais très bien faire la différence entre les vivants et les morts. Les morts sont de la matière inerte, tandis que la dignité, la peur ou la culpabilité que nous leur attribuons ne sont que les projections de nos états d'âme. C'est très différent. Et en tant que chef du personnel, précisément, vous devriez savoir que la tristesse et la douleur n'ont rien à voir avec la dignité des morts, mais avec l'anonymat des vivants. Je suis sûr que vous me prenez pour un romantique ou un mystique, mais le "manque d'humanité

choquant" ne concerne que vous. Sans parler de la légèreté insupportable avec laquelle vous traitez l'absence
d'une ouvrière. Elle compte pour du beurre car, avec
tous ces chômeurs, vous êtes sûrs de la remplacer immédiatement. C'est pour tirer les lecteurs de leur léthargie
que je l'ai laissée dans l'anonymat quelques jours de
plus.

– Mais c'est exactement ce que je me tue à vous
dire ! fulmina le DRH. Peu vous importe que cette
pauvre femme reste anonyme quelques jours de plus
pourvu que cela conforte votre propos, que vous jugez
d'ailleurs moralement justifié, mais qui, pour moi, est
infâme et mesquin.

– Que voulez-vous ? soupira le journaliste. Les
temps sont durs. Mais pour faire avaler la pilule, il faut
rajouter un brin de scandale. Croyez-moi, je n'aurais
pas hésité à envoyer un photographe pour tirer le portrait de cette femme s'ils étaient un peu moins frileux
à la rédaction. Le directeur de la morgue m'a dit…
qu'elle était aussi… euh… que c'était… à son avis…
une belle femme. Peu banale, disons.

– Belle ? Peu banale ? (Le DRH s'étrangla.) C'est
inimaginable ! Comment votre ami et vous osez-vous
en parler ainsi… ? Et je suppose qu'il a même poussé
le dévouement jusqu'à vous montrer le corps ? Videz
votre sac… ou je vais exploser…

– Calmez-vous. Je n'ai jamais dit que je l'avais
vue.

– C'est proprement scandaleux, et pas à cause de
nous, quoi que vous en pensiez ! Vous condamnez
notre manque d'humanité, mais ça ne vous gêne pas
que votre copain profite de sa position pour vous révéler des détails intimes sur les morts, comme si c'était sa
propriété. Une belle femme ? Comment ose-t-il ? Est-ce

que ce sont des choses à dire après un attentat ? C'est dingue ! Ce type est cinglé, c'est un malade, et vous, vous l'encouragez dans sa folie. J'ai bien envie de porter plainte contre vous deux. Qu'est-ce qui l'autorise à décider de ce qui est beau ou pas à propos d'une victime ? Votre article m'a donné envie de vomir. Il n'est pas seulement pervers, il est aussi délirant. »

Mais à l'autre bout du fil, il n'y eut qu'un gargouillis de satisfaction.

« Délirant ? Pourquoi pas ? Quand tout fout le camp, peut-être que la folie est la seule issue possible. » Il devait reconnaître, assura la vipère, qui ne manquait pas d'aplomb, que son ami, le patron de la morgue, avait éveillé sa curiosité en mentionnant la beauté de cette femme. Mais pourquoi le responsable des ressources humaines se mettait-il dans tous ses états ? Puisque la victime avait été identifiée, il devait sûrement se la rappeler, non ?

« Me la rappeler ? Certainement pas. (Le DRH repoussa toute tentative d'établir un rapport entre l'employée défunte et lui.) Vous rêvez ? Notre entreprise emploie trois cent vingt ouvriers répartis en trois équipes, les deux secteurs confondus. Impossible de se souvenir de tout le monde.

– Alors dites-moi au moins son nom et ses fonctions. Vous devez avoir une photo dans son dossier que je pourrais publier avec mon article. Ou insérer dans un encadré, avec vos excuses. Ça rendrait l'histoire plus parlante et ça interpellerait les lecteurs…

– Une photo ? N'y comptez pas. Et son nom non plus. Je ne vous dirai rien, tant que vous ne m'aurez pas promis de ne pas publier votre article ou d'en changer radicalement le ton.

– Ne pas publier mon article ? Pourquoi ? Il tient la route. Mais je suis prêt à l'approfondir pour mieux comprendre ce qui s'est passé. Comment peut-on licencier un employé tout en continuant à lui verser un salaire, par exemple ? J'ai envie d'en savoir plus sur cette femme… Je sens qu'elle le mérite…

– Pourquoi ? Il n'y a pas eu assez d'erreurs et de calomnies comme ça ? Croyez-vous vraiment que c'est si important quand Jérusalem est à feu et à sang ? Et en plus, vous avez eu le culot de me photographier à mon insu et d'évoquer mon divorce, comme si ça pouvait intéresser le public. Vous pourriez au moins gommer ce dernier point…

– Et pourquoi donc ? C'est la pure vérité. Je vous répète qu'un détail croustillant peut être plus percutant que n'importe quelle explication rationnelle. Selon quels critères recrutez-vous votre personnel ? Et pourquoi dites-vous que cette histoire est sans importance ? Les attentats sont un sujet qui passionne nos lecteurs. Ce n'est pas quelque chose d'étranger ni d'abstrait, mais une éventualité tout à fait possible. Et puis chacun pense à soi. Regardez les clients d'un café, en dépit de la morosité ambiante et de la grogne, ils sont euphoriques d'avoir survécu envers et contre tout. Pourquoi en avez-vous après moi, au fond ? Je ne vous ai rien fait. Si vous me voyiez, d'ailleurs, vous vous rappelleriez que nous avons assisté ensemble à je ne sais plus quel cours d'introduction à la philosophie grecque, il y a des années. C'est pour cela que j'ai été très surpris d'apprendre que *vous* étiez devenu chef du personnel. Vous ne me sembliez pas avoir le profil pour un poste aussi technique. Et puis un de vos collègues m'a raconté comment et pourquoi vous étiez arrivé là. Ce n'est apparemment pas par hasard si cette pauvre femme vous a échappé… Elle devait travailler dans l'équipe de nettoyage…

– Quelque chose comme ça, marmonna le DRH, le cœur serré.

– Alors pourquoi ne pas me révéler son nom étant donné que vous l'avez identifiée ? insista le journaliste.

– Je ne vous dirai rien.

– Mais vous n'avez pas le choix puisque vous devez nous envoyer vos excuses demain. »

Le DRH crut réellement sentir le serpent s'enrouler autour de son corps et il regretta d'avoir provoqué cette discussion.

« Qui vous dit que nous n'avons pas le choix ? Bien sûr que nous l'avons. Aucune information ne filtrera. Et il n'est d'ailleurs pas dit que nous n'usions pas de notre droit de réponse. Vous n'obtiendrez rien de nous. Je viens de comprendre que votre seul but est de nous mettre des bâtons dans les roues et de nous harceler. Ne croyez pas que nous allons donner des verges pour nous faire battre. Nous vous laisserons tâtonner dans le noir comme des aveugles et mordre la poussière… »

À l'autre bout du fil, il n'y eut aucune réaction de surprise ou de colère, mais le même gargouillis de satisfaction. Le DRH raccrocha.

8

Il était exténué et affamé. Avant de s'assurer que sa fille était bien rentrée à la maison, il alla se rafraîchir aux toilettes. Une nouvelle employée, qu'il n'avait encore jamais vue, était occupée à les nettoyer. Elle était jeune et blonde. Surprise de rencontrer quelqu'un à pareille heure, elle eut l'air gênée et esquissa un mouvement de recul. Sans un mot, le responsable des ressources humaines lui adressa un sourire bienveillant

en lui faisant signe de continuer et il s'en fut aux lava-
bos des dames, récemment équipés, à l'initiative de sa
secrétaire, d'un grand miroir permettant de se regarder
de pied en cap, et pas seulement le visage. Le DRH se
contempla donc de la tête aux pieds : un homme ath-
létique de trente-neuf ans, pas très grand, les cheveux
coupés en brosse en souvenir de sa carrière militaire.
Depuis quelque temps, il était insatisfait, triste, et ses
yeux se plissaient comme sous le coup d'une vague
humiliation. Que t'arrive-t-il ? demanda-t-il avec un
reproche muet à son image qui le contemplait mélan-
coliquement. Est-ce à cause des caprices du vieux qui
se fait du mouron pour sa réputation, ou parce que tu
veux empêcher la publication de ta photo, aussi floue
soit-elle, ainsi que le commentaire cynique à propos de
ton divorce ? Il était clair que le journaliste était plus
rusé et sournois qu'il ne l'avait cru. Il n'abandonnerait
pas et ne changerait pas un iota à son article. Et s'ils
ne présentaient pas leurs excuses, il continuerait à fourrer son nez partout et rédigerait une nouvelle diatribe
la semaine suivante. Et à peine cette langue de vipère
apprendrait-elle l'identité de la défunte qu'elle aurait
tôt fait de contacter ses anciens collègues de travail.
Un type qui avait réussi à se faire des amis à la morgue
n'aurait aucun mal à s'en trouver dans une boulangerie.
D'ailleurs, quelqu'un lui avait déjà soufflé le rapport
existant entre sa nomination à la DRH et son divorce.
Ce n'était pas sa secrétaire. Pas elle. Il en était certain.
Par respect, non pas pour lui, mais pour son travail.

Il s'aspergea d'eau froide en caressant l'idée de ne
pas réagir. L'indifférence et le silence pouvaient être
payants. Mais le patron croirait qu'il voulait se défiler, et c'était bien la dernière chose qu'il désirait. Il se
passa un peigne minuscule dans les cheveux, tira de
sa poche un tube de beurre de cacao dont il enduisit

ses lèvres gercées, avant de retourner aux toilettes des hommes pour revoir la nouvelle recrue et lui demander qui l'avait embauchée. Mais, tel un fantôme, elle s'était volatilisée.

Il n'avait pas encore ouvert la bouche que la secrétaire du patron l'avait reconnu. « Nous allons bien, le tranquillisa-t-elle gaiement en employant le pluriel. Nous sommes en voiture, sur le trajet du retour. Et nous nous sommes procuré les devoirs jusqu'à la fin de la semaine. Nous allons nous y mettre tout de suite. Moi en anglais et mon mari avec ses souvenirs de mathématiques. Voulez-vous dire un mot à votre fille ? » Une note d'espoir vibrait dans la voix d'ordinaire désincarnée et méfiante de l'enfant. « Oui, confirma-t-elle à son père, ils sont super-sympas et ils m'ont promis de m'aider pour mes devoirs, tu n'as donc pas besoin de te presser », conclut-elle en riant.

La secrétaire lui demanda s'il était parvenu à suspendre la publication de l'article.

« Il n'y a aucune chance. Je n'aurais même jamais dû l'entreprendre, cette vipère. Il ne changera pas un seul mot, et il a même l'intention d'approfondir le sujet.

– Prenez votre temps. Toute la nuit, s'il le faut. Nous resterons avec votre fille… Nous ne bougerons pas d'ici…

– Pourquoi toute la nuit ? Je n'en ai pas besoin. J'ai une bien meilleure idée. Je crois qu'il vaut mieux renoncer à notre droit de réponse et laisser les choses se tasser. Donnez-moi le numéro de portable du vieux, je vais l'appeler avant le concert. »

Mais la secrétaire refusa de trahir son chef, surtout avant un concert, pour une idée aussi saugrenue. Pourquoi voulait-il capituler ? Pourquoi baisser les bras ?

« Réfléchissez. Et plutôt deux fois qu'une. Ne vous décidez pas trop vite. Je vous répète que vous avez toute la nuit devant vous… »

Le DRH faillit répliquer quelques mots bien sentis contre ce « toute la nuit » dont on lui rebattait les oreilles, mais la gentillesse de la secrétaire l'en dissuada. Il prit chaleureusement congé et s'empara de la miche de pain qu'il approcha de son visage pour en respirer l'odeur. Devait-il retourner à la boulangerie pour prévenir le contremaître ou attendrait-il le lendemain ?

Il avait eu l'intention de rapporter le pain à la maison, mais il ne résista pas à l'envie d'y goûter et, en l'absence de couteau, il le rompit à la main et ouvrit le petit réfrigérateur de sa secrétaire – ce qu'il ne s'était encore jamais permis – dans l'espoir de trouver quelque chose à se mettre sous la dent. Il ne dénicha qu'un petit morceau de fromage. Il ne doutait pas que sa secrétaire le lui eût volontiers abandonné, mais il se ravisa en songeant qu'il devrait s'excuser le lendemain pour avoir violé son domaine privé. Il n'oubliait pas les familiarités qu'elle s'était autorisées à l'usine. Un petit bout de fromage ne devait pas renverser les barrières qu'il veillait jalousement à ériger entre eux, surtout depuis qu'il était redevenu célibataire.

Il engloutit son pain sec qu'il trouva savoureux en se demandant s'il y avait le même à la maison. Son ex-femme, et sa mère aujourd'hui, savaient-elles reconnaître le nom du vieux sur les emballages, dans les rayons des boutiques où elles s'approvisionnaient, et le préféraient-elles à la concurrence, au moins par solidarité ? Quand il en aurait fini avec cette histoire, il exigerait que le personnel administratif bénéficie des mêmes prérogatives que les ouvriers de la boulangerie : un pain gratuit à la fin de la journée. Il avala une nouvelle bouchée, ouvrit le dossier jaune et, tout en mastiquant, il relut pour la troisième fois le curriculum de l'employée – ses propres mots qu'elle lui avait dictés.

Il vérifia sa date, son lieu de naissance et son adresse à Jérusalem, et approcha de ses yeux la petite photo floue, examinant le visage et le long cou à la Modigliani pour découvrir la beauté qui lui avait échappé le jour de l'embauche. Sa secrétaire disait-elle vrai ? Était-il vraiment renfermé en lui-même comme un escargot dans sa coquille et passait-il sans les voir à côté de la beauté et de la bonté ? Il se rappela la désinvolture avec laquelle elle l'avait traité cet après-midi et se promit de la remettre à sa place le lendemain. À l'armée, il avait la réputation de ne jamais fricoter avec les secrétaires et il avait fini par en épouser une.

Il referma le dossier, avala une nouvelle bouchée de pain et alla chercher le dossier du contremaître : une épaisse chemise fatiguée avec la photo d'identité en noir et blanc – qui n'avait pas été scannée – d'un jeune et beau maintenancier aux yeux noirs, brillants de confiance et d'espoir. Le DRH en compulsa les feuillets : des demandes de primes et de congés, l'annonce de son mariage et de la naissance de ses trois enfants. De loin en loin, il obtenait une promotion, suivie, après bien des tractations, de l'augmentation de salaire subséquente. Un employé dévoué, tout compte fait. Hormis un blâme sévère émanant du vieux, dix ans auparavant, en raison d'un four qui aurait accidentellement brûlé à cause d'une fausse manœuvre, il avait régulièrement gravi les échelons et, en dépit de son tablier et de ses mains maculées de graisse, il gagnait aujourd'hui pratiquement le double du DRH.

On aurait dit qu'un rat avait grignoté le pain. Il ne lui restait qu'à ramasser les miettes et à les jeter à la corbeille. Il enfila son mince blouson qui n'avait pas eu le temps de sécher et reprit le chemin de la boulangerie, noyée dans les brumes nocturnes et la fumée des cheminées.

9

Les fours et les lignes de production tournaient à plein régime – au cours de la nuit de mardi à mercredi, en effet, on fabriquait le pain destiné à l'armée, que des camions militaires venaient chercher. Le DRH n'attendit pas qu'on l'en prie pour demander un bonnet à la première employée qu'il croisa. Il endossa ensuite une blouse blanche et s'en fut dans les couloirs sombres à la recherche du contremaître afin de l'avertir de tenir sa langue. Il eut du mal à le localiser et finit par le dénicher dans le ventre d'un grand four où, en compagnie de deux mécaniciens, il vérifiait si le grincement du moteur était normal.

Le responsable des ressources humaines éprouva un nouveau pincement de jalousie envers ces hommes qui s'occupaient d'objets inanimés et non d'êtres vivants. Il observa le contremaître en grande discussion avec ses deux collègues, avec ses joues rouges et son tablier bleu passé par-dessus sa blouse blanche. Et à cet homme d'âge mûr, soucieux, perdu dans les profondeurs du four, se superposa le jeune artilleur aux yeux de braise dont la photo en noir et blanc, agrafée dans son dossier, n'avait rien perdu de sa fraîcheur.

Leurs regards se croisèrent et le DRH comprit que le contremaître s'attendait à le revoir, comme si la mort de l'employée ne pouvait se clore par l'enquête agressive, mais superficielle, de la secrétaire. De peur de prononcer une parole que l'homme aurait pu juger offensante en présence de ses subordonnés, le responsable se contenta d'un geste amical.

« Puis-je vous voler un peu de votre temps ? »

Le contremaître lança un rapide coup d'œil dans les méandres incandescents du four et, bien que chagriné par ce couinement impromptu, il ordonna aux deux autres de verrouiller la porte.

« Un petit moment… »

10

Après le départ des derniers clients, nous commençons à nettoyer la boue rougeâtre incrustée dans le carrelage qui, après cette journée d'orage, ressemble plus au sol d'un abattoir qu'à celui d'une cantine, quand deux employés de la boulangerie surgissent dans la nuit. Nous avons beau être éreintés après l'affluence due au mauvais temps, nous ne pouvons refuser de les accueillir. Le plus jeune est le responsable des ressources humaines (c'est sa secrétaire qui est chargée d'organiser les pots de départ à la retraite dans l'usine), et l'autre, le contremaître, est un des piliers de la maison. Si les cadres n'ont nulle part dans l'usine un coin tranquille pour s'isoler et choisissent notre humble cantine, comment aurons-nous le cœur de les chasser ? Mais nous les prévenons que la cuisine est fermée et que nous ne pouvons leur offrir qu'une tasse de thé.

Le plus jeune ne se décourage pas et, sans prendre la peine de se concerter avec son compagnon plongé dans ses pensées, il l'entraîne d'autorité vers une table près de la fenêtre. Tout en grattant et frottant, nous lorgnons de leur côté en tendant l'oreille, certains que si nous parvenons à

*saisir des bribes de leur conversation, nous pour-
rons en estimer la durée.*

*Le jeune responsable se met à parler tandis que
le contremaître l'écoute. Vêtu de ses vêtements
de travail et d'un blouson militaire fatigué, il
soutient sa tête d'une main. Après quoi le silence
retombe, comme s'ils ne trouvaient plus rien à se
dire. On entend ensuite un chuchotement hésitant,
balbutiant. Et une fois le sol briqué, les dernières
gouttes d'eau épongées, les chaises remises en
place à la clarté mauve pâle de la nuit filtrant par
la fenêtre, en voyant le contremaître se cacher le
visage dans ses mains pour dissimuler sa douleur,
ou sa honte, nous comprenons pourquoi il a choisi
notre réfectoire désert pour cette confession.*

Le DRH s'excusa de ne pas avoir refréné l'insolence
de sa secrétaire, mais le contremaître l'écoutait d'un
air distrait. On aurait dit qu'il trouvait la brusquerie de
la jeune femme légitime, au contraire. Mais quand le
DRH revint sur les craintes du patron et sur la nécessité de connaître les faits exacts afin d'élaborer une
riposte adéquate, le regard de son interlocuteur se fit
plus incisif, comme s'il avait compris qu'une simple
clarification bureaucratique ne suffirait pas à régler le
problème.

Le DRH ne désirait pas seulement l'interroger, mais
également le rassurer. Le travailleur acharné qu'il avait
découvert en feuilletant son dossier, tout à l'heure dans
son bureau, l'avait tellement impressionné qu'il voulait
le dispenser de présenter ses excuses au vieux. Il ne
fallait pas que sa carrière soit entachée par un nouveau
blâme, comme celui qu'il avait reçu, des années auparavant, pour cette histoire de four.

Il y avait un double de cette fameuse lettre manuscrite et elle était conservée dans le fichier du personnel ! s'étonna le contremaître.

« Il existe une copie de chaque document, que nous gardons dans un classeur de mon bureau », expliqua le DRH. Et comme il s'était engagé à s'occuper personnellement de cette désolante affaire, il irait présenter lui-même son rapport au patron, sans doute cette nuit, après le concert.

« Le concert… ? répéta le contremaître sans comprendre.

– Oui, figurez-vous qu'il n'y a pas renoncé. Tout le monde se démène pour défendre sa réputation pendant qu'il écoute de la musique. Remarquez, pourquoi pas ? L'homme a besoin de se divertir, alors pourquoi s'en priver par les temps qui courent ? » Et bien que le DRH occupât dans la hiérarchie deux places au-dessus du contremaître, lequel gagnait presque le double de son salaire, c'était à lui de prendre sa défense. Mais pour cela, il devait connaître la vérité. Parce que la vipère, qui avait déjà piqué une fois, n'allait pas s'arrêter là.

« Quelle vipère ? »

Le DRH se mit à rire. Une vipère. Oui, oui. Ce surnom allait comme un gant à ce fauteur de troubles de journaliste. Après la conversation pénible qu'il avait eue avec lui, c'était encore trop gentil. Bref, il fallait faire très attention. D'abord, ne pas répondre aux médias, même si la question avait l'air anodine.

« Mais qu'est-ce qu'il veut encore ?

– Les excuses personnelles du patron. Il exige qu'il fasse son *mea culpa*. Aucune explication formelle n'effacera l'accusation d'indifférence et d'insensibilité. C'est pourquoi il s'acharne à prouver que cette femme était quand même employée chez nous, non seulement au moment de l'attentat et de sa mort, mais maintenant encore.

– Comment ça, maintenant ?

– Oui, oui. Même maintenant. Et comme elle était seule, sans parents et sans amis, puisque personne ne s'est encore inquiété d'elle, il se pose en avocat et défenseur à titre posthume pour pouvoir fourrer son nez dans ses affaires. Et il semble évident qu'il tombera un jour ou l'autre sur cette curieuse histoire de *séparation* dont vous avez pris l'initiative sans en informer quiconque.

– Je vous répète que je suis désolé… J'ai commis une erreur… Je suis prêt à la réparer… »

Mais le DRH persista. Il ne s'agissait ni d'excuses ni de réparations, mais de la vérité. La dépouille d'une femme non identifiée qui se trouvait encore à la morgue, sept jours après un attentat, représentait une tentation pour les moralistes et les bonnes âmes de tous poils.

« Une tentation… » Le contremaître parut profondément troublé par ce terme, lancé au hasard. Oui, il connaissait très bien la tentation de l'altérité, de l'anonymat, mais pas celle des morts, celle des vivants. Elle était presque palpable lorsqu'arrivaient à l'usine des ouvriers saisonniers, des étrangers appartenant à une minorité ethnique ou des immigrants isolés ; grande était la tentation de les exploiter… de les dominer…

« La tentation ? répéta le DRH, surpris par ce mot qu'il avait employé par simple métaphore et qui lui revenait comme une triste réalité. Que voulez-vous dire ?

– Eh bien… » Le contremaître chercha à relativiser les choses. Au sens large, il ne s'agissait pas seulement de la tentation du pouvoir, mais de pitié ou de sympathie… De remplir un vide. Même si rien ne l'y obligeait, il tenait à préciser… – il rougit et sa voix se mit à trembler – pour éviter tout malentendu qu'en fait, il ne s'était rien passé entre cette femme et lui. Physiquement parlant. Bien sûr, il devait avouer qu'elle l'obsédait. Peut-être justement parce qu'il n'y avait rien entre eux. C'était donc pour sa tranquillité d'esprit et pour poursuivre sa tâche dans une structure aussi complexe et importante qu'il avait dû l'éloigner d'ici... de lui...

Le contremaître avait vidé son sac sans se faire prier. Le DRH n'en revenait pas. Il frissonna comme deux heures auparavant, quand il s'était aperçu que c'était lui qui avait rédigé le curriculum de la défunte. On aurait dit que cette femme, de plus de dix ans son aînée, dont il ne réussissait toujours pas à se rappeler le visage, avait le pouvoir de l'induire en tentation à son tour, même après sa mort.

À vrai dire, il s'était douté qu'il y avait anguille sous roche, déclara-t-il en pesant ses mots. Et malgré sa fatigue après une longue journée de travail, sans parler de sa fille qui l'attendait et qu'il était pressé de retrouver, quelque chose l'empêchait de clore cette enquête. Que s'était-il passé, au fond ? Pouvait-on vraiment parler d'attirance ? Il se rappelait que sa secrétaire avait été très impressionnée par la beauté de cette femme... Ce salaud de journaliste avait raconté la même chose... C'était incroyable que même là-bas... à l'hôpital, à la morgue, on ait osé dire que...

« Que quoi ? » Le contremaître était livide.

C'était sans importance, mais il avait compris que... quand on était seul... comment dire... surtout s'agissant d'une femme séduisante... à moins qu'on ait un peu exagéré... C'était lui qui l'avait embauchée, pourtant il ne se rappelait pas qu'elle lui eût fait une quelconque impression, même après avoir examiné sa photo... Il ne s'en souvenait absolument pas...

Dehors, malgré le ruissellement monotone de l'eau dans la gouttière, plus rien ne subsistait de la tempête. Le contremaître était perdu dans ses pensées et n'avait pas l'air particulièrement troublé par la confession que lui avait habilement arrachée le responsable des ressources humaines. Cet homme aux cheveux en brosse, son cadet de plus de vingt ans, lui inspirait confiance.

11

Il finit son thé qui avait refroidi et se mit à bredouiller. Le DRH gardait le silence. Il remarqua que les serveurs et les aides cuisiniers finissaient de nettoyer la salle et de dresser les tables pour le lendemain et il leur fit signe de patienter un peu, certain que le contremaître n'allait pas s'éterniser.

En théorie, il avait raison. Son interlocuteur était un technicien pur jus qui, après avoir servi dans le service du matériel, n'avait pas entrepris d'études et avait aussitôt commencé à travailler. Il aurait facilement pu se mettre à son compte, mais il avait préféré entretenir des machines pour un modeste salaire parce qu'il voulait apprendre le secret de la panification. Et c'est ainsi que, de section en section et de poste en poste, il avait gravi les échelons pour devenir, six ans auparavant, chef de l'équipe de nuit, la plus essentielle, car c'était pendant la nuit qu'on fabriquait le pain destiné à l'armée, lequel devait être deux fois plus frais puisque censé se conserver plus longtemps.

Les lumières de la cafétéria s'éteignirent les unes après les autres à mesure que les employés s'en allaient. Seuls un serveur juif âgé et un jeune plongeur arabe attendaient pour fermer la boutique. Le contremaître commença à dérouler le premier fil de son récit, avouant carrément la fascination qu'exerçait sur lui la défunte, fascination qui, il venait de le comprendre, était la cause de cette pagaille.

Il savait que ce n'était pas une simple attirance physique. Et là, dans cette cantine vide, encouragé par la camaraderie complice qui s'instaurait entre son jeune collègue et lui, il jura derechef n'avoir jamais rien tenté avec cette femme à qui le liait un sentiment qu'il hésitait encore à nommer par crainte de raviver le chagrin et la culpabilité. Il en voulait pour preuve leur première rencontre, au cours de laquelle ils n'avaient parlé que de détails techniques, qui avait été la plus longue de toutes. Cela s'était passé peu de temps auparavant : au début de l'hiver, ou à la fin de l'automne, après qu'elle eut demandé son transfert de l'équipe de jour à celle de nuit, ayant appris que le salaire était meilleur.

Le contremaître avait pour règle de former lui-même les nouvelles recrues, quelle que soit leur origine ou leur expérience professionnelle. Il était particulièrement intransigeant avec les agents d'entretien, souvent peu instruits et distraits, qui étaient censés se faufiler n'importe où et nettoyer dans tous les coins. Il les prévenait contre les dangers des fours, des meules et des pétrins, sans parler des trajectoires complexes des lignes de production.

Il était minuit passé quand il convoqua la nouvelle venue. Il savait qu'elle avait déjà travaillé dans l'équipe de jour, mais il ne s'écarta pas de sa règle de conduite pour autant. Aurait-il su, alors, que la jolie femme qu'il pilotait au milieu des machines était ingénieure en mécanique qu'il eût sans doute abrégé ses explications sans annuler la visite, durant laquelle une petite flamme naquit dans son cœur.

Il veillait à garder ses distances avec ses subordonnées afin d'éviter les complications. D'ailleurs la nouvelle ouvrière, qui le suivait docilement en écoutant ses recommandations, le regard vif et souriant, n'avait pas l'air différente des autres. Et puis elle n'était plus toute jeune avec sa blouse qui l'engonçait et son bonnet qui dissimulait ses cheveux. Mais le contremaître sentait que quelque chose l'empêchait d'achever la tournée et de la renvoyer à ses balais. Comme si s'était secrètement insinuée en lui la certitude qu'elle était la seule femme à pouvoir lui offrir quelque chose d'inespéré dont il connaissait confusément l'existence. Et pendant qu'il lui montrait, ce qui n'était pas dans ses habitudes, les renfoncements obscurs derrière les fours afin qu'elle comprenne qu'une hygiène méticuleuse était essentielle dans une boulangerie, il ressentit un pincement au cœur, une douce souffrance oubliée, devant ce sourire chaleureux qui illuminait des yeux extraordinaires, bridés comme ceux d'une Tatare ou d'une Mongole.

« Une Tatare ? Une Mongole ? » s'étonna *in petto* le DRH en l'entendant décrire de manière si vivante cette particularité étrange et délicate qu'il avait remarquée sur la photo imprimée par sa secrétaire. Le contremaître, qui n'avait jamais vu de sa vie de Tatare ni de Mongol, et dont d'ailleurs il ignorait tout, n'en démordait pas. À croire que ce n'était pas tant le sourire, la cordialité ni la grâce de cette femme qui l'avaient conquis, mais cette étonnante blondeur tatare qu'il avait sublimée en amour, passif et gratuit quoique bien réel.

Le serveur juif avait déjà enfilé son manteau et ses bottes et se morfondait en attendant leur départ. Il vint prendre congé des deux hommes et les tranquilliser. Le plongeur arabe avait décidé de ne pas rentrer dans son village et de dormir au restaurant. Il allait leur préparer du café pour les soutenir en perspective de la nuit.

« La nuit ? grommela le DRH, que ce refrain commençait à exaspérer. Et puis quoi encore… ? Nous avons bientôt terminé… »

Mais à l'image de la secrétaire, qui avait d'abord refusé de retourner au bureau et qui, une fois arrivée avec son bébé, s'était jetée à corps perdu dans l'enquête, négligeant foyer et enfants, le contremaître, réconforté par la patience de son jeune collègue, oublia ses devoirs et même le bruit inquiétant du four pour lui expliquer dans quelle galère l'entraînait… cette émotion tatare naissante…

Eût-il tenté d'étouffer cette étincelle par le travail que les techniciens, les magasiniers et les boulangers qui, au fil des années, avaient appris à déchiffrer ses intentions comme ses sentiments, l'en auraient empêché en lui faisant comprendre que son émotion n'était pas passée inaperçue. Ils s'appliquèrent à garder leurs distances, s'abstenant, contrairement à leur habitude, de le déranger pour un oui et pour un non, de sorte qu'il puisse s'abandonner à la fascination qu'exerçait sur lui la femme souriante qui marchait à ses côtés en hochant la tête. L'affectueuse discrétion de ses subordonnés le surprit et il l'interpréta comme le désir de l'encourager, lui, un homme sérieux et mélancolique, un père de famille déjà trois fois grand-père, à se laisser aller à une amourette qu'il n'aurait plus jamais crue possible.

Le lendemain, il s'éveilla de son sacro-saint sommeil matinal dans sa chambre silencieuse, le cœur plein d'une joie mêlée d'une douce souffrance et d'appréhension à la perspective de revoir cette femme la nuit suivante.

Le contremaître discourait toujours, stimulé par le silence du DRH, lequel venait de saisir que l'histoire n'était pas aussi simple qu'il l'avait pensé au cours de l'après-midi, dans le bureau du vieux, qu'elle se compliquait à mesure que la soirée avançait et que le café odorant servi par le jeune Arabe, loin d'en hâter la conclusion, l'embrouillerait davantage.

D'ordinaire, en effet, le contremaître n'avait guère de rapport avec l'équipe de nettoyage, mais transmettait ses ordres et ses remontrances à un surveillant chargé de superviser les tâches. De sorte que, dans un espace ouvert comme la boulangerie, où circulaient des dizaines d'ouvriers, rien ne pouvait passer inaperçu.

Ce fut une révélation à la fois embarrassante et flatteuse : l'intérêt que les employés lui manifestaient ne se limitait pas au plan professionnel, mais se portait également sur sa modeste personne. Il était au centre de leurs pensées. Au début, il songea que c'était par désœuvrement, avant de comprendre, non sans surprise, qu'ils avaient peur de lui et ne seraient pas mécontents si cette aventure pouvait tempérer un peu sa rigidité tatillonne.

Le DRH consulta discrètement sa montre. Ce bel homme d'âge mûr en tablier de travail maculé de graisse se dévoilait d'une manière qui n'était pas absolument indispensable à la suite de l'histoire. Mais puisqu'il s'agissait d'un décès, bien qu'anonyme et accidentel, il aurait été grossier d'interrompre ou d'abréger sa confession. Toutefois, il fallait situer avec précision l'origine de ce dysfonctionnement, cette « séparation », ce licenciement qui n'en était pas un et leur avait valu cette accusation malveillante. Persuadé, à tort ou à raison, que ses subordonnés souhaitaient le voir tomber amoureux, le contremaître jugea la chose irréalisable. D'autant, il le comprenait à présent, que le sentiment vif, douloureux, passif et muet qu'il éprouvait pour cette femme avait tourné au tragique.

« Au tragique ? » répéta le DRH, impressionné. Cet ex-technicien connaissait-il la portée du terme ?

Dès la deuxième nuit, le contremaître pouvait, au premier coup d'œil, localiser cette femme parmi les dizaines d'ouvrières qui s'activaient autour de lui. Et afin de dissimuler son intérêt, il s'inventa un autre regard, intérieur, secret, sensuel et spirituel à la fois, qui la suivait partout, quand il s'enfonçait dans les entrailles d'un four ou se penchait sur un pétrin mécanique. Un regard subreptice qui n'exigeait rien que de savoir quand s'éteindrait ce large sourire lumineux, cet éternel sourire qui semblait éclore sans cause ni raison, même lorsqu'elle s'évertuait à gratter la pâte calcinée adhérant aux moules utilisés par l'équipe précédente.

Mais ses subordonnés ne laissèrent pas ce regard s'égarer. Au milieu de la nuit, à l'heure où la fatigue peut faire divaguer même les plus résistants, ils lui parlaient sans en avoir l'air de cette femme qui était seule en dépit de son sourire et de sa beauté. Son compagnon, un homme âgé qu'elle avait accompagné ici, n'avait pas trouvé de travail à Jérusalem et avait préféré rentrer dans sa patrie. Son fils unique, un jeune adolescent, l'avait abandonnée à son tour à la demande de son père, l'ex-mari de la défunte, qui jugeait le pays trop dangereux. Elle était restée seule dans cette ville où l'on ne savait trop ce qui la retenait et il était naturel qu'elle cherche une épaule virile sur laquelle s'appuyer.

Le DRH faillit révéler au contremaître que les informations glanées auprès de ses subordonnés étaient depuis longtemps consignées de sa main dans le dossier de la défunte. Dommage qu'un cadre dût écouter les ragots au lieu d'user de ses prérogatives l'autorisant à consulter le dossier de l'un de ses subordonnés.

Au fait… les contremaîtres en avaient-ils réellement le droit ? s'interrogea le responsable, soulagé de ne pas avoir exprimé sa pensée à haute voix. Il demanderait à sa secrétaire, ou mieux, au patron qui devait être en train d'écouter le début de son concert sans se douter du mal que se donnaient ses employés pour défendre son humanité.

Et c'était exactement ce qu'il désirait, reprit le contremaître qui s'épanchait sans vergogne. La solitude rayonnante de cette femme lui donnait terriblement envie de la protéger, pas vraiment d'en tomber amoureux. Il avait passé l'âge et était bien trop occupé pour cela. Mais veiller sur cette femme le temps qu'elle trouve sa place, il n'avait rien contre. Ce n'était pas incompatible avec ses valeurs ni avec ses principes. D'autant que ses enfants étaient grands et n'avaient plus besoin de lui. Parfois, il lui suffisait d'un regard pour s'apercevoir qu'en dépit de ses efforts, la tâche qu'elle accomplissait à longueur de nuit était au-dessus de ses forces, mais en guise de repos, elle se contentait d'appuyer la tête sur ses mains, posées sur le manche de son balai, sans se départir de ce sourire radieux qui n'était destiné à personne en particulier. Elle aurait eu tant besoin de l'aide qu'il était tout disposé à lui offrir.

Mais c'était dangereux. Qui pouvait lui assurer qu'elle ne dépasserait pas les bornes ? Certainement pas ses collègues qui le poussaient à se laisser aller. Et elle, n'irait-elle pas trop loin ? Se contenterait-elle de ce qu'il lui donnerait sans exiger davantage ? Il avait immédiatement compris – à moins que ce ne fût une illusion – qu'il l'attirait à cause de son âge. Elle balayait le sol autour de ses pieds, essuyait les taches de graisse qu'il laissait sur les machines et, quand il sortait des toilettes, elle se croyait obligée d'y entrer à son tour pour les nettoyer.

En homme d'expérience, il savait que la nuit pouvait être traîtresse, même pour les plus aguerris, et que l'approche de l'aube risquait d'en égarer ou d'en troubler plus d'un, de provoquer des accidents de travail, voire des catastrophes. Par manière de plaisanterie, il conseillait à ses ouvriers de s'accorder une pause, boire un peu d'eau, s'asperger la figure ou prendre l'air. Il fit de même avec la nouvelle employée. Il lui suggérait de se rafraîchir le visage ou les yeux, puis ils échangeaient quelques mots qui lui transperçaient le cœur. Pour donner le change, il se mit à adresser la parole aux autres employés, le personnel de nettoyage en particulier, ce qui n'était pas dans ses habitudes.

Il avait l'impression qu'elle voyait clair dans son jeu et n'y trouvait rien à redire, au contraire, à cause de son âge et de sa fonction, parce que c'était un homme sérieux, un bon père de famille, trois fois grand-père. Elle ne voulait pas d'un nouvel époux, elle en avait déjà eu un, et elle avait renoncé à un nouvel amant et à un autre enfant, elle en avait déjà un, elle ne cherchait qu'un peu de réconfort ici, à Jérusalem, une relation chaleureuse et paisible en échange de quoi elle était éventuellement prête à accorder ses faveurs, avec décence, sans obliger le contremaître à bouleverser sa vie à cause d'elle.

Il comprit que cette étrangère, cette ingénieure si souriante et si seule, était plus dangereuse que toutes les femmes qu'il avait eues sous ses ordres depuis bien des années. Car c'était à cause de sa solitude et de son exotisme que le fantasme pouvait se réaliser. Comme ses collègues, ses vieux compagnons de travail, avaient deviné ses sentiments et l'encourageaient, à la veille de la retraite, à goûter à un rêve qu'il refusait même de s'avouer, et que les temps sombres que connaissait ce pays depuis quelques années incitaient à un comportement qu'à une autre époque on aurait réprouvé, il prit la décision d'éloigner cette femme, sans toutefois y renoncer complètement, ne voulant pas céder la place à un autre et en souffrir. Il la convainquit de quitter cet emploi pour en chercher un plus adapté à ses compétences et à ses qualifications. En attendant, son poste resterait vacant afin qu'elle puisse revenir au cas où elle

ne trouverait pas mieux ou que lui ne supporterait pas
son absence…

Le DRH rompit brutalement son long silence.

« Le problème est là. Vous avez cru bon de lui garder son poste, mais d'après le règlement, vous auriez
dû nous en informer aussitôt. »

12

La discussion avait duré beaucoup plus longtemps
que prévu, mais la soirée était à peine entamée quand
les deux hommes se levèrent. Le DRH ne se doutait pas
qu'une longue nuit l'attendait lui aussi. Il proposa au
jeune Arabe qui avait décidé de coucher dans le restaurant de lui faire un bout de conduite pour qu'il puisse
quand même dormir chez lui. Mais le garçon se réjouissait d'être le seul maître à bord, il en profiterait pour
se lever un peu plus tard et éviterait les trois barrages
humiliants sur la route.

Le responsable avait hâte de rentrer maintenant qu'il
avait reconstitué toutes les pièces du puzzle, mais le
contremaître redressa le col de son vieux blouson et
l'accompagna au parking. Il avait encore quelque
chose à lui dire. Le DRH dut se résoudre à désactiver
l'alarme, ôter du pare-brise les feuilles et les bouts de
papier que le vent y avait plaqués et déclarer résolument : « Bon, je file libérer la secrétaire qui s'est occupée de ma fille. »

À mille lieux d'imaginer que son amourette avait
mobilisé tous les membres de l'administration, le
contremaître parut secoué par cette information.

« Alors *elle* va savoir ce que je vous ai raconté ?
s'inquiéta-t-il.

– Non, elle n'en saura rien, et je ferai en sorte qu'*il* en sache le moins possible lui aussi, ajouta-t-il en désignant la fumée et la pluie d'étincelles qui s'échappaient de la boulangerie, comme si le vieux planait là-haut. Votre histoire ne sortira pas de chez moi, c'est-à-dire du bureau du personnel, ou de la DRH, comme vous voudrez l'appeler…

– De toute façon…, balbutia le contremaître volubile qui avait beaucoup de mal à se séparer de son confident, comme si la femme qu'il aimait se trouvait à présent sous sa responsabilité, s'il faut aller… euh… identifier le corps… je veux dire… s'il n'y a personne d'autre… je suis prêt à… »

Le DRH eut un haut-le-cœur. Non, le dossier était classé. Et de son point de vue, la réponse au journal était une question définitivement réglée. « Nous devons tirer un trait sur cette histoire. Inutile d'en faire tout un fromage. »

En entrant dans son ancien appartement, il fut surpris par la débauche de lumière et la chaleur d'étuve qui y régnaient. Des parapluies et des manteaux humides s'entassaient pêle-mêle dans le couloir qui sentait la pluie et le salon embaumait la pizza. La maison, plutôt morne depuis un an, débordait de gaieté. Au milieu des parts de pizza, des tartes sucrées ou salées, des bouteilles et des tasses de café, des livres, des cahiers, une règle et un compas encombraient la grande table au bout de laquelle était assise sa fille unique, âgée de douze ans, rayonnante, sur une chaise rehaussée d'un coussin. La petite acceptait de bon cœur l'aide généreuse que lui offrait la remplaçante de son père, assistée par son mari – le crâne chauve, aplati et oblong comme un ballon de rugby, il s'appliquait avec entrain à résoudre quelques problèmes simples de mathématiques.

Sa fille l'accueillit chaleureusement, non sans dissimuler une légère déception : « Tu es déjà là ? Je n'ai pas encore terminé mes devoirs. »

Pour la première fois depuis qu'il avait appris l'histoire de l'employée défunte, il éclata de rire. « Vous voyez maintenant qui a des dispositions pour la gestion de personnel ? Excusez-moi pour le retard. Le contremaître faisait traîner les choses en longueur. »

Mais la secrétaire, que la mission confiée par le vieux amusait beaucoup, était toute disposée à relayer le DRH même « chez lui ». S'il lui fallait encore une partie de la nuit pour poursuivre son enquête ou peaufiner sa réponse au journal, son mari et elle étaient à sa disposition. Ils n'étaient nullement pressés. Entretemps, ils allaient aider la petite à finir ses devoirs.

Jusqu'à quand allait-on lui servir cette rengaine ? protesta le DRH. Il était hors de question d'y passer la nuit. L'affaire était close. La victime avait été identifiée et l'énigme était résolue. Mais ce n'était pas le moment d'entrer dans les détails.

« Bien sûr, bien sûr, approuva la secrétaire, un peu vexée. On verra ça demain. De toute façon, c'est moi qui vais taper la réponse destinée au journal. Bon, mon mari termine les derniers exercices et je vais vérifier que la petite a bien compris les mots de sa rédaction d'anglais. Vous feriez mieux de vous réchauffer un peu. Vous avez l'air frigorifié, et vous devez mourir de faim. Servez-vous de tout ce qu'il y a sur la table. Voulez-vous boire quelque chose de chaud ? Oh, parfois, il n'est pas interdit de se faire inviter dans sa propre maison.

– Son ex-maison… », rectifia le DRH avec un sourire amer. Il enleva son blouson trempé, ôta ses chaussures humides et brancha le chauffe-eau solaire.

Le temps qu'il emménage dans l'appartement qu'il avait loué, son ex-épouse acceptait qu'il vienne chez elle les nuits où elle s'absentait afin d'éviter à leur fille d'aller dormir dans le minuscule appartement de sa grand-mère paternelle. À condition qu'il ne couche pas dans le grand lit, d'où il avait été banni, mais sur le canapé du salon. En attendant, on lui avait réservé dans la salle de bains deux étagères où il rangeait ses affaires de toilette, un pyjama, des sous-vêtements ainsi qu'une chemise et un pantalon de rechange.

Comme d'habitude, il ne put s'empêcher de jeter un coup d'œil dans la chambre obscure qui avait été la sienne, il n'y avait pas si longtemps, et dont il referma la porte entrouverte afin de résister à la tentation avant de s'enfermer dans la salle de bains étincelante qu'il avait décidé de rénover l'année passée, sans imaginer qu'on l'en chasserait avec une telle hargne. Il avait choisi lui-même le carrelage et les robinets et avait eu la bonne idée de changer de place le lavabo et les WC. Malgré son divorce, il avait tendance à considérer les lieux comme son domaine privé. Et même s'il doutait que l'électricité pût rapidement pallier le faible ensoleillement de la journée, il se débarrassa de ses vêtements sales et froissés, s'assit sur le bord de la baignoire et fit couler l'eau pour voir si elle commençait à chauffer.

Les confidences du contremaître le hantaient. Il devait décider ce qu'il devait dire et ne pas dire au vieux, ce qu'il allait passer sous silence et tenter d'oublier afin de préserver cet amour secret qui avait tourné court. Jamais il ne reverrait cette femme dont il connaissait à présent l'identité. Il lui aurait suffi d'un regard pour découvrir sa vraie nature. Comme n'importe quel employé de l'usine – y compris le vieux, qui touchait un salaire mensuel – elle dépendait elle aussi de son service. Qu'avait-elle pensé en constatant qu'elle continuait à percevoir son traitement après qu'elle eut été contrainte de quitter son travail ? Avait-elle cru que c'était la manière qu'avait choisie son admirateur pour exprimer son amour sans le consommer, ou avait-elle songé à une simple erreur administrative que son dénuement ne lui permettait pas de dénoncer ?

Il ne saurait jamais la réponse.

Au fond, quelle importance ?

On avait déjà investi trop d'énergie dans cette histoire.

La journée avait été longue.

Le filet d'eau, qui ne manifestait pas le moindre signe de réchauffement, prouva au responsable des ressources humaines que l'ensoleillement avait été nul ce jour-là et qu'il ne pouvait espérer prendre sa douche de sitôt. Il resta assis, grelottant, sur le bord de la baignoire de son ancien appartement, nu comme un ver, laissant ses deux remplaçants s'occuper encore un peu de sa fille, de plus en plus démoralisée, ces derniers temps, par l'hostilité ouverte de ses parents. Ils pouvaient aussi bien l'avancer dans les devoirs de la semaine suivante, se dit-il. Il alluma le convecteur électrique fixé au-dessus de sa tête et entreprit de se frictionner. Avant qu'elle aille se coucher, il trouverait le temps de lui raconter ce qu'il avait fait aujourd'hui. Et peut-être s'apitoierait-elle sur quelqu'un d'autre qu'elle-même, quand elle apprendrait que cette belle femme souriante était restée une semaine à la morgue dans l'anonymat le plus complet.

Un coup sourd ébranla la porte de la salle de bains. « Papa, cria sa fille, attends si tu n'as pas encore pris ta douche, maman a téléphoné pour dire qu'elle rentre à cause de tes ennuis et que tu dois vite lui laisser le parking. Alors si tu n'as pas commencé, sors vite, s'il te plaît, elle arrive tout de suite… »

Sachant que sa fille souffrait de la tension qui régnait entre ses parents, il n'avait nullement l'intention d'aggraver les choses. Dégoûté, il rendossa les vêtements qu'il venait d'enlever, referma le robinet et se hâta de prendre congé de la secrétaire et de son époux, qui avaient déjà enfilé leur manteau et replié leur parapluie. Un bonnet kaki, comme ceux que l'on portait pendant la guerre d'indépendance, couvrait le crâne en forme de ballon de rugby. Voilà des gens satisfaits d'eux-mêmes et du bien qu'ils font à autrui, songeat-il.

« Vous n'aviez pas besoin de sortir de la salle de bains, déclara la secrétaire. Nous vous verrons demain, de toute façon.

– Vous oui, mais pas votre mari, répondit le DRH en serrant cordialement la main du vieil homme sportif qui se permit de remarquer sur un ton de reproche :

– Vous devriez avoir un peu de patience avec votre fille. Elle a de grosses lacunes en mathématiques. »

Le DRH piqua un fard et posa la main sur son cœur comme pour lui en faire la promesse. Il remit son blouson et les raccompagna dehors. En chemin, il s'enquit de l'heure approximative à laquelle s'achevait le concert.

« Vous avez l'intention de lui téléphoner cette nuit ?

– Oui, pourquoi pas ? Après la panique qu'il a semée, la moindre des choses est de le tenir au courant, non ?

– Vous avez pu tout éclaircir ?

– Je crois que oui.

– Bon, alors vous pouvez l'appeler jusqu'à minuit. (La secrétaire le regarda avec sympathie.) Et insistez, même si vous croyez qu'il est couché. Il se réveille et il se rendort très facilement. Et puis, vous réussirez peut-être à le tranquilliser.

– Le tranquilliser ? Je n'en suis pas tout à fait sûr », ironisa le DRH en prenant chaleureusement congé de ses hôtes, comme s'il venait de se découvrir de nouveaux parents. Après quoi, il sortit sa voiture du parking et alla la garer un peu plus loin.

De retour à l'appartement, il parla à sa fille de l'employée défunte tout en faisant un sort aux restes de pizza. Puis il lui montra le dossier de l'enquête pour voir si, comme les autres, elle était sensible au charme singulier de cette femme. Mais la petite avait l'esprit ailleurs et ne l'écoutait que d'une oreille.

« Papa, maman va arriver d'une minute à l'autre. Vous êtes crevés tous les deux, alors ce n'est pas le moment de vous disputer.

– Qui te dit qu'on va se disputer ? »

Elle se mordilla les lèvres sans répondre et il caressa ses cheveux bouclés pour la tranquilliser. Leurs querelles la terrorisaient. Il maudit intérieurement le patron dont les craintes injustifiées leur avaient gâché la soirée. Il remit son blouson humide, emprunta un parapluie, descendit dans la rue et se dissimula dans l'entrée obscure d'un immeuble voisin pour guetter le retour de sa femme.

La pluie tombait toujours, fine comme de la dentelle. Impossible de décider si elle descendait du ciel ou montait de la terre. Une étrange clarté rougeâtre, naturelle ou artificielle, se profilait à l'horizon derrière une gigantesque antenne. Le DRH, qui tremblait de froid et de fatigue, patienta jusqu'à ce que la grosse cylindrée, toujours enregistrée à son nom, débouche à toute allure dans la rue et s'engage sans ralentir sur le parking qu'il venait de libérer. L'énergique conductrice doutait que ce haïssable individu eût réellement vidé les lieux. Sans éteindre les phares, elle descendit du véhicule et leva la tête pour vérifier, en se fiant au nombre des vitres éclairées ou à d'autres signes, si son ex-mari était encore là. Il ne l'avait pas revue depuis plusieurs semaines, mais en observant la silhouette familière, il devina qu'en dépit de la tempête et de la pluie, elle portait de hauts talons et que, sous son gros manteau, elle était sur son trente et un. Pourtant, songea-t-il tristement, elle ne réussissait pas à se faire de nouvelles relations. Quelque part, dans une des villes côtières, elle avait apparemment encore essuyé une rebuffade.

Mais ce n'était pas de sa faute…

Il n'avait plus rien à voir avec l'abîme de sa colère…

Ni même avec le désir…

Rassurée, elle éteignit les feux, sortit une petite valise du coffre et leva la tête encore une fois avant de brancher l'alarme.

Elle ne remarqua pas l'homme, tapi dans l'obscurité à quelques mètres de là. Mais peut-être avait-elle senti son odeur car, au moment de monter l'escalier, elle s'arrêta pour jeter un regard inquiet autour d'elle.

13

Il était tout juste neuf heures du soir, mais le DRH supposa que sa mère était déjà couchée puisqu'elle savait qu'il ne rentrerait pas cette nuit. Elle dormait beaucoup depuis quelque temps. Et comme elle soutenait que le premier sommeil était le plus réparateur, il se promit de ne pas faire de bruit pour ne pas la déranger. Mais il avait oublié que, lorsqu'il s'absentait, outre le verrou, elle mettait la chaîne de sécurité. Il était bloqué dehors. Il ne lui restait plus qu'à lui téléphoner de son portable pour lui expliquer la situation.

Elle tarda à lui ouvrir. À croire qu'il était un étranger. Elle prit le temps d'enfiler son peignoir et de se recoiffer avant d'ôter maladroitement la chaîne pour accueillir sans enthousiasme son fils unique qui avait transformé sa maison en escale provisoire, en attendant que se libère l'appartement qu'il venait de louer. Elle n'était pas tant perturbée par ses affaires qui traînaient partout que par l'omniprésence de son divorce qu'elle avait du mal à avaler. Et pour la première fois depuis son enfance, il s'aperçut qu'elle évitait de le regarder en face.

Elle devait interpréter son retour intempestif comme un nouvel échec familial car, au lieu de l'aider à préparer son dîner, elle alla chercher dans sa chambre les pages du journal encore tièdes, éparpillées sur son lit, et les posa sur la table de la cuisine pour se débarrasser de lui au plus vite et reprendre son sommeil interrompu.

Mortifié, il chercha à la retenir. Pourquoi était-elle si pressée ? La soirée commençait à peine. Il aimerait avoir son avis à propos d'une histoire curieuse qui était arrivée au bureau. Elle se résigna à s'asseoir à côté de lui pour l'écouter lui parler de l'ex-agente d'entretien, victime de l'attentat du marché, ainsi que de l'article subversif qui allait paraître à la fin de la semaine, accompagné de sa propre photo avec la mention de son divorce en guise de légende. Que faire ? Voilà comment fonctionnait la presse de nos jours. Il n'y en avait que pour les faits divers. Et, très fier de lui, il lui raconta avec quelle célérité il avait découvert le fin mot de l'histoire et mentionna avec un sourire complice le drôle de béguin du contremaître. Pour corroborer ses dires, il posa le mince dossier sur la table et montra à sa vieille mère la photographie de la défunte afin de voir si, comme sa secrétaire, elle lui trouverait une beauté ou un charme particuliers.

La tête penchée, sa mère l'écouta avec indifférence en se demandant en quoi cette histoire était si cruciale qu'elle ait interrompu son sommeil, et elle refusa d'y jeter un coup d'œil.

« Ce n'est plus ton affaire, maintenant, maugréa-t-elle, agacée.

– Justement si ! » répliqua son fils, vexé. Il fallait chercher à comprendre si une beauté réelle ou imaginaire était à l'origine de cet imbroglio sentimental. Lui, par exemple, il avait eu un entretien avec cette femme avant de l'embaucher, mais il ne se rappelait pas avoir été particulièrement impressionné.

C'était lui qui l'avait embauchée ?

Bien sûr. Chaque nouvelle recrue passait par la DRH.

Alors, puisque cette femme ne l'avait pas impressionné, pourquoi l'avis de sa mère lui importait-il autant ?

Pourquoi ? Pour rien. Il n'y avait pas de quoi en faire un drame. C'était si compliqué de regarder une photo ?

Sa mère ne répondit pas. L'intérêt que son fils divorcé de trente-neuf ans portait à la photo d'une morte inconnue la dépassait, l'exaspérait même. Il insista tant qu'elle céda, elle l'envoya chercher ses lunettes et ses cigarettes et ouvrit tranquillement le dossier où elle lut d'abord l'article, puis le curriculum vitae rédigé de la main de son fils et enfin la fiche de renseignements, avant de jeter un bref coup d'œil à la photographie. Elle s'abstint de tout commentaire, alluma une cigarette, en tira une bouffée et s'enquit de son âge.

« C'est facile à calculer. Elle allait avoir quarante-huit ans.

– Ces renseignements, tu les as communiqués à l'hôpital ?

– Pas encore.

– Pour quelle raison ?

– Pour l'instant, il ne s'agit que d'une enquête interne… c'est-à-dire administrative… pour définir quelle ligne de défense adopter. Je garde encore son identité secrète.

– Secrète ? Mais pourquoi ?

– À cause de ce journaliste, par exemple. Il serait ravi d'écrire une autre diatribe contre nous, ce salaud.

– Mais à l'hôpital, ils ne savent toujours pas qui elle est. Qu'est-ce que tu attends ?

– Je verrai demain, ou après-demain au maximum. Qu'est-ce que tu crois ? Que je vais garder ces informations pour moi ? Je les divulguerai à qui de droit. Mais d'abord, j'ai besoin de réfléchir à la réponse que nous allons faire afin d'en finir une fois pour toutes avec cette histoire. Je ne peux pas courir le risque qu'on mette encore le nez dans nos affaires ou qu'on cherche des crosses au contremaître, on ne sait jamais. Dans ce genre d'embrouilles, on a intérêt à savoir où l'on met les pieds. D'ailleurs, le patron n'est pas encore au courant. Je me suis décarcassé toute la soirée pendant qu'il était au concert. »

Mais, environnée d'un nuage de fumée, sa mère n'avait pas l'air convaincue.

« Comment ça se fait ? Elle a de la famille ou des amis, non ?

– Je ne pense pas… Mais au fond, je n'en sais rien. »

Il alla chercher le cendrier.

« Oui, qu'en sais-tu… ? (Il décela une pointe de sarcasme, voire de colère dans sa voix.) Écoute, du moment que tu as identifié cette femme, elle t'appartient, te voilà prévenu.

– C'est-à-dire ?

– Je veux dire qu'elle est sous ta responsabilité. Sache que si tu continues à temporiser, c'est un outrage à sa mémoire, mais en plus, c'est un délit. Il est où, ton problème, tu peux m'expliquer ? C'est si difficile que ça de passer un coup de fil à l'hôpital ? De quoi as-tu peur ? » fulmina-t-elle comme s'il était redevenu petit garçon.

Il savait que son mécontentement n'avait rien à voir avec la morte, mais avec son divorce, ses affaires qui encombraient l'appartement, voire la soirée gâchée avec sa fille.

Il débarrassa la table, jeta les restes à la poubelle et mit les assiettes à tremper dans l'évier.

« Il est tard, objecta-t-il placidement, et la morgue n'est pas le service des urgences. Personne ne m'attend. Et puis à quoi ça rime de communiquer par téléphone des informations qu'on oubliera de transmettre ? C'est pire que de ne rien faire. Si cette femme est restée anonyme depuis une semaine, elle peut bien attendre une nuit de plus… Son calvaire est terminé, crois-moi. »

Sans répondre, sa mère ôta ses lunettes, écrasa son mégot, elle s'empara du supplément culturel du quotidien et se retira dans sa chambre. Il entra dans la salle de bains pour vérifier la température de l'eau, qui était froide puisqu'il était rentré à l'improviste. Il mit en route la vieille chaudière électrique, se prépara du thé et se plongea dans le journal. Et avant que sa mère éteigne, il alla chercher les pages sportives qui avaient peut-être déjà échoué dans la corbeille.

« Alors… comment l'as-tu trouvée… euh… la photo… ? demanda-t-il d'une voix incertaine à sa mère qui évitait toujours de le regarder.

— C'est difficile à dire. Elle est trop petite…

— Oui, mais quand même ? »

La vieille dame hésita, cherchant ses mots.

« Ta secrétaire a sans doute raison. Elle a quelque chose… Les yeux surtout… Ou peut-être ce sourire incroyable… »

Le DRH en conçut une nouvelle amertume. Entendre vanter la beauté de la défunte l'exaspérait. Sa mère le sentit sans même le regarder, elle faillit retirer ce qu'elle avait dit, mais elle se ravisa.

« Je laisse la lumière allumée dans le couloir ?

– Pourquoi ? Tu ressors ?

– Oui. L'eau est froide.

– Je ne savais pas que tu rentrais ce soir.

– Évidemment… Ce n'est pas ta faute. (Le DRH se balança d'un pied sur l'autre.) Bon, le temps qu'elle chauffe, je vais faire un saut à l'hôpital. J'arriverai peut-être à trouver un responsable qui me déchargera de cette corvée.

– À cette heure-ci ? (Elle se redressa dans son lit.) Il n'est pas un peu tard ?

– Il est à peine neuf heures.

– C'est quel hôpital ?

– Celui du mont Scopus.

– Il y a une morgue là-bas ?

– Qu'est-ce que j'en sais ? On dirait… »

Elle eut pitié de lui.

« Ça ne peut pas attendre demain ? Il n'y a rien qui urge…

– C'est maintenant que tu me dis ça, après avoir tout fait pour me culpabiliser ? »

Sur ces mots, il éteignit la lumière.

14

Un peu avant vingt-deux heures, un homme de petite taille, bâti en force, le visage dur et les traits tirés se présente aux vigiles. La tempête a cessé, mais il s'est couvert comme si elle allait reprendre de plus belle. Il porte un gros manteau, des bottes, une écharpe de laine jaune autour du cou et des gants. Il est tête nue. Sans lui laisser le temps d'ouvrir la bouche, nous le fouillons soigneusement pour vérifier qu'il ne porte pas une cein-

ture d'explosifs ou une arme. La morgue ? À cette heure-ci ? Il cherche le responsable des morts, si tant est qu'une telle fonction existe.

Nous paniquons. Un nouvel attentat se serait-il produit sans que nous le sachions ? En fait, il est là à cause de celui de la semaine dernière, que nous avons déjà oublié. Il agite une mince chemise. Il vient de découvrir l'identité de l'une des victimes.

« Mais, monsieur, l'heure des visites est passée et il vous faut une autorisation spéciale si vous voulez entrer maintenant. » Nous lui demandons donc sa carte d'identité et, entre-temps, il nous apprend qu'il est le responsable des ressources humaines de la boulangerie industrielle qui fournit la moitié du pays. Nous le félicitons de s'être déplacé en personne à cette heure pour une agente d'entretien temporaire, une ex-employée qui plus est. Ces éloges ont l'air de lui faire plaisir et il nous demande son chemin pour se rendre à l'endroit qu'il cherche.

Mais comment guider un chef du personnel désireux de rencontrer le directeur de la morgue où même nous, qui travaillons ici depuis plusieurs années, n'avons jamais mis les pieds ? Nous téléphonons donc aux urgences pour savoir au moins dans quelle direction l'orienter.

Les indications n'étaient guère compliquées, mais il trouva le moyen de se perdre et redemanda son chemin à des médecins et des infirmières qu'il croisa dans les couloirs et dont il s'avéra que les connaissances en matière de macchabées étaient plutôt limitées. Il se rendit donc à la direction en espérant y trouver encore quelqu'un à cette heure tardive. Et, en effet, il tomba sur la réceptionniste de garde qui, à sa grande surprise, savait que quelqu'un devait venir cette nuit-là pour leur communiquer l'identité de la victime, mais ne se croyait pas autorisée à en prendre acte. Elle lui fournit un plan détaillé pour se rendre à la morgue et lui promit de lui envoyer une personne compétente.

Le DRH découvrit que, contrairement à ce qu'il s'était imaginé, il n'avait pas à descendre au rez-de-chaussée ou dans un sous-sol secret, mais devait sortir de l'hôpital et se diriger vers un bosquet de pins entourant un vieux bâtiment de pierre à un étage de forme triangulaire. Une aile, disait la plaque, servait de réserve, une autre abritait les services juridiques et la troisième, à moitié dissimulée, ne portait aucune inscription. C'était apparemment le terme de ses tribulations. Il se retrouva dans une sorte d'allée, noyée dans les ténèbres, au bout de laquelle brillaient des lumières qui n'étaient pas des étoiles, mais de très lointaines maisons. En plein jour, le paysage devait être grandiose.

Étrange, songea le DRH qui ne se considérait pas comme un lâche, que l'on ne cherche pas à cacher les morts, à les camoufler ou à les enfermer, mais qu'on les laisse comme cela, sans surveillance près de ce joli petit bois, au vu et au su de tout le monde, à croire qu'ils faisaient partie intégrante de l'administration, comme si les vivants n'avaient pas peur des morts et vice versa. Le DRH remarqua une fenêtre éclairée, mais il doutait que la réceptionniste ait pu trouver quelqu'un qui le décharge enfin de son fardeau. Ça ne fait rien, se dit-il, cette fois, je suis paré et je ne crains ni le froid ni la pluie. Et même si je suis venu pour rien, je peux toujours considérer cette visite comme la répétition générale de demain. Et puis l'eau doit être chaude, maintenant, et je vais pouvoir me débarrasser de la mauvaise conscience, vraie ou imaginaire, que maman a réussi à me coller.

Il frappa à une porte, mais elle était verrouillée et il n'obtint pas de réponse. Il fit le tour et en découvrit une autre qui s'ouvrit d'une simple poussée et là, sans avertissement, comme dans un rêve fantasmagorique, il se retrouva dans une salle glaciale, faiblement éclairée, où ronronnait la climatisation. Sur deux rangées parallèles étaient alignées une douzaine de civières où reposaient des corps, certains soigneusement enveloppés, d'autres recouverts d'un simple plastique transparent, sans doute pour les besoins de la recherche ou de l'étude.

Il se figea. Même pour un athée, convaincu que la mort était un phénomène irrévocable, c'était de l'inconscience de laisser la porte ouverte. Heureusement qu'il avait les nerfs solides et n'était pas impressionnable. Quelqu'un de plus sensible aurait pu perdre son sang-froid et porter plainte contre l'hôpital.

Immobile, il ferma les yeux et respira à fond, étonné de ne pas sentir d'odeur désagréable ou étrange. Il regarda de biais – comme sa mère, depuis quelque temps – le cadavre le plus proche, couleur ocre jaune. L'emballage opalescent ne permettait pas de distinguer s'il s'agissait d'un homme ou d'une femme. Ayant le cœur bien accroché, il aurait pu facilement repérer, à l'aide des écriteaux punaisés sur les civières, le corps de l'agente de nettoyage, mais sachant qu'il commettait une infraction en pénétrant dans ce lieu sans autorisation, il se força à ressortir en tirant la porte qui se referma avec un déclic. « Ah, voilà ! » s'exclama-t-il à haute voix.

Au moins, je suis arrivé à destination. Je me suis manifesté. Et puis je n'ai pas l'intention d'identifier cette femme que je ne connais pas. Je ne suis pas venu ici par simple curiosité, mais pour remettre un docu-

ment. Demain, je téléphonerai et j'en finirai une bonne
fois avec cette histoire, et s'ils insistent pour que je me
déplace, je reviendrai. Ce n'est pas un problème. Je
trouverai le temps. Il est hors de question d'envoyer
le vieux ou une secrétaire, et encore moins le contremaître, qui voudrait sûrement dire adieu à la femme
qu'il aimait. Non, je ne laisserai pas ce déséquilibré
venir ici. J'ai promis de lui éviter un blâme, mais pas
de lui donner l'occasion de revoir cette femme qui, légalement parlant, est encore un peu sous ma protection,
celle de mon service, en tout cas, jusqu'à ce que l'État
rapatrie son corps et le remette à sa famille.

Il revit en pensée les gigantesques hangars de la boulangerie, les lignes de production assourdissantes où les
boules de pâte serpentaient en tressautant avant d'être
englouties dans la gueule des fours. En attendant de bru-
nir dans la cuisson, elles avaient la même couleur ocre
jaune que le cadavre qu'il avait entraperçu. Insensible
au froid vif et au crachin qui tombait sans relâche, au
lieu de revenir sur ses pas, il décida de prendre l'allée
qui débouchait sur un étroit chemin conduisant à un
autre édifice, un baraquement ou une maison en préfabri-
qué où un petit écriteau annonçait : *Publications scientifiques.* C'est extraordinaire de voir avec quelle maestria
la direction a réussi à intégrer les morts à la vie nor-
male sans que rien ne rappelle le médical, s'émerveilla
le DRH. Son collègue inconnu, le responsable des ressources humaines de l'hôpital, était apparemment doué
pour calmer l'angoisse de ses employés et satisfaire
leurs revendications. Il contourna le baraquement pour
voir si les lumières de tout à l'heure brillaient vraiment
à l'horizon – par chance, il avait pris la précaution de se
vêtir chaudement avant de quitter l'appartement de sa
mère – mais à sa surprise, il découvrit que le brouillard
et l'obscurité les masquaient à présent et qu'au lieu

de s'éclaircir, la nuit était si noire que, de loin, il prit l'homme en blouse blanche qui venait à sa rencontre pour un ange aux ailes déployées.

15

La réceptionniste lui avait envoyé un technicien du laboratoire d'anatomopathologie qui, grâce à sa spécialisation et à ses centres d'intérêt, connaissait bien la morgue et tout ce qui y avait trait.

C'était un homme grassouillet, la cinquantaine, coiffé d'un béret basque qui pouvait dénoter une certaine religiosité, ou une nostalgie de la bohème, voire les deux à la fois. Il était d'un naturel curieux, affable et dynamique. Il s'empara du bras du DRH et le noya sous un flot de paroles. « Heureusement que vous êtes venu ce soir, parce que demain, vous ne l'auriez pas trouvée et vous auriez été obligé de courir jusqu'à l'institut médico-légal d'Abou Kabir, vu qu'il n'y a que là qu'ils savent traiter les victimes impossibles à identifier. Mais aux urgences, ils ont différé son transfert dans l'espoir que quelqu'un, un proche, un ami ou un de ses collègues vienne constater qu'elle a été bien soignée, qu'on a tout tenté pour la sauver, mais que finalement on n'a rien pu faire. En fait, nous sommes un petit hôpital excentré ; les blessés graves et même les plus légers sont transportés dans les grands hôpitaux du centre-ville, à croire que la police ou le SAMU pensent que nous ne sommes pas équipés en cas d'urgence. C'est très désagréable. C'est une offense envers notre professionnalisme. On se demande d'ailleurs pourquoi cette femme est arrivée ici, peut-être parce que, au début, son état n'inspirait aucune inquiétude. Elle était dans le coma, mais pas sérieusement blessée. Quelques coupures aux mains et aux pieds et une légère estafilade à la tête, rien de bien méchant, sauf que la plaie s'est infectée et que l'infection s'est propagée jusqu'au cerveau. Le processus a dû commencer pendant qu'elle était au marché.

– Le cerveau ? s'étonna le DRH. Il peut s'infecter ?

– Bien entendu. Quarante-huit heures plus tard, il n'y avait plus rien à faire. Son anonymat a bouleversé ceux qui se sont occupés d'elle. Les médecins et les infirmières, tout le monde s'est battu. Ils voulaient tellement qu'elle reprenne connaissance, même un court instant, pour qu'elle nous dise qui elle était. C'est pourquoi, après sa mort, ils nous ont demandé de ne pas transférer immédiatement son corps à Abou Kabir parce qu'ils espéraient que quelqu'un viendrait la chercher et apprendrait le mal qu'on s'est donné pour elle... Pour qu'on n'oublie pas... Quelle chance que vous n'ayez pas attendu demain matin, monsieur. Et même si vous n'êtes ni un parent ni un ami, mais seulement le chef du personnel, vous allez pouvoir nous renseigner et l'identifier. Suivez-moi dans le bureau. Nous allons remplir un formulaire pour les services sociaux. Eux aussi, ils se demandaient pourquoi personne ne se souciait de son absence. »

L'homme tira un trousseau de clés de sa blouse et ouvrit la première porte, celle qui était verrouillée. Le DRH se demanda s'il devait lui signaler que la porte de derrière était restée ouverte, mais il décida de se taire. Voyons d'abord ce que ce type au béret a dans le ventre, songea-t-il. Ils entrèrent dans une pièce de petites dimensions dont le centre était occupé par une civière vide où était posée une paire de gants de latex blanc, attestant que l'usage du lieu ne se cantonnait pas à la paperasserie. Le type du labo s'empressa d'installer le responsable près de la civière avant de sortir d'un placard métallique le vieux cabas bleu de la victime où

était agrafée une pochette à l'en-tête de l'hôpital contenant tout le nécessaire – un rapport médical et un certi-
ficat de décès anonyme. Il fourragea à l'intérieur et en
tira la fiche de paie maculée et déchirée, la source de
tout le mal. Ce n'était visiblement pas la première fois
qu'il en explorait le contenu car il ne se contenta pas de
sa trouvaille, mais retourna et secoua la pochette d'où
s'échappèrent deux clés jaunes, attachées ensemble.

« Voilà, conclut-il. C'est tout. Mis à part des légumes
avariés et du fromage qui puait tellement qu'on n'a pas
pu le garder très longtemps. Bon, on va compléter le
procès-verbal d'identification avec les renseignements
que vous nous avez apportés concernant la victime,
plus les vôtres, sans oublier la rubrique du lien qui vous
unit à elle. J'espère, ajouta l'homme en souriant aimablement, que vous n'êtes pas trop sensible et que vous
pourrez l'identifier. Je vous rassure tout de suite, vous
avez de la chance. Le corps est bien conservé et elle ressemble à un ange endormi, croyez-moi. »

Tant de familiarité fit rougir de colère le responsable, qui considéra sans aménité son interlocuteur,
apparemment très content de lui. Pas de doute, c'était
lui « l'informateur », « l'ami », le grand supporter de
la presse. Et c'était entièrement de sa faute s'il galérait
depuis des heures. Il mit les choses au point d'une voix
glaciale, empreinte d'une animosité contenue. Non, il
n'était absolument pas sensible, et il n'avait aucune
réticence à regarder la réalité en face, dût-elle prendre
l'apparence d'un cadavre démantibulé, à condition que
ce soit réellement nécessaire. Il était venu communiquer le nom, l'adresse et le numéro de la carte de séjour
de la victime, dont la feuille de paie avait été remise
inconsidérément à un journaliste malintentionné, alors
qu'on aurait dû la transmettre directement à la direction des ressources humaines de l'usine. Un point c'est

tout. En fait, à sa grande surprise, il avait découvert aujourd'hui qu'il avait lui-même embauché cette personne quelques mois auparavant et qu'il avait rédigé son curriculum vitae de sa propre main. Mais cela ne signifiait pas pour autant qu'il était en mesure de l'identifier. L'entreprise employait deux cent soixante-dix-huit salariés, répartis en trois équipes, sans compter l'administration et le patron, qui percevait également un salaire, soit trois cents personnes en tout. Alors ? Pourrait-il identifier chacune d'entre elles si elle venait à décéder ?

Il défit un bouton de son gros manteau, se saisit du dossier et en sortit la première page qu'il posa sur la civière.

« Voilà, tous les renseignements sont consignés là-dedans. Je vous préviens que je ne veux pas l'identifier, même si elle a l'air d'un ange endormi. Et puisque c'est vous l'expert et que vous l'avez examinée sous toutes les coutures, vous n'avez qu'à signer les papiers tant que vous y êtes. Tenez, il y a même une photo, si ça peut vous aider. »

Un peu déconcerté, le technicien s'empara de la feuille qu'il se mit à étudier.

« Le cliché est flou, c'est très petit, grommela-t-il, mais oui, il y a de fortes chances pour que ce soit elle. Comment s'appelait-elle ? Julia… Oui, bien sûr, c'est très probable. Nous avons également pensé qu'elle était étrangère. Elle avait quarante-huit ans ? Vous en êtes sûr ? Oui, c'est bien elle. Même sur la photo, on voit qu'elle a les yeux bridés, le type asiatique. Elle était caucasienne ? Tatare ? Où était-elle née ? C'est où, ça ? Vous savez, les médecins et les infirmières, aux urgences, ils étaient sous le charme alors qu'elle était dans le coma. C'est elle. Il n'y a pas de doute. Mais pourquoi êtes-vous si entêté, monsieur ? Pourquoi tant de formalités ? Personne n'ira vérifier votre signature. Venez, allons-y ensemble. Il suffira d'un coup d'œil pour en finir. Si vous signez, demain matin les services sociaux seront en mesure de joindre la famille et nous pourrons l'inhumer, soit ici, soit à l'étranger.

– Vous n'avez qu'à signer vous-même.

– Je ne peux pas. Le personnel de l'hôpital n'est pas habilité à identifier un cadavre d'après une simple photo. C'est une procédure illégale qui pourrait me coûter cher. En fait, je n'ai même pas le droit de la regarder. Mais qu'est-ce qui vous empêche de le faire, vous ? Et puis c'était une de vos employées, et vous n'avez pas hésité à vous déplacer, par une nuit pareille, en plus. Que craignez-vous ? Si vous ne signez pas, il faudra convoquer demain l'un de ses collègues qui devra se rendre à Abou Kabir. Encore de la paperasserie… Et la presse, qui s'en mêlera encore…

– La presse ? Parlons-en ! s'emporta le DRH.

– Et pourquoi pas ? (Le médecin eut un sourire chafouin.) Les morts éveillent la curiosité des gens. Heureusement que ce journaliste s'en est mêlé… Comment l'auriez-vous su autrement ? »

Le responsable sentit la moutarde lui monter au nez.

« Reconnaissez au moins que c'est vous l'informateur, c'est vous qui lui avez donné des tuyaux… Ne me dites pas que c'est légal.

– Quand il n'y a pas d'autre solution, tous les moyens sont bons, répondit calmement le technicien. Il fallait bien faire un peu de publicité pour trouver le début d'une piste. Mais pour le reste, le style, le ton de l'article, je vous jure que je n'y suis pour rien. C'est lui, le journaliste, qui est responsable. Comment l'avez-vous appelé déjà ? Une langue de vipère ? C'est vrai ? Vous le lui avez dit en face ?

– Bien sûr que non, protesta le DRH en rougissant.

– Alors c'est probablement la secrétaire de la rédaction qui aura craché le morceau. Ce n'est pas grave, ne vous bilez pas. Et puis ça lui va comme un gant. En plus, tel que je le connais, il est capable de le prendre pour un compliment. C'est le genre sur qui tout glisse. Une vipère… ah… ah… elle est bien bonne. Mais une vipère efficace, pas un imbécile ni un tire-au-flanc.

– Efficace, tu parles ! Il a trouvé le moyen de vous contacter, n'est-ce pas ?

– Tout de suite après votre coup de fil. Il y a une heure… une heure et demie environ… C'est pour cela que je ne suis pas rentré chez moi, je me disais que vous viendriez peut-être ce soir.

– Vous m'attendiez ?

– Ça vous étonne ? Nous aussi, nous voulions la voir partir d'ici. Vous croyez que parce que nous côtoyons les morts à longueur de journée, ça ne nous a pas fait mal au cœur de voir que personne ne venait la réclamer ? Bon, alors, vous me le signez, ce procès-verbal ? Il y a un imprimé spécial. »

Mais la sincérité loquace du « rapporteur » ne fit que conforter le responsable dans sa décision. C'était tout ce qui lui manquait, un autre article dans le journal où on l'accuserait d'avoir identifié quelqu'un qu'il connaissait à peine.

Non, il n'avait pas peur des morts, expliqua-t-il. La preuve, quelques minutes plus tôt, en passant devant une porte malencontreusement ouverte, il s'était retrouvé par hasard dans la salle juste derrière le mur. Et malgré sa stupeur, il avait conservé son sang-froid et il était même disposé à y retourner pour mieux voir et obtenir des explications. Quant à signer un imprimé officiel, c'était hors de question. En quel honneur ?

Devant la déception de son interlocuteur, il s'interrogea sur les raisons de son refus. Pourquoi s'obstinait-il, au fond ? On avait clarifié la situation. Alors, de qui voulait-il se venger ? Du contremaître ? Du journaliste ? Ou de ce mouchard à l'origine du scandale ? Quelle importance s'il allait jeter un coup d'œil sur la victime ? Craignait-il de succomber à son charme ? Quelle folie ! Comme si l'on pouvait tomber amoureux d'une morte…

Il tendit la main vers les deux clés jaunes, posées à côté des documents où ne figurait toujours pas de nom, et demanda avec circonspection si on était sûr qu'elles appartenaient à la défunte. L'homme haussa les épaules. On ne pouvait être sûr de rien dans le chaos et la confusion qui suivaient un attentat. Mais les clés se trouvaient bien dans le cabas avec la fameuse fiche de paie. Alors pourquoi douter qu'elles lui appartiennent ? Toutes les autres victimes avaient été identifiées et aucune perte de clés n'avait été signalée.

Le DRH acquiesça. Il venait de remarquer que la pièce était sans fenêtre, mais que la hauteur de plafond décuplait l'impression d'espace. L'unique ampoule répandait une vive clarté froide. Quand elle était grillée, il fallait une très grande échelle pour la changer, songea-t-il.

« Pourquoi tenez-vous tant à ce que j'identifie cette femme puisqu'on a ses clés et son adresse et qu'il suffit de vérifier si elles ouvrent bien la porte ? C'est peut-être user de moyens détournés, mais c'est plus sûr que de se fier à la mémoire de quelqu'un qui ne l'a vue qu'une seule fois.

– Et alors ? dit le technicien.

– Alors, si la porte s'ouvre, je signerai comme si j'avais vraiment identifié le corps. »

Dans son trouble, l'homme ôta son béret, qu'il posa sur la civière. Religieux ou bohème ? se demanda le responsable. Quoi qu'il en soit, il était chauve.

« Admettons. Mais qui va se dévouer ?

– Moi », répondit doucement le DRH. Il croyait
rêver, émerveillé par ce qu'il était en train de faire.

« Vous ?

– Et pourquoi pas ? À condition que vous vous abs-
teniez d'en informer la presse, dont vous êtes apparemment l'ardent défenseur. Il n'est pas encore dix heures.
Ce n'est pas loin et pas très difficile à trouver. Je connais
bien la ville. Et d'ailleurs, qu'est-ce qui m'empêche
d'y aller ? Tant qu'on ne l'a pas enterrée, elle se trouve
encore sous notre responsabilité, et puisqu'aucun parent
ni ami ne s'est manifesté, c'est à nous, à la direction de
l'usine, de nous en occuper. Il se peut même qu'elle
ait souscrit une assurance dont on puisse tirer quelque
chose pour indemniser son fils… Parce qu'elle a un fils,
du moins à ce qu'elle nous a dit. Donc, si vous êtes
d'accord, je vous signerai pour le moment une attesta-
tion certifiant avoir emprunté les clés afin de procéder
indirectement à l'identification. Vous voyez ? Je ne me
dérobe pas à mes devoirs de chef du personnel, et *ça*,
vous pouvez le dire de ma part à votre vipère, si vous y
tenez. Et pour que vous ne croyiez pas que la mort me
fait peur ou me répugne, je suis prêt à refaire un petit
tour là-bas… dans la salle de l'autre côté de ce mur…
et je serais très heureux que vous m'accompagniez pour
m'expliquer comment il se fait qu'il n'y ait pas d'odeur.
Ce serait fort aimable de votre part. »

16

Le technicien ouvrit bien volontiers devant son hôte
une porte latérale que ce dernier n'avait pas remarquée
et commença par donner de la lumière dans la salle
glaciale. Et comme la première fois, quand il les avait
comptées hâtivement dans la pénombre, le DRH vit

douze civières occupées par des cadavres, certains soigneusement emmaillotés, les autres simplement recouverts d'un épais plastique transparent. Le responsable en trembla d'émotion ou de froid, et sa première question fut sémantique plutôt qu'anatomique. Quand appelle-t-on un mort un corps, un cadavre ou une dépouille ? Était-ce un processus objectif ou linguistique ? Une question de temps ou de substance ? Le technicien fut très surpris par cette question qui ne l'avait jamais effleuré. Après réflexion, il énonça la réponse catégorique suivante : à son avis, c'était juste une question de temps, même s'il y avait des exceptions, naturellement.

« Par exemple ?

– Par exemple les soldats morts à la guerre. Dans ce contexte, le temps est comme compressé, accéléré. »

Et de son propre chef, il ôta le plastique de l'une des civières, dévoilant le corps brunâtre d'une femme qui n'avait plus figure humaine.

« Mais ils ne sont là qu'à fin d'observation », se hâta de dire le DRH pour se rassurer en s'approchant de la civière. Il inclina la tête pour mieux voir et prouver à son guide, et surtout à lui-même, qu'il gardait son sang-froid.

« Exactement.

– Et pas pour la recherche ?

– Non.

– Alors expliquez-moi un peu comment il se fait que l'on ne sente rien, insista le DRH que la question turlupinait. Au fond, c'est moins l'aspect que l'odeur qui rebute, n'est-ce pas ? »

Le technicien esquissa un sourire.

« Mais si, il y a une odeur. Vous ne la décelez pas parce qu'elle est ténue. Quand vous passez du temps ici, elle finit par vous coller à la peau.

– Mais…, s'obstina le responsable des ressources humaines comme s'il s'agissait d'une question de vie ou de mort, comment vous y prenez-vous pour la neutraliser?

– Vous voulez vraiment connaître la formule?

– Si ce n'est pas trop compliqué.

– Compliqué? Pas vraiment… »

Et il se mit à énumérer les différents éléments de la substance – alcool, formol, phénol et eau distillée –, que l'on injectait quatre heures après la mort, et la manière dont on drainait le cadavre. C'était simple et efficace.

« Efficace même pour les assassins? plaisanta le responsable.

– Même pour eux. »

Hésitant entre s'enfuir et continuer la visite, le DRH se décida à la poursuivre à pas mesurés, comme dans une salle de musée. Rien ne distinguait les civières, en dehors d'un numéro d'immatriculation. Curieusement, les corps emmaillotés le choquaient davantage que ceux protégés par un simple plastique. Après un bref regard circulaire, il posa une dernière question avant de prendre congé : combien de temps en moyenne conservait-on les cadavres?

« Un an au maximum.

– Un an?

– On n'a pas le droit de les garder plus longtemps. Au-delà, on doit les inhumer.

– C'est tout?

– C'est le règlement.

– C'est intéressant… très intéressant… Montrez-moi celui que vous gardez ici depuis le plus long-temps… pour voir comment il est conservé… »

Le technicien l'entraîna vers l'une des civières du fond dont la protection de plastique s'ôta sans résis-

tance. Il découvrit une sorte de vieille momie dessé-
chée et barbue aux traits encore reconnaissables. Les
yeux hermétiquement clos témoignaient de l'âpre
bataille que l'homme avait dû livrer contre la mort un
an auparavant. Son visage portait encore les stigmates
de la souffrance qui, depuis lors, s'était peut-être un
peu atténuée dans le cœur de ses proches. Emmitouflé
dans son lourd manteau d'hiver, le DRH frissonna et
fourra ses mains gantées dans ses poches.

« On devrait venir ici de temps à autre pour remettre
les pendules à l'heure et comprendre ce qui est vraiment essentiel dans la vie », commenta-t-il, fataliste.

Le technicien opina du chef.

« Oui, et surtout ce qui ne l'est pas. »

Le DRH remarqua que la peau du cadavre ressemblait à un parchemin jaune vif. Sa poitrine ressemblait
à un vieux livre sacré dévoilant quelques pages.

« C'est intéressant… », répéta-t-il.

Il considéra le technicien, qui avait l'air très satisfait,
et lui demanda s'il était croyant. L'autre répondit que
non, tout en admettant qu'il y avait des moments où
l'on était bien obligé d'avoir la foi si l'on ne voulait pas
oublier son humanité quand on préparait les cadavres,
au moment où se retiraient les derniers vestiges de vie.

Le temps avançait à la grosse horloge murale. Après
une pareille expérience, on ne pourrait vraiment plus
accuser le DRH d'être impressionnable. Il s'apprêtait
à franchir la porte quand il s'immobilisa soudain et
demanda où se trouvait son ex-employée qui, crut-il
bon de préciser, était ingénieure en mécanique.

Elle n'était pas là. Juste derrière, il y avait un petit
local réfrigéré. Se serait-il décidé à l'identifier, finalement ?

Mais le responsable tint bon. Il n'irait jamais identifier quelqu'un qu'il n'aurait fait qu'entrevoir.

17

Bien au chaud dans sa voiture qui roulait dans les rues
mouillées et désertes de Jérusalem-Est, dont les réver-
bères dispensaient moins de lumière que dans la ville
occidentale, il éprouva pour la troisième fois l'envie de
faire son rapport au vieux. Il se doutait que le concert
de l'orchestre symphonique de Jérusalem n'était pas
encore terminé, mais il n'en téléphona pas moins chez
lui avec son kit mains libres et demanda à lui parler.
La gouvernante, à qui il déclina son identité, lui apprit
dans un anglais parfait à l'accent indéfinissable que
monsieur n'était pas encore rentré et que le concert se
prolongerait plus longtemps que prévu à cause d'une
symphonie très longue en deuxième partie.

« C'est sûrement l'une des dernières de Mahler »,
affirma le DRH qui se prenait pour un expert.

Mais la gouvernante s'intéressait davantage à la
durée des œuvres qu'au nom des compositeurs, et il lui
suffisait de savoir que son patron ne serait pas de retour
avant minuit. Si le responsable désirait lui laisser un
message, elle s'engageait à le lui transmettre mot pour
mot. Il décida de ne rien laisser du tout afin que le vieux
ne se doute pas que l'enquête était close, ce qui l'empê-
cherait peut-être de dormir sur ses deux oreilles.

En traversant la frontière invisible, mais bien réelle,
entre la ville orientale et la ville occidentale, il alluma
l'autoradio pour écouter le concert en direct. Non, ce
n'était pas Mahler. Il connaissait très bien son style.
Mais il y avait quelque chose dans l'orchestration qui
le rappelait ou l'annonçait. Le hautbois et la clarinette

évoquaient Mahler, mais ce n'était quand même pas lui. Au moment où il amorçait la montée de Komemiout, dépassait la maison de sa mère et tournait brusquement dans la rue de son ancien lycée, fusa une marche rythmée, presque sauvage, quelques accords répétitifs qu'il accompagna d'un mouvement énergique de la main. De qui était cette musique ? Il saurait probablement la reconnaître s'il pouvait en entendre davantage. Mais la traversée de Jérusalem n'était pas assez longue pour pouvoir écouter la totalité de la symphonie dans sa voiture. Il parvint à Nahalat Ahim, jouxtant le grand marché où avait eu lieu l'attentat. La rue Usha, qui figurait sur la fiche de renseignements de la défunte, était l'une des plus petites du quartier et devait se trouver en bas de la pente. Mais au lieu de s'enfoncer dans un labyrinthe de ruelles à sens unique ou d'impasses et d'attendre la fin de la symphonie, qui était encore loin d'être terminée, il se gara dans l'artère principale, ôta le téléphone portable de son boîtier et le fourra dans la poche de son manteau.

Quand on frappe à la porte, nous sommes déjà en chemise de nuit, sauf notre grande sœur qui ne s'est pas encore déshabillée. Avant de partir au remariage de notre rabbin, veuf depuis un an, papa et maman nous ont pourtant recommandé de n'ouvrir à personne après vingt et une heures, pas même à grand-mère. Mais nous sommes tellement sûres que c'est elle qui, inquiète, vient s'assurer que tout va bien que, surexcitées, nous nous précipitons. Et nous ouvrons étourdiment sans demander derrière la porte close si c'est bien elle et si elle va vraiment coucher chez nous, et nous manquons défaillir en découvrant un étranger qui ne porte pas les habits traditionnels des orthodoxes : un homme grand et fort, les cheveux coupés ras comme ceux de maman quand elle va se coucher. Il veut savoir si nous connaissons une dame qui s'appelle Julia Ragaïev. Il a cherché dans tout l'immeuble, de haut en bas, sans trouver son nom nulle part. Et alors, au lieu de lui refermer la porte au nez, de mettre la chaîne et de lui parler par l'entrebâillement, comme papa nous l'a appris, nous répondons en chœur : « Mais elle n'habite plus ici, elle a déménagé dans la cour, dans la baraque qui servait avant d'entrepôt à la voisine. C'est sa nouvelle maison. » Notre grande sœur, qui déteste qu'on prenne la parole à sa place, nous fait immédiatement taire : « Vous ne la trouverez pas maintenant parce qu'elle travaille la nuit dans une grande boulangerie d'où elle nous rapporte quelquefois une hala pour le sabbat. – Ce n'est pas vrai, ce n'est pas vrai, ne l'écoutez pas ! intervient une autre de nos sœurs, celle du milieu, qui sait toujours tout. Elle a été licenciée et papa pense qu'elle a peut-être quitté Jérusalem parce qu'il y a plusieurs jours qu'il la cherche et qu'elle n'est pas là. »

L'inconnu sourit avant de nous expliquer qu'il est le directeur de la boulangerie et que ce n'est pas vrai que Julia a été licenciée. Nous rappelonsnous l'attentat qui a eu lieu la semaine précédente, non loin d'ici, au marché ? Julia Ragaïev a été gravement blessée et elle se trouve à l'hôpital. Il est venu lui chercher quelque chose car il a les clés de chez elle. Et il fait tinter le trousseau qu'il nous montre.

Incapables de nous contenir, parce que, comme tous les enfants de l'immeuble, nous connaissons Julia qui est très gentille et très douce, même si elle n'est pas religieuse comme nous, nous nous écrions ; « Oï veï, oï veï ! Que Dieu la protège, qu'est-ce qui lui est arrivé ? Où est-elle ? C'est sûr que papa et maman voudront aller la voir pour accomplir le commandement. »

L'inconnu lève la main. « Une minute, les enfants, doucement ! Elle est très malade et les visites sont interdites en ce moment. Mais dites-moi, est-ce que quelqu'un a cherché à la voir récemment ? »

« Non, non, répondons-nous en chœur. Et nous sommes au courant de tout ce qui se passe ici, vous savez. »

L'homme hoche la tête et nous demande comment on allume la lumière et par où on accède à la cour.

« Venez, venez, je vous y emmène, je vais vous faire voir, propose étourdiment notre grande sœur. Vous, les petites, ça suffit, au lit », ajoute-t-elle à voix basse.

Mais comment obéir et l'abandonner en compagnie d'un inconnu, qui n'est pas religieux, en plus ? C'est pourquoi toutes les cinq, y compris la petite dernière de trois ans, leur emboîtons le pas dans le froid, avec nos chemises de nuit de flanelle, pour ne pas laisser notre sœur toute seule et qu'il ne lui arrive rien de fâcheux, Dieu nous en préserve. Et nous affrontons la nuit noire, la boue et les flaques d'eau en zigzaguant entre les planches et les objets hétéroclites éparpillés dans la cour, sans parler des cordes à linge, pour lui montrer la baraque qui servait autrefois d'entrepôt. Là, nous remarquons que le vent a arraché la plaque portant le nom de Julia et qu'il ne reste que le carton, punaisé sur la porte, avec le nou-

veau nom que nous lui avons choisi dans la sainte Torah. Julia s'était contentée de sourire sans rien dire.

18

Bon, la première clé a décadenassé la porte et la deuxième va certainement ouvrir autre chose, conclut le responsable. En ce qui me concerne, l'enquête qu'on m'a confiée cet après-midi est terminée. C'est bien la femme que nous cherchions et qui, je dois l'admettre, dépend toujours de nous.

Mais pourquoi ces charmantes petites filles, dont l'une au moins doit avoir l'âge de la mienne, sont-elles encore là, à trembler de froid en chemise de nuit? Que veulent-elles? Peut-être, après m'avoir vu ouvrir si facilement la porte, s'attendent-elles à ce que j'entre dans cette baraque afin de mener à bien la mission que je me suis inventée, soi-disant pour la locataire absente?

« Merci, petites, vous avez été merveilleuses, leur dit-il gentiment. Vous m'avez beaucoup aidé, mais je n'ai plus besoin de vous. Il fait très froid et humide, et puis il est tard. Alors, courez vite à la maison et au lit tout de suite, sinon vous allez tomber malades! »

Ébranlées par le ton paternel mais ferme de l'inconnu, les six sœurs, de la plus grande à la plus petite, hésitèrent un peu : devaient-elles obéir à cet homme qui n'était même pas religieux? Brusquement, telle une nuée de moineaux alertés par un léger battement d'ailes, elles s'égaillèrent et disparurent sans un regard en arrière. Le responsable pénétra dans un local sombre et glacial où stagnait comme un âcre relent de sommeil qui n'aurait pas eu le temps de se dissiper.

Il actionna aussitôt l'interrupteur et, jugeant la clarté trop faible, il alluma également une petite lampe posée sur la table, mais trouva qu'il n'y avait pas encore assez de lumière, à croire qu'il était devenu aveugle. Il nota que le lit était défait comme si l'occupante des lieux s'était réveillée en sursaut d'un cauchemar, ce matin-là, avant de se précipiter vers sa mort. Il déplaça l'oreiller et alluma également l'applique murale : il pouvait enfin distinguer la chambre.

Soudain, il se figea. De quel droit se trouvait-il là ? Mais il se reprit très vite, il avait trouvé la parade. La pauvre femme était passée par d'innombrables mains, et puis le vendredi suivant, le journal allait publiquement condamner la désinvolture et le manque d'humanité de l'entreprise, alors au lieu de peaufiner une riposte, mieux valait prendre les devants et faire preuve de compassion, de prévenance et de solidarité. Contacter la famille. S'occuper de ce qu'elle avait laissé. Envisager de l'indemniser. Mais oui, l'indemniser, pourquoi pas ?

Il découvrit au pied du lit une poupée vêtue de la robe de bure des moines, encapuchonnée, les pieds nus, l'air triste, les joues mangées d'un voile de lin noir. Il s'en empara et l'approcha de son visage pour voir de quoi elle était faite. Puis il la posa sur une étagère, à côté d'une petite radio qui lui donna subitement l'envie de reprendre la retransmission du concert. Il ôta ses gants et, naviguant entre les fréquences, si proches qu'elles se parasitaient les unes les autres, il finit par retrouver la symphonie inconnue où éclatait à présent la fanfare solennelle, lente et austère des vents.

La gorge nouée, il débarrassa un fauteuil en osier du chemisier à fleurs qui l'encombrait, s'assit avec précaution pour ne pas secouer le transistor qu'il tenait entre ses mains et ferma les yeux.

Dans ses précédentes fonctions, quand il était représentant et passait le plus clair de son temps à l'hôtel, il ne se couchait jamais avant minuit car il était sujet aux insomnies. Et depuis qu'il avait quitté son appartement et s'était provisoirement installé chez sa mère, il s'octroyait un somme devant la télévision, à l'heure du journal, pour se réveiller frais et dispos un peu plus tard et sortir faire la tournée des bars branchés, ouverts depuis peu en ville, à la recherche de nouvelles connaissances. Mais vu que sa journée de travail était loin d'être terminée et qu'il devait attendre la fin du concert pour rappeler son patron, il allait s'accorder une petite sieste symbolique dans la chambre de la défunte employée.

Il avait encore froid, alors que la porte située derrière lui et la fenêtre en face de son fauteuil étaient hermétiquement closes et qu'il avait gardé son manteau et son écharpe. Il se leva et découvrit qu'à la lucarne des toilettes, restée ouverte, était tendue une corde à linge, accrochée à une clôture voisine. A la clarté de la lune, entre deux nuages, il distingua des dessous féminins qui s'agitaient au vent.

À défaut d'un parent, ou d'un ami, qui se chargerait des effets personnels de la défunte, il demanderait à sa secrétaire de s'en occuper. Elle serait enchantée d'avoir une diversion au train-train de son ordinateur. Entre-temps, afin de pouvoir fermer la fenêtre, il remit ses gants, tendit l'oreille pour vérifier si la symphonie était encore loin de s'achever et, rassuré, autant qu'il pût en juger par son intuition et son expérience, il sortit dans la cour, contourna la remise qui semblait provenir d'un conte de fées en cette nuit hivernale, il se fraya un chemin entre les planches et le bric-à-brac qui recouvraient le sol, défit la corde et, avec un pincement au cœur, il décrocha les sous-vêtements dégoulinants de pluie et maculés de feuilles et de boue. De retour à l'intérieur, il les déposa dans l'évier et marqua un moment d'hésitation avant d'ouvrir le robinet pour les passer sous l'eau qui, à sa grande surprise, se réchauffait progressivement. Celui ou celle qui lui avait loué ce réduit avait quand même veillé à le raccorder au chauffage collectif.

Le contremaître serait ravi de lui laver son linge s'il était à ma place, songea-t-il. Mais c'est hors de question. Il nous en a fait assez voir comme ça avec ses amours clandestines, celui-là. Lorsque les accords finals de la symphonie lui parvinrent à travers la mince cloison, il abandonna les dessous au fond de l'évier, sans oublier de refermer le robinet.

Puis il se prit à regretter de les avoir décrochés et se promit de ne plus toucher à rien. Ni à un tiroir, ni à un document, ni à une photo. Rien du tout. Et si un parent ou un ami de la défunte venait à lui reprocher d'avoir perdu quelque chose qui n'avait jamais existé ? Que pourrait-il avancer pour sa défense ? Où étiez-vous ? Pourquoi avoir tant tardé à vous manifester ? Il se rassit dans le fauteuil à bascule et, bien que concentré sur la musique qui approchait lentement mais sûrement de la fin, il tenta de déceler ce que les lieux lui révélaient de la personnalité de la défunte. Hormis le lit défait – avait-elle eu l'intention de se recoucher à son retour ? –, la chambre était d'une propreté méticuleuse, apanage des pauvres. Une assiette vide était posée à côté d'une serviette pliée sur la table, dressée pour un repas. Deux anémones, dans un petit vase, avaient l'air fraîchement cueillies, alors que le récipient ne contenait plus d'eau.

Les murs étaient nus, sans une seule photo, pas même les personnes mentionnées dans le curriculum vitae qu'il avait rédigé sous sa dictée. Ni le fils que son père s'était soucié de ramener à lui, ni le vieil amant qui l'avait abandonnée, ni la mère âgée qui avait espéré quitter son village pour rejoindre sa fille. Un croquis sans cadre était accroché au mur, une simple esquisse au fusain, œuvre d'un amateur, elle-même peut-être : une ruelle déserte, probablement de la vieille ville, sinuant vers un grand bâtiment de pierre surmonté d'une coupole et d'une tour.

La musique solennelle s'abîmait dans des dissonances déroutantes, non résolues, tandis que le petit transistor s'évertuait à retransmettre la coda. Le responsable eut une inspiration subite. Il avait reconnu le compositeur : eurêka, c'est lui, sans aucun doute, se dit-il en agitant les mains, tel un chef d'orchestre. Seul un Allemand fervent et têtu pouvait se permettre de fatiguer ses auditeurs de la sorte.

Il jubilait. Cette nuit, grâce à la conclusion rapide de l'enquête qu'il lui avait confiée, il allait surprendre le vieux à qui il lancerait mine de rien à propos du concert : « Figurez-vous que je l'ai écouté en même temps que vous. Mais je ne sais pas s'il s'agit de la septième ou de la huitième. »

Cette misérable baraque, plantée au milieu d'une cour en pleine ville, dans un quartier plus populaire que religieux, lui plaisait décidément beaucoup. Combien pouvait-on demander pour un trou pareil ? L'identification de la victime se concluait brillamment. « Julia Ragaïev, Julia Ragaïev ! s'écria-t-il à haute voix. Julia Ragaïev, Julia Ragaïev ! » La mort de cette belle femme, plus âgée que lui et dont le sourire fascinant lui avait échappé, le désolait.

La sonnerie allègre qu'il venait de programmer sur son portable résonna au moment où la musique solennelle et funèbre atteignait le climax. Heureusement que son correspondant avait de la suite dans les idées, car il eut du mal à localiser le minuscule appareil au fond de l'une des innombrables poches de son manteau. « Une minute, s'il vous plaît », s'écria-t-il avant que son interlocuteur n'ouvre la bouche, en s'efforçant fébrilement de baisser le volume sans perdre la fréquence. Il reprit le téléphone pour découvrir qu'il s'agissait de sa mère : l'histoire de son fils l'empêchait de dormir et elle voulait savoir s'il était bien arrivé à l'hôpital et avait réussi à trouver quelqu'un qui prenne sur lui d'identifier cette pauvre femme.

« Oui, soupira-t-il, je suis allé au mont Scopus et j'ai montré le dossier à la morgue, mais ça ne leur a pas suffi et ils ont voulu que j'identifie le corps.

– Et tu as accepté ? s'enquit-elle avec effroi.

– Bien sûr que non, qu'est-ce que tu crois ? Je ne suis pas naïf à ce point. Tu penses que je suis capable de reconnaître quelqu'un dont je ne me souviens pas ? »

Sa mère parut satisfaite.

« Tu as bien fait. Cette affaire n'est plus de ton ressort. Tu as agi à bon escient, pour une fois. Mais où es-tu donc ? Dans le bar où tu vas d'habitude ? »

Il hésita avant de répondre.

« Tu es chez cette femme ? Mais pour quelle raison ? »

Le DRH expliqua à sa mère le stratagème qu'il avait élaboré pour identifier indirectement le corps de la victime.

« Et tu as réussi à ouvrir la porte ?

– Bien sûr.

– Alors qu'est-ce que tu cherches encore ?

– Rien. Je jette un coup d'œil. Je regarde. Je réfléchis. Il faudrait se montrer un peu plus généreux, s'occuper de ses affaires, les renvoyer à la famille…

– Tu as intérêt à ne toucher à rien.

– Quelle idée ! D'ailleurs à quoi veux-tu que je touche ? Oh, une minute, maman… »

La fin de la symphonie avait apparemment dérouté le public. Pareils à un grondement de moteur, les tièdes applaudissements du début s'amplifièrent pour ne pas vexer les musiciens. Le DRH espéra que la musique n'avait pas ôté les dernières forces du vieux, car il avait bien l'intention de lui faire son rapport cette nuit même.

Il augmenta précautionneusement le volume de la radio et ne bougea plus en attendant que l'on donne le nom de l'œuvre. Mais il n'entendit que le crescendo et le decrescendo des applaudissements qui se rapprochaient puis s'éloignaient par vagues successives. Quelqu'un dans la salle, une bonne âme apparemment, criait bravo pour encourager l'orchestre, et peut-être lui-même aussi, mais on aurait dit qu'il prêchait dans le désert. Il était tard pour tout le monde.

« Une seconde, maman… attends… » Il reprit le téléphone pour que sa mère ne s'offusque pas de son silence.

« Mais qu'est-ce qui se passe ? Y a-t-il quelqu'un avec toi ?

– Mais non. Je voulais juste savoir quelle est la symphonie que l'on vient de donner à la radio.

– Bon, alors que veux-tu que je fasse ?

– Toi ? Rien, répondit-il, abasourdi.

– Alors, bonne nuit.

– Je ne rentrerai pas tard.

– Tu peux rentrer à l'heure que tu veux. »

Le bulletin d'informations, auquel il ne s'intéressait nullement, survint sans qu'il eût obtenu la confirmation de son hypothèse.

La pluie s'était remise à tomber et tambourinait sur le toit. La fatigue commençait à se faire sentir. Après tout le mal qu'il s'était donné pour ne pas décevoir le patron, il n'allait pas lui échapper maintenant, songea-t-il. Son chauffeur l'attendait avec la voiture près du théâtre, et il ne tarderait pas à rentrer. Si j'étais un peu moins coincé, je m'offrirais une petite sieste dans son lit, sous la couverture. Mais je suis comme je suis. Ni amoureux, ni aimé, ni amant. Je ferais mieux de retaper le lit et de ne plus y penser.

19

Une demi-heure plus tard, il téléphonait au patron.

« Vous avez encore le courage de m'écouter après la huitième de Bruckner ?

– La huitième ? s'étonna le vieux. C'était la neuvième.

– Ah oui…, se reprit aussitôt le DRH, désireux d'étaler sa science, la symphonie inachevée.

– Inachevée ? répéta, interloqué, le vieux qui n'avait apparemment pas consulté le programme. Comment ça ? Elle a duré plus d'une heure.

– La preuve, affirma le DRH. Rappelez-vous. Il y avait trois mouvements, pas quatre. Heureusement que ce redoutable dévot était tellement rongé par le doute et l'angoisse qu'il n'a pas pu terminer le quatrième mouvement avant de mourir. Autrement, vous y seriez encore. Alors ? Avez-vous la force d'entendre le rapport que vous attendiez avec tant d'impatience ? Ou préférez-vous aller vous coucher ?

– J'ai somnolé un peu pendant le concert, alors je n'ai plus besoin de dormir, plaisanta le patron. Si vous tenez encore debout, faites donc un saut chez moi, mais pas tout de suite, laissez-moi le temps de m'organiser. En attendant, répondez-moi d'un mot. Sommes-nous coupables, oui ou non ?

– Disons que "responsables" serait plus approprié.

– De quelle façon ?

– Plus tard », coupa sèchement le DRH.

Il était près d'une heure du matin quand il pénétra dans le vaste et luxueux appartement où il ne s'était rendu qu'une fois, pour présenter ses condoléances après la mort de la vieille, qu'il n'avait jamais rencontrée et n'était peut-être pas vieille du tout. Ce jour-là, le salon était noir de monde et, après avoir murmuré quelques paroles de réconfort à la famille en deuil, il s'était réfugié dans un coin où, durant près d'un quart d'heure, il s'était absorbé dans la contemplation d'une vitrine où étaient exposées les reproductions multicolores, en faïence ou en plâtre, des différentes sortes de pains et autres pâtisseries produites par la boulangerie depuis sa création. Quand il se retrouva seul dans le salon, ce soir-là, la vitrine éclairée de l'intérieur l'attira de nouveau comme un aimant. La gouvernante, une frêle Indienne à la peau foncée et aux cheveux blancs, insista pour lui prendre son manteau, son écharpe et ses gants avant de prévenir le maître de maison. L'appel de la chair était-il si lointain qu'il avait choisi une telle femme pour tenir sa maison ?

Le vieux, qui finit par faire son apparition, était véritablement sénile. Il sortait du bain, mais il n'avait pas l'air rafraîchi pour autant. Il était grand, voûté, la mèche royale, humide et aplatie, le teint blême, des cernes noirs sous les yeux. En apercevant ses pieds secs aux veines apparentes, glissés dans de vieilles pantoufles, le DRH frémit à l'idée que le patron était peut-être nu sous sa robe de chambre. Le concert ne semblait pas l'avoir requinqué du tout. Au contraire, on aurait dit que la musique sacrée l'avait éreinté et qu'outre la curiosité de connaître les résultats de l'enquête, il aurait voulu, au milieu de la nuit, s'approprier un peu de la vitalité de son jeune et solide subordonné. Sans lui demander son avis, il remplit deux verres de vin et brandit le sien devant son hôte.

« Alors ? Avez-vous résolu le problème ? L'avez-vous identifiée ? C'était bien une de nos salariées ? Comment se fait-il donc que vous n'ayez pas remarqué son absence ? »

Sans répondre, le DRH commença par vider d'un trait son vin, qui était excellent.

« Je préfère que vous vous rendiez compte par vous-même », dit-il en lui tendant la mince chemise, légèrement chiffonnée au terme de cette longue soirée.

Le patron relut l'article virulent au début du dossier sans manifester la moindre émotion. Il tourna la page et, suivant chaque ligne d'un long doigt ratatiné, il parcourut la fiche de renseignements de la défunte. Il tourna encore une page et s'absorba dans le curriculum vitae rédigé de la main du responsable, assis en face de lui, puis il revint en arrière, se leva, alluma un lampadaire et approcha la photographie de ses yeux défaillants, comme s'il voulait la ressusciter.

Le DRH se resservit.

« La trouvez-vous belle ? » demanda-t-il prudemment au vieillard qui s'apprêtait à lui rendre le dossier.

Le patron reprit la chemise comme si cette question inattendue exigeait un nouvel examen.

« Belle ? C'est difficile à dire. C'est possible… Pourquoi ? Ses traits ont quelque chose de noble, peut-être, non ? »

Le cœur du DRH se serra, comme s'il avait été dépossédé d'un objet précieux, perdu à jamais.

« Noble ? (Surpris, il s'insurgea contre ce nouveau qualificatif dont on affublait l'ex-employée.) En quel sens ? Qu'y voyez-vous ?

– En quel sens ? ricana le maître de maison tant la question était ardue. Est-ce que je sais… En tout cas, elle a l'air d'une étrangère, indubitablement… Une Asiatique… Même si elle a le teint clair. »

Le DRH avait le plus grand mal à se contenir.

« Vous n'allez pas le croire, mais je suis allé ce soir à la morgue du mont Scopus. J'en reviens, d'ailleurs. Or les renseignements que je leur ai apportés ne leur ont pas suffi et ils m'ont demandé de l'identifier. J'ai refusé. Comment peut-on prendre la responsabilité de reconnaître quelqu'un qu'on a peine vu, dites-moi ? Alors j'ai trouvé un autre moyen. Vous allez voir. »

Du fond de son fauteuil, le patron allongea le bras et effleura le genou du jeune garçon, comme pour l'inciter à se calmer.

« Attendez, dit-il en repoussant la bouteille de vin. Il est tard, reprenons depuis le début, avec méthode. »

Le responsable se rasséréna, sans pour autant renoncer au vin qu'il trouvait fameux. Une idée lui traversa l'esprit. Voilà un vieillard qui recevait un salaire, comme n'importe quel employé, en plus de tout ce qu'il possédait. Mais malgré sa fortune, il n'en avait plus pour longtemps, et l'on ne savait même pas si c'était un homme ou une société anonyme qui lui succéderait. Il éprouva un brusque élan de sympathie, comme s'il était tombé par hasard sur un parent quasi mourant à qui l'on pouvait se confier.

Il fit l'éloge du vin, en reprit une troisième fois et commença à raconter son histoire dans l'ordre chronologique, en commençant par cet après-midi, dans le bureau du patron, quand il lui avait notifié presque sur le mode du reproche qu'il n'y avait « pas d'autre solution » et qu'il devait débrouiller cette affaire, jusqu'au moment où il avait éteint la lumière du misérable logement de la défunte, quelques minutes plus tôt. Il lui sembla avoir présenté ce feuilleton comme un court roman policier avec une introduction, un développement et une conclusion.

Il savait qu'il ne pourrait se dispenser de mentionner le rôle du contremaître et décida de prendre son temps avant d'aborder cet imbroglio sentimental. Les effets du vin commençaient à se faire sentir, aussi redoubla-t-il d'attention pour ne pas embrouiller, compliquer ou trop simplifier les choses. De sorte qu'en parvenant au cœur du sujet, le béguin du contremaître pour l'employée et sa décision de s'en séparer, il se hâta de le défendre, comme si lui-même était tombé amoureux.

Le silence bienveillant du maître de maison incita le responsable des ressources humaines à s'étendre tout à loisir. Il nota que le peignoir du vieux était aussi usé que son propriétaire, contrastant avec le luxe environnant. Par le col entrouvert auquel il manquait un bouton, il aperçut un morceau de peau parcheminée à l'aspect cireux où s'enchevêtrait un réseau de veines bleuâtres.

Le responsable resta imperturbable quand il lui parla des dépouilles qu'il avait eu le courage de contempler et décrivit avec force détails le concentré d'humanité qui subsistait dans le plus vieux cadavre. Il conclut en mentionnant la bicoque de Nahalat Ahim et le lit défait que, précisa-t-il avec un sourire d'excuse, il avait retapé impulsivement, sans raison.

« Bravo ! applaudit le patron avec indulgence. Vous n'avez pas ménagé vos efforts. Je n'en espérais pas tant ! J'ai vraiment dû vous faire peur quand je vous ai menacé de vous remplacer si vous refusiez de vous charger de cette affaire…

– Il n'y a pas que moi que vous avez menacé, mon poste aussi.

– Votre poste ? s'étonna le patron. (Impossible de savoir s'il faisait semblant ou s'il avait réellement oublié.) J'ai dit ça ? Je ne devais pas être dans mon assiette.

– J'aimerais bien savoir à qui vous songiez pour me remplacer.

– À qui ? Ce ne sont pas les candidats qui manquent. Mais pourquoi le ferais-je ? Vous m'avez prouvé une fois de plus que vous êtes efficace, surtout lorsque vous avez peur de décevoir.

– De décevoir ? répéta le responsable, ravi de la justesse de l'observation. C'est vrai. C'est exactement ça. Je n'aime pas décevoir. Vous comprenez pourquoi je ne voulais pas faire de peine à ma fille, ce soir. Ça m'a suffi avec sa mère.

– Mais votre fille n'a pas souffert, claironna le vieil homme. Elle était très contente de la remplaçante que je lui ai trouvée. Ma collaboratrice m'a appelé juste avant le concert pour me dire qu'elle s'en était bien occupée avec son mari et qu'ils l'avaient aidée à faire ses devoirs pour toute la semaine.

– Elle vous a appelé ? s'exclama le DRH, dépité. Vous étiez donc au courant ?

– En partie. Vous avez épié mes faits et gestes à la radio, mais figurez-vous que je ne m'en suis pas privé de mon côté. J'ai téléphoné à l'hôpital pendant l'entracte pour savoir si vous étiez arrivé, mais personne n'était au courant.

– Comment vouliez-vous qu'ils le sachent ? Mais pourquoi avez-vous fait ça, au fait ?

– Pour savoir où vous en étiez. J'ai l'impression que vous n'avez pas compris à quel point cette accusation de manque d'humanité m'a meurtri. Que nous reste-t-il, en fin de compte, en dehors de notre humanité ?

– Quelqu'un d'autre vous a téléphoné ?

– Le contremaître.

– Lui aussi ? s'écria le DRH, interloqué. Quand ça ? Pendant le concert ?

– Non. Tout à l'heure. Avant votre arrivée. C'est pour cela que je vous ai prié de venir un peu plus tard. Il se sentait si mal après la conversation qu'il a eue avec vous qu'il a éprouvé le besoin de se confier aussi à moi. Il ne savait pas comment vous alliez prendre la situation.

– Mais pourquoi ? J'ai été très correct avec lui.

– Trop, justement. Il a été beaucoup plus dur envers lui-même. Je le connais depuis toujours. À moi, il ne me le fera pas au sentiment. Il travaille chez nous depuis plus de quarante ans. C'est mon père qui l'a embauché. À l'époque, c'était un jeune technicien qui venait de terminer son service militaire, un très bel homme qui avait toutes les employées, les jeunes et les moins jeunes, à ses pieds. On avait toujours peur du scandale. Et même après son mariage, on a continué à avoir des problèmes. Il a mis du temps avant de s'assagir. C'est pour cette raison qu'on a préféré l'affecter à l'équipe de nuit où l'atmosphère est plus calme et où les ouvriers sont si fatigués qu'ils n'ont pas la force de se compliquer la vie. Il y a quelques années, il est devenu grand-père et il m'a même demandé d'être le parrain de l'un de ses petits-enfants. Et le voilà qui s'amourache de cette pauvre Tatare, au point de devoir l'éloigner pour ne pas perdre la tête. Mais il se débrouille pour qu'on continue à lui verser son salaire alors qu'elle ne travaille plus chez nous… »

Le responsable tremblait d'épuisement. Il voulait en finir. Ou, du moins, faire une pause. Rentrer chez sa mère. Se laver. Dormir…

« Quelles explications allons-nous fournir et comment allons-nous les rédiger ? » demanda-t-il en rassemblant ses dernières forces.

Le vieux pâlit.

« On ne va rien expliquer du tout. On va plaider coupables, présenter nos excuses et verser des dédommagements.

– Des dédommagements, mais pourquoi ?

– À cause de l'humiliation que nous avons infligée à cette pauvre femme. Pour que l'on ne croie pas qu'on vire les gens chez nous sans raison valable. Parce que la direction du personnel aurait dû être avisée et qu'elle ne l'a pas été. C'est de cette manière que je veux clore le sujet, et non par des justifications oiseuses qui inciteront ce salaud de journaliste à fourrer son nez dans ce qui ne le regarde pas. Nous n'invoquerons aucun prétexte. Nous nous contenterons de déclarer que nous sommes coupables, que nous présentons nos excuses et sommes disposés à faire amende honorable.

– Amende honorable ?

– Oui. C'est indispensable. Je suppose qu'il faudra rapatrier le corps de la victime dans son pays, ou faire venir la famille pour les obsèques. Et s'occuper de son fils et de ses affaires. Il ne faudra pas oublier d'indemniser le jeune homme, surtout.

– Mais pourquoi pensez-vous que c'est à nous de supporter les conséquences ? s'insurgea le DRH. C'est l'affaire de l'État. Nous ne sommes pas responsables de l'attentat. C'est à l'État de s'en charger.

– L'État s'acquittera de ses devoirs. Nous ne lui ferons pas de cadeau. Et nous veillerons à ce que les autorités remplissent leurs obligations comme si nous étions la propre famille de la défunte. Je vous accorde que l'article de ce journaliste est injurieux, mais il contient un fond de vérité. Cela me brise le cœur de penser à cette femme qui a lutté contre la mort sans que personne ne le sache. Et dire qu'elle est restée une semaine à la morgue et qu'on n'a pas pu l'identifier parce que même le chef du personnel n'était pas au courant de son absence. Écoutez, mon vieux, je ne veux pas m'excuser, je veux me faire pardonner. J'ai quatre-vingt-sept ans et je n'ai pas de temps à perdre en discussions stériles. Et je ne veux pas risquer non plus de compromettre ma réputation, la mienne et celle de mes ancêtres.

– Vous exagérez un peu !

– Non. » Furieux, le vieillard haussa la voix et vit avec satisfaction la minuscule Indienne sortir, effarouchée, de sa cuisine.

« Mais pourquoi ? protesta le responsable sans savoir contre quoi il s'indignait. C'est par erreur qu'elle a continué à percevoir son salaire alors qu'elle ne travaillait plus chez nous, mais vous en faites un péché originel qu'on ne peut expier que par une pénitence quasi religieuse.

– Religieuse. Oui. Pourquoi pas ? Qu'y a-t-il de mal à cela ?

– On dirait que la musique de Bruckner vous a insufflé un sentiment de culpabilité chrétienne.

– Ne vous en faites pas. J'ai dormi les trois quarts du temps.

– Justement, c'est plus facile d'agir sur l'inconscient pendant le sommeil. »

Le vieillard posa la main sur sa poitrine nue, sous son peignoir. La conversation semblait beaucoup le divertir.

« Bon, alors si c'est une question d'inconscient, vous ne me convaincrez jamais de compter sur l'État. Mais oui, je veux faire amende honorable. J'en ai les moyens, tant sur le plan financier que sur le plan humain. Et je sais aussi qui va s'en occuper pour moi.

– Moi, bien sûr…

– Absolument. Vous. C'est bien vous qui avez insisté pour changer le chef du personnel en "directeur des ressources humaines"? Ce qui veut bien dire que vous avez décidé de privilégier le côté humain. La question est là, mon cher. Cet après-midi, vous avez promis de prendre *entièrement* en charge cette femme… Comment s'appelle-t-elle déjà?

– Julia Ragaïev, murmura, anéanti, le DRH qui devinait où il voulait en venir.

– Oui. Cette Julia Ragaïev, vous allez devoir vous en occuper encore un peu, jusqu'à ce qu'elle trouve le repos éternel. Comme vous avez jusqu'ici fait preuve d'efficacité et de bon sens, je ne vois pas de raison pour que ça change. De cette façon, nous pourrons prouver à la ville entière que nous assumons nos responsabilités et que nous méritons l'indulgence, y compris de la part de ce journaliste. Vous verrez. Rappelez-vous ce que je vous dis: même lui, cette langue de vipère, il ne saura plus où se mettre quand il nous verra baisser la tête devant ses calomnies. Courage, mon ami, car vous et moi ne sommes pas encore au bout de nos peines! Ne vous inquiétez pas et ne regardez pas à la dépense. J'ai plus d'argent qu'il n'en faut et je suis à votre entière disposition, de jour comme de nuit. Comme maintenant. »

En regagnant la rue déserte, le DRH eut une impression de flou et de blancheur. Il monta dans sa voiture qu'il ne démarra pas immédiatement, il s'installa sur son siège, baissa la vitre pour laisser entrer l'air frais de la nuit et tourna le bouton de la radio à la recherche d'une musique entraînante qui puisse le conduire chez sa mère en toute sécurité. Mais à cette heure tardive, il n'y avait que des mélodies insipides, incapables de lui inspirer une émotion pure, sublime. Il posa la tête sur le volant et attendit. Les flocons qui entraient par la fenêtre ouverte lui firent comprendre que le monde blanc qui l'entourait n'était pas l'effet de l'ivresse, mais qu'il neigeait réellement sur Jérusalem. Et la neige le galvanisa, comme lorsqu'il était petit.

II
LA MISSION

1

Au début, il crut rêver en entendant les voix de sa
mère et de sa secrétaire. Il ouvrit les yeux et comprit
que la jeune femme se trouvait bien derrière la porte
de sa chambre et pressait sa mère d'entrer prendre les
clés de l'employée décédée. Était-elle revenue avec le
porte-bébé ? Il aurait bien aimé embrasser encore une
fois le petit crâne tiède, mais lorsqu'il se rendit compte
que sa mère s'apprêtait à tourner la poignée de la porte,
il bondit pour se protéger de cette femme qui se permettait des privautés depuis vingt-quatre heures. Il
s'aperçut avec stupeur qu'il était près de dix heures.
L'excellent vin du patron avait heureusement couronné
cette épuisante journée. Sa mère s'en était d'ailleurs
mêlée en fermant en douce volets et rideaux pour tromper son sens du devoir.

Il s'habilla en vitesse et pria discrètement sa mère
de fermer la porte du salon pour que sa secrétaire ne
le voie pas se rendre à la salle de bains. Il n'avait pas
l'intention de l'aborder avant de s'être lavé et rasé.
Après quoi, il s'enquit de la neige.

« Quelle neige ?

– Ne me dis pas qu'il n'y en a plus. »

Mais la vieille dame ignorait de quoi il voulait parler, et dehors, il n'en restait plus trace.

Un peu plus tard, après avoir fait sa toilette, il entra
dans le salon. Les caisses et les cartons qui traînaient un

peu partout attestaient de la précarité de sa situation. Il trouva sa secrétaire, toute pimpante, en grande conversation avec sa mère.

« Que se passe-t-il ? » l'interrompit-il sèchement.

Bien entendu, elle ne s'était pas permis de le déranger chez lui de son propre chef, mais à l'instigation du patron. Taraudé par la mauvaise conscience, le vieux avait décidé de s'impliquer corps et âme dans cette histoire. Et comme le responsable tardait à arriver, il l'avait envoyée chercher les clés de la défunte, car après avoir entendu, la veille, la description du logement où vivait cette femme, il avait eu envie d'aller se rendre compte par lui-même avant de fixer la nature et l'importance des indemnités qu'il convenait de verser.

« Il veut aller là-bas ? Dans cette vieille bicoque ? Pourquoi faire ? » s'indigna le DRH en prenant à témoin non seulement sa secrétaire, mais aussi sa mère, comme si elle était partie prenante dans cette affaire.

Ravie d'avoir eu un prétexte pour quitter son bureau, la secrétaire, qui s'amusait franchement de la tournure des événements, repoussa ses protestations d'un geste désinvolte.

« Pourquoi pas ? Il vous fait de la peine ou quoi ? C'est très bien, au contraire, qu'il cherche à comprendre comment vivent ses employés et qu'il prenne un peu conscience des réalités, à la fin de sa vie. »

Le DRH renonça à la riposte bien sentie qu'il avait sur le bout de la langue. Les critiques de la jeune femme envers lui et le contremaître, comme à l'égard du patron, n'étaient pas pour lui déplaire. Il la considéra avec sympathie et lui demanda si le bébé était bien rentré, la veille.

« Évidemment.

— Croyez-le ou non, j'avais peur qu'il s'étouffe, à force.

– Sur ce plan-là, vous n'avez rien à craindre. »
Mais le DRH insista.

« Dommage que vous ne l'ayez pas amené aujour-d'hui.

– Si vous y tenez, je suis prête à le prendre avec moi au bureau tous les jours, à condition que vous vous en occupiez, dit-elle en rougissant.

– Avec plaisir ! Ce sera plus agréable de lui courir après que de cavaler après les morts. »

Troublée, elle se crispa et pâlit, comme si son supérieur avait proféré des menaces contre son fils. Elle consulta sa montre, reposa sa tasse de café, se redressa et, sans un mot, elle tendit théâtralement la main pour qu'il lui donne les clés. Mais le DRH n'en fit rien et la renvoya au bureau. Il accompagnerait le patron lui-même.

Le vieux se montra à Nahalat Ahim par une belle matinée froide. Sa pelisse ocre qui le faisait paraître plus grand et imposant, ses joues rougies par le froid et sa mèche royale, qui rebiquait, effaçaient les signes de décrépitude de la nuit précédente. Il était flanqué de son assistante et du responsable des ressources humaines qui, la mine grave, les guida presque sans mot dire à travers les ruelles silencieuses de ce quartier modérément religieux. En plein jour, la cour de l'immeuble avait perdu un peu de son mystère de la veille et elle avait l'air minable avec les planches et le bric-à-brac qui la jonchaient. La fine couche de neige qui adhérait encore à l'herbe confirma au DRH qu'il n'avait pas rêvé, la nuit précédente.

Il identifia aisément les deux clés jaunes qu'il avait accrochées à son trousseau personnel et, tel un agent immobilier chevronné, il décadenassa rapidement la porte et invita ses compagnons à entrer. Une lumière glauque filtrait à travers un lourd rideau à carreaux qu'il n'avait pas remarqué la veille. « Voilà, dit-il en agitant solennellement la main, le logement se résume à cette seule pièce. Je l'ai trouvée dans cet état, cette nuit. Je n'ai touché à rien, sauf au linge qu'elle avait étendu dehors. Je l'ai rentré pour qu'il ne moisisse pas et je l'ai déposé dans l'évier. Croyez bien que je le regrette, parce que, légalement, seuls les proches parents ont le droit de toucher aux biens d'une personne décédée. Mieux vaut donc laisser les services sociaux s'en occuper. Ils savent comment agir dans ce genre de circonstances. »

Mais, tel un lion en cage, le vieux n'écoutait pas les recommandations de son subordonné. Les pupilles dilatées, embuées d'une émotion mêlée de curiosité, il se dirigea sans hésitation vers la petite table tendue du même tissu à carreaux que les rideaux. Il prit l'assiette vide du dernier repas, non consommé, l'examina et la renifla. Après quoi, il pria sa secrétaire d'ouvrir les tiroirs de la commode qu'il se mit à fouiller de fond en comble, palpant les vêtements de la défunte et s'agenouillant même devant le compartiment du bas pour inspecter ses chaussures.

« Il n'y a pas grand-chose, commenta-t-il, et puis c'est vieux et usé. Mais si quelqu'un tient quand même à récupérer un vêtement, une paire de chaussures, nous ferons en sorte de les lui faire parvenir. »

Sa collaboratrice, qui le secondait depuis plusieurs années, hocha la tête d'un air de doute. Elle glissa un œil vers le responsable des ressources humaines silencieux, contrarié par cette présence qui dénaturait l'étrange tristesse qui l'avait étreint la veille au soir, quand il avait prononcé le nom de la morte.

Mais le patron n'en continua pas moins ses recherches. Il reposa un livre dont il était incapable de deviner l'auteur ou le titre, écrits dans un alphabet étranger qui ressemblait à un mélange de latin et de grec, et entra dans la minuscule cuisine. Là, il contempla la plaque électrique, retourna une poêle et fureta dans les couteaux et les fourchettes avant de tomber sur le linge, abandonné dans l'évier. Il retroussa impulsivement les manches de son manteau et acheva la besogne commencée la veille par le responsable. Il essora soigneusement les slips, les bas Nylon, la combinaison et la chemise de nuit à fleurs qu'il étala sur le lit et le fauteuil.

« Il faudrait dénicher une belle photo de cette femme avant l'arrivée des services sociaux, déclara-t-il de but en blanc.

– Une photo ? s'étonna la secrétaire. Pour quoi faire ?

– Pour la placer dans notre petit mémorial. Il n'y a pas que les employés tombés au champ d'honneur. On doit se souvenir aussi des victimes du terrorisme. »

Le responsable des ressources humaines vit rouge.

« Je vous répète qu'il ne faut toucher à rien, fulmina-t-il. Et emporter une photo est la dernière des choses à faire. Rien ne nous donne le droit de violer son intimité. On a eu assez d'ennuis comme ça avec la toquade stupide de ce… la nuit… pour en rajouter, non ? »

Mais le patron ne parut guère impressionné.

« Julia Ragaïev… (Sa voix tremblait dans la lumière verdâtre.) Que pensez-vous d'un nom pareil ? D'où vient-il ? C'est juif, à votre avis ?

– Quelle importance qu'il soit juif ou pas ? (Le DRH ne décolérait pas.) Cette femme fait encore partie du personnel. C'est tout ce qui compte. »

Le vieil homme se décida enfin à regarder son subordonné, son cadet d'une cinquantaine d'années. Il lui posa la main sur l'épaule.

« Que vous arrive-t-il ? demanda-t-il tranquillement en détachant ses mots. Pourquoi êtes-vous bouleversé à ce point ? De quoi avez-vous peur ? Suis-je responsable de son état civil ? C'est vrai. Elle figure encore sur la liste du personnel et c'est ce qui importe. C'est pour cela que nous devons la traiter comme elle le mérite. Mais il faut d'abord découvrir d'où elle vient pour savoir où et comment rapatrier sa dépouille. »

2

Nous ne remarquons pas immédiatement sa présence. Par la suite, nous croyons qu'il s'agit d'un agent du Shin Bet, comme ceux qui assistent parfois aux réunions pour grappiller quelques informations confidentielles, notamment au sujet des victimes non identifiées qui ne sont peut-être pas d'innocents passants, mais les complices du kamikaze. Nous ne lui posons donc aucune question, d'autant qu'il a l'air parfaitement à l'aise, assis dans son coin où il écoute attentivement les assistantes sociales, les médecins, les psychologues, les experts en assurances, les employés municipaux parler des morts, des blessés et de leurs familles en évoquant des cas récents ou plus anciens, car croyez-le ou non, nous nous occupons aussi des victimes des attentats d'avant les accords de paix, qui sont toujours en cours de traitement.

Finalement, nous ne résistons pas à l'envie de lui demander qui il est et à quel titre il se trouve là. Il s'excuse de s'être introduit ici incognito, mais il a estimé que c'est le lieu où il doit communiquer l'identité de sa victime dont il épelle le nom et dicte de mémoire le numéro de la carte de séjour, comme si c'était le sien.

Nous ne comprenons pas tout de suite de quoi il parle. Le nom et le numéro ne nous disent rien.

Et puis quelqu'un se rappelle qu'il y a effective-
ment eu une victime non identifiée dans l'attentat
de la semaine passée, vite occulté par le suivant.
Mais nous avons pensé qu'elle avait été trans-
férée à l'institut médico-légal d'Abou Kabir, qui
a déchargé Jérusalem de toute responsabilité. Et
voilà que le corps se trouve toujours ici. C'est
grâce à un article paru, ou à paraître, dans un
hebdomadaire que ce sympathique jeune homme
a pu l'identifier. Et il répète son nom ainsi que le
numéro de sa carte de séjour.

Mais qui est-il ? Un parent ? Un ami ? Un voi-
sin ? Un amant secret qui se manifeste après la
mort ? Le cas s'est déjà produit. Mais il n'est rien
de tout cela. Cet homme ne connaissait même pas
la victime et il est là en tant que responsable des
ressources humaines de la vieille boulangerie de
Jérusalem-Ouest ou la défunte, une nouvelle immi-
grante probablement sans famille, était en CDD
comme agente de nettoyage. Son absence est pas-
sée inaperçue pendant plusieurs jours. La bou-
langerie est désireuse de réparer son erreur et de
nous aider à faire le nécessaire.

En apprenant que cet homme taciturne vient
nous proposer la collaboration discrète de son
entreprise, nous avons l'impression qu'un rayon
de soleil illumine notre lugubre réunion. Et nous
nous hâtons de le diriger vers le bureau voisin.
Là, il pourra fournir à la jolie représentante du
ministère de l'Intégration des renseignements
concernant la victime ainsi que ses coordonnées
personnelles, afin qu'elle puisse le joindre en cas
de besoin. Et c'est ainsi que nous apprenons (ce
qui ne change rien à l'affaire) que ce charmant

> *jeune homme est divorcé et vit actuellement chez sa mère.*

La fonctionnaire de l'Intégration, une femme séduisante au regard brillant et au léger accent étranger, le conduisit dans une autre salle. Devant le refus du DRH de lui confier le dossier jaune, elle dut photocopier la fiche de renseignements de la victime et son curriculum vitae, rédigé de la main du responsable. En voyant que la photo de la victime ne provoquait aucune réaction, il se décida à lui demander si elle était également sensible à la grâce de la défunte. Mais la jeune femme referma la chemise, imprégnée de son parfum, avec cette curieuse réponse : « Et pourquoi ne serait-elle pas belle ? » Un minuscule portable chatoyant apparut au creux de sa main par lequel elle communiqua au ministère, dans sa langue, l'essentiel des informations.

« Voilà, vous pouvez partir, dit-elle ensuite au responsable. Nous nous chargeons de retrouver la famille pour connaître ses intentions. »

Mais le DRH lui prit doucement la main.

« Attendez, il n'est pas question que je m'en aille. Vous ne savez pas ce que j'ai dit pendant la réunion, tout à l'heure. Je représente une grande entreprise qui a l'intention et les moyens de s'impliquer dans cette tragédie. Nous y avons d'ailleurs un intérêt. Notre conscience nous dicte de montrer que nous attachons de l'importance à chacun de nos employés, y compris à une agente d'entretien en CDD. C'est pourquoi nous insistons pour collaborer avec vous, je veux dire avec l'État, pour organiser les obsèques. La presse nous a attaqués à cause de cette histoire et on nous a même reproché notre manque d'humanité, figurez-vous.

– Votre manque d'humanité ? » La jeune femme le regarda avec étonnement, tandis que le DRH s'efforçait d'imprimer ses traits délicats dans sa mémoire pour qu'il ne puisse pas encore dire qu'il ne se souvenait pas d'elle.

Et il se surprit à lui résumer brièvement les grandes lignes de l'article à paraître le surlendemain, omettant délibérément les amours vaines du vieux contremaître afin de maintenir l'histoire sur un plan bureaucratique.

« Peut-être exagérons-nous un peu, mais en ces temps troublés, chacun doit faire son examen de conscience et non se contenter d'incriminer les autres. »

Il lui demanda ses coordonnées. Son numéro de téléphone et de fax au ministère et, surtout, celui du portable microscopique qui avait réintégré son sac.

3

À son retour au bureau, dans l'après-midi, il trouva les lieux déserts. Le manteau et le sac de sa secrétaire avaient disparu. « Le bébé n'est pas très bien, lui apprit le mot qu'elle avait laissé sur sa table. Je serai là demain. » Mensonge, se dit-il. Elle se venge parce que j'ai refusé de lui remettre les clés, ce matin. Il compulsa les documents qui s'empilaient sur son bureau, mais après les descriptions effroyables qu'il avait entendues aux services sociaux, les dossiers du personnel lui parurent dérisoires. Il sortit dans le couloir pour élucider le mystère du silence. C'est en approchant de la porte capitonnée du vieux, qui n'étouffait pas complètement les voix, qu'il se rappela la réunion de travail prévue ce jour-là pour discuter de l'augmentation de la production. Le récent bouclage des territoires avait entraîné une augmentation de la demande des ennemis, du fait également de la destruction de petites boulangeries locales, soupçonnées de fabriquer des explosifs.

Après une seconde d'hésitation, il se décida à risquer un œil dans la pièce enfumée. Tout le monde était là : les contremaîtres, les directeurs marketing, les ingénieurs, les responsables de la logistique et quelques secrétaires, qui prenaient des notes, serrés comme des sardines autour de la table chargée de rafraîchissements. Il se demanda si, là encore, il pourrait se faufiler à l'intérieur sans se faire remarquer, mais le vieux l'aperçut et interrompit les débats. « Ah, enfin ! s'écriat-il. On a besoin de vous. Votre secrétaire n'est pas là et je m'évertue vainement à calculer le coût de la main-d'œuvre supplémentaire à votre place. »

Le DRH lui fit comprendre d'un geste qu'il préférait rester dans son coin, mais le patron ne l'entendait pas de cette oreille. Il pria son assistante de se lever et le fit asseoir à ses côtés, car il voulait d'abord l'interroger discrètement sur les avancées de leur affaire. Apprenant que le ministère de l'Intégration avait promis de retrouver la famille de la victime pour organiser les obsèques, il se rasséréna et la discussion reprit.

Le DRH sortit de sa poche un stylo et une calculette et démontra rapidement qu'on pouvait minimiser les coûts grâce à des transferts d'une équipe à une autre. Il sentait que le contremaître ne le quittait pas des yeux. Que me voulez-vous encore ? J'ai refusé par principe d'identifier la morte pour que l'on ne m'accuse pas d'être votre complice. Et il ratura énergiquement les estimations provisoires du vieux, comme pour dire : « C'est complètement irréaliste. »

À la fin de la réunion, il retourna dans son bureau pour affiner ses prévisions et téléphoner à sa secrétaire à qui il voulait demander des éclaircissements sur un point précis. Mais elle n'était pas là et son fils lui répondit d'une voix grave, ensommeillée, qu'il ignorait où elle se trouvait ; c'est à peine s'il se rappelait l'existence

de son petit frère. Le DRH dut se débrouiller tout seul.
À mesure que le jour déclinait, il en oublia l'employée
défunte de même que ses sous-vêtements, ses bas, sa
chemise de nuit à fleurs et la légère combinaison en
train de sécher. Oubliés également le personnel des
services sociaux, comme les douze cadavres du mont
Scopus, à croire qu'ils n'avaient jamais existé. Assis à
son bureau, la fenêtre ouverte, il s'attaqua à la nouvelle
répartition des tâches.

La grêle se mit à tomber sans crier gare. Il la regarda
s'abattre sur la table avant de fermer la fenêtre et téléphoner à sa fille pour remplacer la visite de la veille.
Mais son ex-femme monta sur ses grands chevaux et
lui rétorqua qu'elle ne savait pas où elle était ni quand
elle serait de retour.

« Qu'est-ce que tu veux encore ? Ton jour, c'était
hier, et si tu as préféré te faire remplacer, c'est ton problème, pas le mien. Nous avons prévu quelque chose
pour aujourd'hui et demain aussi. Tu devras attendre la
semaine prochaine.

– C'est méchant ! Je n'ai absolument pas choisi de
me faire remplacer. Il y a eu un drame, je te l'ai déjà
expliqué, une de nos ouvrières a été tuée… »

Mais elle avait déjà raccroché.

Il se replongea dans ses calculs, mais il avait du mal
à se concentrer. Son ex avait le chic pour distiller son
venin en quelques mots, c'était stupéfiant. Il chercha
dans sa poche les coordonnées de la fonctionnaire de
l'Intégration qu'il choisit d'appeler sur son portable. Il
n'eut pas le temps d'ouvrir la bouche qu'elle l'avait
identifié d'après le numéro inscrit sur l'écran.

« Ne soyez pas si pressé, monsieur, s'impatienta-
t-elle. On vient juste de découvrir le nom exact de
l'ex-mari, le père de l'enfant. On cherche maintenant
quelqu'un au consulat qui le localise et lui annonce per-

sonnellement la nouvelle. Il arrive que des messages qu'on laisse aux familles ne passent pas, ce qui entraîne des problèmes insolubles. Alors soyez patient, s'il vous plaît. »

Elle espérait que, d'ici ce soir, les principaux intéressés seraient informés des décisions concernant la dépouille.

« Bien sûr, bien sûr », s'excusa de bonne grâce le responsable. Lui aussi s'occupait du personnel et il savait que ces choses-là prenaient du temps. Mais là n'était pas la raison de son appel, il avait oublié quelque chose d'important. Les clés du logement de cette femme étaient en sa possession. La morgue du mont Scopus les lui avait confiées la nuit précédente afin de procéder indirectement à l'identification de la victime, et il tenait à en informer le ministère de l'Intégration ou les services sociaux, le cas échéant.

Mais au ministère, personne ne se souciait des clés. Le plus urgent était la question des obsèques. Les effets personnels de la défunte pouvaient attendre.

« Et si vous essayiez de retrouver l'homme qu'elle a accompagné ici… ?

— Ah oui, son ami… le Juif…

— C'est ça. Vous êtes incollable, à ce que je vois. Son ami ou son amant.

— Son amant ? (La fonctionnaire partit d'un grand éclat de rire.) Que voulez-vous qu'on en fasse, de son amant ? Réfléchissez, monsieur (et en deux coups de cuillère à pot, elle tenta de lui inculquer le b.a.-ba de la procédure). Ce type ne compte pas. Il nous faut un proche parent, légalement responsable. Et dans ce cas, le seul qui ait un lien du sang avec la victime, c'est le fils.

— Il n'est pas trop jeune ?

– Même un mineur peut avoir un pouvoir de décision.

– Vous avez raison. Comment ai-je pu oublier ce garçon ? Oui, c'est logique. Nous nous armerons donc de patience en attendant la réponse. Mais n'oubliez pas de me, euh... de nous tenir au courant.

– Ne vous en faites pas. Nous avons besoin de l'aide de tout le monde. Vous figurez dans le fichier de l'ordinateur. » Et elle prit très poliment congé.

Aujourd'hui, les secrétaires, les ordinateurs et les portables régissent la planète, songea le responsable. Il s'apprêtait à se remettre au travail lorsque la secrétaire du patron l'appela sur la ligne intérieure pour le prier de venir dans le bureau du patron.

Le vieux n'était pas là, il devait passer un examen médical. La secrétaire s'était installée devant l'ordinateur, dans le fauteuil du patron, pour peaufiner la réponse au journal que le rédacteur avait accepté de publier dans un encadré, au centre de l'article, à condition qu'il n'excède pas quatre-vingts mots.

Le cœur serré, aveuglé par la rage, le DRH lut par-dessus l'épaule de la secrétaire :

Je remercie infiniment le distingué journaliste pour son instructif et bouleversant article où il stigmatise l'indifférence intolérable dont a fait preuve notre entreprise envers une employée temporaire, victime d'un attentat. Après enquête, il s'avère que cette négligence regrettable provient des erreurs administratives et personnelles de la direction des ressources humaines. En mon nom et au nom du personnel de la boulangerie, je tiens à exprimer mes profonds regrets et mes excuses. J'ai aussitôt pris les dispositions nécessaires pour contacter les autorités compétentes en vue de par-

ticiper étroitement à l'organisation des obsèques de la victime ainsi qu'au dédommagement de la famille.

Le responsable tendit le doigt vers l'écran pour compter les mots.

– Il y a cent mots. Et comme le rédacteur n'en veut que quatre-vingts, je vais vous dire ce qu'il faut faire. Supprimez tout de suite cette phrase inutile, injuste et erronée qui me révolte. Tenez, si vous effacez le passage qui m'incrimine, il vous restera quatre-vingts mots exactement.

Et il se mit à compter chaque mot à voix haute en les suivant du doigt sur l'écran.

La secrétaire se retourna et le regarda avec une compassion qui contrastait avec l'agressivité de ses jeunes collègues.

« Mais comment ? Laisser les excuses sans aucune explication reviendrait à reconnaître qu'il règne chez nous une telle anarchie que nous sommes incapables de retrouver l'origine de cette bavure.

– Alors au moins (le DRH bouillait d'une colère rentrée) on pourrait renoncer à l'encadré et préparer pour la semaine prochaine une réponse en bonne et due forme. Je vous dicterai le récit emberlificoté du vieux contremaître qui s'est lâchement amouraché d'une de ses employées, une ouvrière seule et étrangère.

– Non, non. (Elle lui effleura le bras pour le calmer. Une fraction de seconde, le visage pâle et ridé laissa entrevoir la beauté qui fut la sienne.) On ne peut pas révéler quelque chose d'aussi humiliant, pour lui et pour nous.

– Alors pourquoi m'accusez-vous, *moi* ?

– D'abord, ce n'est pas moi, c'est *lui*.

– Bon, alors pourquoi me fait-*il* porter le chapeau ? »

Parce qu'il voulait sa coopération active. Dès le départ, le DRH n'avait pas hésité à lui promettre de s'occuper de tout, alors pourquoi n'endosserait-il pas en plus une part de responsabilité ? Pas seulement parce qu'il était le responsable des ressources humaines de l'entreprise, mais aussi à cause de son âge, parce que s'il travaillait ici aujourd'hui, il n'aurait aucun scrupule à partir demain s'il en avait l'occasion, et quand il s'en irait, personne ne se souviendrait de ce qui s'était passé. Donc, il pouvait bien prendre un peu sur lui. Le patron était là pour l'éternité et, comme il l'avait dit un jour, l'ange de la mort lui porterait le coup fatal dans son fauteuil. Pour lui, le monde se résumait à cette pièce d'où l'on voyait les cheminées de l'usine fondée par ses aïeux. On ne pouvait pas le laisser assumer seul, d'autant que, s'il voulait son avis, il prenait les choses bien trop à cœur.

Le DRH l'écouta sans l'interrompre. Il sentait sa rage retomber. Il connaissait son efficacité, mais il n'imaginait pas qu'elle pouvait avoir des idées originales. Il revit son mari – grand, sportif, le regard souriant et plein d'humour. Ce vieil homme au crâne chauve en forme de ballon de rugby déteignait-il sur elle ? Il détourna la conversation pour savoir ce qu'il pensait de sa fille.

« Il vous a déjà parlé de ses lacunes.

– Non, il ne s'agit pas de ça, coupa le père. Je ne pensais pas aux maths ou à la géométrie, mais à sa personnalité en général. »

La secrétaire eut un sourire gêné tant la question était explicite et elle chercha à atermoyer. Ils la connaissaient à peine…

Mais le responsable insista. Son époux lui avait beaucoup plu… C'était quelqu'un de bien…

Le visage flétri s'illumina de plaisir. Elle inclina légèrement la tête pour adoucir ses propos.

« Je pense que… lui aussi… comme moi, il l'a trouvée charmante et… elle n'est pas bête, mais…

– Mais quoi ?

– On dirait qu'elle se décourage trop vite… qu'elle s'avoue vaincue d'avance…

– Elle s'avoue vaincue d'avance ?

– Oui, comme si elle était déçue d'elle-même… ou du monde… ou bien de vous. C'est très destructeur. Mon mari pense que vous devriez vous battre davantage, ne pas abdiquer si facilement.

– Abdiquer ? » répéta le responsable, interdit. Mais au lieu de réfuter l'argument ou de se justifier, il commença à se faire à cette idée. « Je vois… je comprends…, soupira-t-il. Je suis d'accord… oui, il a raison. »

Et il renonça à polémiquer davantage sur la réponse au journal pour digérer cette vérité, énoncée avec tant de tact.

4

Nous, au Vieux Renaissance, nous avons entendu sonner son portable et, sans nous, il aurait peut-être raté un appel apparemment très important, car il a aussitôt quitté le pub et n'est pas revenu. C'est souvent le cas avec les portables de nos clients. Nous, les serveurs qui travaillons ici tous les soirs, nous sommes tellement habitués à la musique que le patron nous balance à pleins tubes dans les oreilles que nous avons fini par nous y faire et que nous sommes les seuls à pouvoir entendre la sonnerie des portables dans ce vacarme d'enfer. Ce type qui, ces derniers mois, est devenu un habitué, ne se sépare jamais de son téléphone qu'il pose, allumé, sur la table entre sa bière et l'assiette de cacahuètes jusqu'à l'arrivée de ses amies. Cette fois, il l'a oublié dans une poche de son gros manteau que nous lui voyons pour la première fois. Est-il naïf au point de croire à la neige annoncée ?

Il s'est installé dans son coin où n'ont pas tardé à le rejoindre cette fille, qui sourit tout le temps aux clients, puis l'autre, la jolie droguée que le patron n'arrive pas à virer, et enfin le vieil homo, ce type si raffiné et cultivé, qui s'est mis à discuter avec lui. Et alors le manteau a commencé à s'animer au milieu du raffut et des conversations. Quand nous nous sommes aperçus qu'il ne remarquait rien, nous lui avons crié : « Hé ! Vous ne reconnaissez plus votre sonnerie ou quoi ? » Il a sursauté comme s'il venait de se faire piquer par un serpent et il a répondu in extremis. *Et puis il s'est mis à crier, à supplier presque : « Une minute, mademoiselle, la musique est trop forte, je n'entends rien. » Et il s'est précipité dehors. À son retour, il a demandé l'addition et on ne l'a plus revu depuis.*

C'était l'employée du ministère de l'Intégration, qui ne l'avait pas oublié. En dépit de l'heure tardive, elle avait jugé bon de l'informer de la suite des événements. De fait, l'ex-mari venait d'être informé et il avait immédiatement décidé de rapatrier le corps de son ex-épouse. Il n'avait pas vraiment le temps ni l'envie de s'occuper des obsèques d'une femme qui, à ses dires, était sortie de sa vie depuis longtemps, mais il pensait à son fils qu'il avait eu le bon sens de sauver à temps de « cet

enfer », comme il appelait le pays. Pour sa part, il préférait qu'on l'enterre là où elle était décédée et qu'on le
laisse tranquille avec cette histoire, mais puisqu'on lui
demandait son avis, il estimait que si son fils voulait un
jour se recueillir sur la tombe de sa mère, mieux valait
qu'elle se trouve à proximité et non dans un endroit qui
risquait d'être éternellement dangereux.

Voilà la situation, résuma l'efficace fonctionnaire,
qui avait eu le temps d'avertir la cellule de crise des services sociaux pour qu'ils donnent l'ordre de transférer
la dépouille de la morgue du mont Scopus à l'institut
médico-légal d'Abou Kabir, où ils étaient les seuls à
savoir préparer les corps pour un long voyage. S'il n'y
avait pas de contretemps – ici ou dans notre consulat –
elle devrait pouvoir partir sous quarante-huit heures,
dans le vol charter qui décollait dans la nuit de vendredi
à samedi.

« Je vois que vous êtes très bien organisés, la félicita le responsable qui grelottait de froid, le téléphone
collé à l'oreille, en descendant la rue devant le bar pour
améliorer la réception et s'éloigner du vigile qui le sur-
veillait.

– Oui », approuva la jeune femme avec un soupir
de contentement – son accent mélodieux, hérité de
l'enfance, semblait plus prononcé à l'approche de la
nuit et de ses songes. Il faut dire que, ces trois dernières
années, son département avait acquis une certaine expérience en la matière, bien que, à dire vrai, un cas semblable était plutôt rare. L'attentat avait eu lieu depuis
près de dix jours, et la famille n'avait été prévenue que
ce soir. Un tel délai était excessif et ne pouvait que des-
servir le pays, comme s'il était en proie à l'anarchie et
au chaos. Il fallait rattraper le temps perdu et, par conséquent, le DRH et ses supérieurs devaient décider s'ils
continuaient ou non à s'impliquer dans cette histoire

ou s'ils s'en remettaient à l'État. On disposait en effet d'un budget et d'une équipe compétente, mais puisque la famille de la défunte ignorait tout de la boulangerie et de son incurie, elle ne s'attendait à aucun dédommagement ni à des excuses. Le responsable et son entreprise pouvaient donc reprendre leurs billes, personne ne vous en blâmerait. Dans le cas contraire, ce que, entre parenthèses, ses collègues des services sociaux, souvent dépassés par ces tragédies, apprécieraient, aurait-il la gentillesse de les prévenir le lendemain matin ?

« Au fait, vous savez qu'elle a sa mère… dans je ne sais quel village…

— Oui, oui, nous sommes au courant, nous l'avons situé sur une carte, c'est au bout du monde. D'ici qu'on la retrouve, ça risque de prendre un temps fou, et on a en assez perdu comme ça. On a demandé au mari de la mettre au courant et il a promis d'essayer, parce que, en hiver, les communications sont très difficiles. Pour le moment, je suggère d'oublier la mère dont nous ne tiendrons pas compte concernant la question du lieu de l'inhumation. Nous pourrons toujours l'aider à se rendre là où elle voudra, quand elle aura appris la nouvelle.

— Vous avez raison. »

Le responsable conclut l'entretien sur la promesse de communiquer la décision de l'entreprise à la première heure, le lendemain matin, et leva les yeux pour voir d'où provenait la lumière qui inondait la ruelle. Au cœur de ce rude hiver, une pleine lune, printanière, limpide et totalement inattendue, avait émergé de derrière les nuages sombres pour s'unir aux légions célestes, poussées par le vent invisible. Il songea à la morte dont le mince dossier se trouvait toujours sur la banquette arrière de sa voiture. Précisément à cette heure-ci, des hommes robustes pénétraient dans la morgue du bâtiment rustique, face au désert, ils sortaient le corps d'un tiroir frigorifique, l'enveloppaient dans un sac en plastique qu'ils nouaient, ils le déposaient sur une civière et la transportaient, à la clarté de cette énorme lune, jusqu'à une ambulance, ou un simple fourgon, qui la conduirait dans la plaine, à Abou Kabir, première étape de son voyage de retour à sa patrie. Il se rappela les douze cadavres destinés à la recherche et l'insistance du technicien du laboratoire pour le convaincre d'identifier le corps.

Et son refus catégorique.

Ce n'étaient pas des manières.

Et ses réticences envers la tocade du contremaître.

Maintenant, il ne la reverrait plus jamais.

Il eut subitement envie de courir au mont Scopus pour jeter un coup d'œil à son visage. Et en admettant même qu'il arrive à temps, il avait renoncé à son droit de l'identifier et il était impossible de revenir en arrière. Il monta dans sa voiture, brancha le kit mains libres et, tout en roulant, il appela le vieux pour le mettre au courant des événements ainsi que de la décision à prendre pour le lendemain matin. Cette fois, la gouvernante veillait jalousement au grain.

« Savez-vous qui je suis ?

– Parfaitement, monsieur, affirma-t-elle dans son anglais à l'accent indien, mais ce soir, j'ai ordre de ne pas le déranger. »

Ce doit être la visite médicale, se dit le responsable. Si un simple examen a suffi à le fatiguer, il faut espérer qu'il va se lasser de cette histoire et me laisser tranquille, mais si, au contraire, elle a ravivé ses craintes, alors je suis bon pour être son bouc émissaire.

Il entendit des coups de feu derrière la porte de l'appartement de sa mère et entra sur la pointe des pieds, de peur que la vieille dame se soit endormie devant la télévision comme elle en avait l'habitude. Mais elle était bien réveillée, souriante, emmitouflée dans un gros édredon, et elle regardait un film policier en noir et blanc.

« Comment se fait-il que tu rentres si tôt ? »

Tôt ? Il consulta sa montre, sourit, gagna sa chambre, se déshabilla, enfila un pyjama de flanelle, puis il alla à la cuisine et se coupa une grosse part de gâteau qu'il vint déguster dans le salon, à côté de sa mère, pour regarder la fin du film en espérant y comprendre quelque chose.

« Alors pourquoi es-tu rentré si tôt ? »

Il lui raconta les rebondissements de l'histoire, le vœu de la famille de faire rapatrier le corps pour que le fils puisse se recueillir sur la tombe.

« C'est normal, approuva sa mère. C'est pour ça que tu es rentré tôt ?

– Non. En fait, oui. J'ai peur que le vieux m'oblige à accompagner le cercueil… J'ai l'impression qu'il a décidé de se servir de moi pour soulager sa conscience.

– Et alors ? Tu en profiteras pour voir du pays.

– Avec ce froid ? En plein hiver ?

– Ça t'inquiète ? Ce matin, tu étais déçu qu'il n'y ait plus de neige. Tu auras toute la neige et la glace que tu veux, là-bas. »

Il la considéra avec stupeur, partagé entre l'irritation et l'amusement.

« Dis-moi la vérité, tu veux te débarrasser de moi, hein ? Je te dérange.

– Tu ne me déranges pas. Mais ça me fait mal au cœur.

– Quoi donc ?

– Que tu aies brisé ta famille. »

5

Cette nuit-là, il rêva qu'il lâchait une bombe atomique sur son ancien appartement. Une bombe minuscule qui tenait dans la main, une sorte de petite roue dentelée en acier, agréable au toucher en dépit des traces de lubrifiant dont elle était souillée. Malgré sa taille, c'était une vraie bombe qu'il projeta contre l'appartement, et puis il s'affola, ou plus exactement, son acte le bouleversa, mais il ne le regretta pas. Et il fut rassuré en voyant sa femme et sa fille, saines et sauves, évoluer dans un autre appartement. Elles avaient les yeux très rouges, ou irrités, et l'air si tristes, ou humiliées, de ce qu'il avait fait qu'il ne put leur adresser la parole. L'inflammation ne durerait pas, se dit-il pour se consoler en allant voir les dégâts causés par la bombe. Il regrettait surtout la perte des photos de famille. Un portier ou un vigile, chargé d'éloigner les intrus, était posté à l'entrée de l'appartement, devant le long couloir creusé par la déflagration. C'était un homme âgé, râblé, en costume rayé et chapeau mou de gangster, comme dans les vieux films, attablé devant une théière, une assiette et des couverts. De loin, il fit signe au DRH de ne pas approcher.

Celui-ci se réveilla, se retourna et fit un autre rêve. Qu'il ne se rappela pas.

Le lendemain matin, à la première heure, il pénétra dans le bureau sombre du patron sans même prendre le temps de poser son sac :

« Maintenant, écoutez-moi, lança-t-il tout à trac. J'ai essayé de vous parler hier soir, mais votre gouvernante m'en a empêché. C'est bien ce que je pensais. Le mari de cette femme, je veux dire son ex-mari, veut qu'on rapatrie la dépouille pour que son fils assiste aux obsèques. Il refuse que le garçon aille à Jérusalem qu'il traite d'"enfer", comme tout le pays d'ailleurs. Cette nuit, on a transféré le corps du mont Scopus à Abou Kabir pour le préparer au voyage. En quoi consistent ces préparatifs et comment on procède, je n'en ai pas la moindre idée, mais je peux me renseigner si ça vous intéresse. Voilà. Notre consulat s'en occupera à l'arrivée. Ils ont l'habitude. Maintenant, la question qui se pose est de savoir le rôle que nous voulons jouer dans cette histoire. Allons-nous nous retirer ou continuer ? Et si nous continuons, de quelle manière ? Les services sociaux et le ministère de l'Intégration voudraient avoir la réponse ce matin. »

Le vieux hocha la tête. Il semblait avoir une réplique toute prête. Mais le DRH poursuivit, en s'échauffant :

« Attendez avant de répondre ! J'ai lu la réaction que vous avez rédigée pour le journal. C'est injuste et malhonnête, et ça m'a mis hors de moi. Et puis je me suis calmé : au fond, qu'est-ce que ça change ? Faites comme vous voulez. Cette feuille de chou, d'habitude, je la jette sans la lire et je me fiche de savoir ce qu'il y a dedans. Et si ça soulage votre conscience de tout me mettre sur le dos – quand je dis moi, je veux dire la direction des ressources humaines –, eh bien d'accord, je serrerai les dents en silence. On m'a dit que vous avez passé un check-up hier, et même si, je l'espère, j'en suis sûr d'ailleurs, les résultats sont négatifs, c'est-à-dire positifs en ce qui vous concerne, j'ai décidé de vous épargner le stress d'une nouvelle discussion. »

Un sourire se dessina sur les lèvres du vieillard qui ferma les yeux pour mieux se pénétrer des paroles de son jeune subordonné.

« D'abord, je vous remercie. J'espère moi aussi que les résultats de l'examen seront positifs, c'est-à-dire négatifs du point de vue médical, bien que je n'en sois pas aussi certain que vous. Croyez-moi, même si j'étais cloué sur un lit de douleur, je ne penserais pas qu'une conversation, ou une discussion, avec vous me mette en rogne car, derrière le chef du personnel, je vois un jeune homme sensé avec qui je peux parler à cœur ouvert. »

Le responsable s'agita sur son siège.

« Donc, poursuivit le patron, il convient d'abord d'informer les services sociaux, ou le ministère de l'Intégration, que nous tenons à ce que quelqu'un de chez nous nous représente pour accompagner notre défunte employée jusqu'à sa dernière demeure et que, en plus de la contribution de l'État, nous verserons des dédommagements, des indemnités ou une bourse d'études, appelez ça comme vous voudrez, au jeune orphelin. Et nous n'oublierons pas la grand-mère, si elle assiste aux obsèques. Et nous donnerons aussi un petit quelque chose, pourquoi pas, à l'ex-mari en compensation des tracas que notre enfer lui cause. Oui, ils le méritent, en plus de ce que l'État leur octroiera. J'ai beaucoup d'argent, croyez-moi. Trop, même. Je n'aurais jamais cru devenir aussi riche, surtout avec le terrorisme qui a entraîné une augmentation de la consommation de pain et de gâteaux, je ne sais pas pourquoi. Rien ne nous empêche de réparer généreusement l'indifférence dont nous avons fait preuve envers cette pauvre femme, n'est-ce pas ?

– Et surtout les conséquences de l'amourette fatale du contremaître.

– Fatale ? Comme vous y allez ! Bon, admettons que vous ayez raison, on fera d'une pierre deux coups. Mais qui enverrons-nous ? Qui se chargera d'accompagner le corps et de rencontrer la famille ? La réponse va de soi. L'ambassadeur idéal est devant moi. Vous étiez un excellent représentant avant de vous séparer de votre femme et de votre fille, n'est-ce pas ? Que signifie donc

pour vous un petit voyage où, en plus, vous n'aurez
rien à vendre, mais à donner, et aux frais de la princesse, en plus.

– Pardonnez-moi, explosa le responsable, je ne me
suis pas séparé de ma fille, que je sache ! Pourquoi
dites-vous ça ? Ce n'est vraiment pas gentil. »

Le patron comprit qu'il avait gaffé et voulut réparer sa maladresse. Bien sûr, il s'était trompé, à quoi
songeait-il ? Il bondit sur ses pieds, se redressa de toute
sa hauteur et s'approcha du responsable dont il prit les
mains en se confondant en excuses. Où avait-il la tête ?
On ne se sépare pas de sa fille. Quelle sottise ! Il devenait gâteux. Et il proposa au DRH de prendre quelques
jours de congé pour préparer son voyage et ne plus voir
ce vieux chnoque qui débitait des fadaises. Il ouvrit
son portefeuille, sélectionna une carte de crédit parmi
toutes celles qui s'y trouvaient et la tendit au responsable avant d'en noter le code confidentiel sur un bout
de papier. C'était une carte Gold qui financerait sa mission – les paiements seraient automatiquement accor-
dés par le centre Visa, ce qui lui éviterait de fournir
des justificatifs ou de rendre des comptes. Entre-temps,
le patron informerait personnellement les services
sociaux ainsi que le directeur du journal. Pourquoi ?
Pour qu'ils sachent. Et puis il demanderait à sa secrétaire d'aller trier et ranger les affaires de la défunte.
On emballerait ce qui avait une certaine valeur maté-
rielle ou sentimentale pour l'expédier avec le cercueil,
le reste serait enregistré et stocké à la boulangerie en
attendant de décider ce qu'on allait en faire. Avant de
partir en mission, le responsable pourrait-il lui confier
les clés de la baraque ?

« Et les calculs pour la redistribution des tâches ?
demanda le responsable en sortant de sa poche son
trousseau d'où il retira les deux clés jaunes.

– Ne vous en faites pas, votre secrétaire s'en occupera. À partir de maintenant, vous êtes déchargé de la direction du personnel. Concentrez-vous sur votre voyage. Désormais, vous n'êtes plus le DRH, mais l'envoyé spécial de l'entreprise. »

Oh, et puis zut, pourquoi pas ! se dit l'envoyé spécial. Ce congé tombe à pic. J'ai tellement de choses à faire dans les prochaines quarante-huit heures. Il faut que je me prépare, même si c'est pour un court voyage, et que je voie aussi si je peux le prolonger un peu après les obsèques.

En sortant de l'usine, il s'arrêta dans une librairie pour acheter un guide et une carte du pays natal de la défunte. Après quoi il se rendit à la cafétéria où il avait entendu la singulière confession du contremaître l'avant-veille et se commanda un petit-déjeuner copieux. Il repéra sur la carte la capitale régionale ainsi que le village où elle était née et où vivait encore sa vieille mère. Ensuite, il appela la fonctionnaire du ministère de l'Intégration.

« Écoutez, dit-il, je ne sais pas si je dois vous le dire, mais puisque vous avez pris la peine de me prévenir la dernière fois, il est juste que je vous rende la pareille. Donc, la direction a décidé que j'escorterai la dépouille. C'est un geste symbolique, mais aussi pratique, car nous avons l'intention de dédommager le jeune orphelin et peut-être aussi la mère, si elle peut assister aux funérailles. Je prendrai le vol dont vous m'avez parlé dans la nuit de vendredi à samedi. Mais j'aimerais savoir si quelqu'un d'autre accompagne le cercueil. Vous ou un de vos collègues ? Je voudrais qu'on se mette d'accord…

– Qui accompagne le cercueil ? s'exclama la fonctionnaire. Mais personne ! Il voyage seul. Notre consule – c'est une femme – l'attendra à l'aéroport.

– Une femme ? Nous avons une femme, là-bas, pas un homme ?

– Mais oui, et alors ? Elle est très compétente. C'est une autochtone qui entretient d'excellents rapports avec les autorités locales et, croyez-moi, monsieur, ce n'est pas le premier cercueil qu'elle réceptionne, ces dernières années.

– Attendez une minute, expliquez-moi, je m'excuse, mais je suis complètement dans le noir. Le cercueil voyage en avion comme un vulgaire colis, sans escorte ? Et s'il arrivait quelque chose ? Un imprévu ?

– Quel imprévu voulez-vous qu'il arrive ? Si l'avion s'écrase, le mort est déjà mort, non ?

– C'est sûr. Mais je trouve quand même étrange d'être sa seule escorte.

– Vous ne l'escortez pas. Vous voyagez avec. Et de toute façon, votre rôle, si rôle il y a, prendra fin à l'atterrissage.

– Et les papiers ? s'obstina le responsable. À qui les confie-t-on ?

– On les remet généralement au chef steward, ou au pilote. Mais si vous voulez, on pourra vous en faire parvenir une copie. »

6

Il était désappointé et un peu effrayé aussi. Que se passait-il ? On le laissait seul avec la morte comme s'il était un parent, ou un ami proche.

Il se sentit mieux en quittant le restaurant. Le ciel s'était éclairci et la température radoucie. Il se rendit d'abord à la banque pour consulter son solde. Puis il retira une forte somme, en shékels et en devises, avec la carte de crédit du patron. En rentrant de l'agence de voyages, il ne résista pas à la tentation de passer devant son ancien appartement pour vérifier que l'immeuble était encore debout et n'avait pas souffert de son rêve. À midi, il téléphona au bureau de son ex.

« Écoute avant de raccrocher. Je sais que ce n'est pas mon jour de visite, mais je pars en voyage demain soir. Je dois rapatrier le cercueil de l'employée décédée, parce que le patron veut que quelqu'un représente l'entreprise aux obsèques, il a également l'intention de verser un dédommagement, ou une bourse d'études, au jeune orphelin, et…

– Abrège, coupa son ex-femme.

– Bref, le voyage peut durer trois jours, et je risque de ne pas être rentré à temps pour voir la petite, mardi prochain. Alors je voulais savoir s'il était possible de changer la date, pour une fois.

– Oui, mais il y a déjà quelque chose de prévu pour cet après-midi et il est hors de question de le repousser.

– Alors accorde-moi au moins une heure, ou même une demi-heure, pour que je lui dise au revoir. Ce n'est pas comme si je partais en vacances ou pour mon plaisir. Il s'agit d'une mission pénible et douloureuse qui nous concerne tous. Demain, toi ou moi pouvons mourir comme ça, dans la rue.

– Toi, pas moi.

– D'accord, seulement moi. »

Son ex-femme finit par transiger et l'autorisa à voir leur fille dans leur ancien appartement pendant quarante-cinq minutes, à condition qu'elle en ait le temps et l'envie.

Après déjeuner, il gravit l'escalier de l'immeuble qu'il avait tenté de détruire la nuit dernière avec une petite bombe atomique. Comme sa fille ne répondait pas à son coup de sonnette, il ouvrit la porte, entra et

la trouva couchée, tout habillée, sur son lit, son cartable jeté par terre, une botte en caoutchouc rouge pendouillant à son pied. Il contempla avec une tendresse
mêlée d'effroi le corps menu de sa fille. Le divorce de
ses parents l'angoissait-il au point de retarder sa croissance ? Et même si le temps lui était compté, il n'eut
pas le cœur de la réveiller et se rendit à la cuisine où il
trouva la table mise. Il sortit du réfrigérateur les ingrédients qui lui parurent appropriés et les mit à réchauffer. En attendant, il monta sur une chaise et entreprit
de fouiller la soupente à la recherche de ses godillots,
usés mais encore solides, qu'il avait remisés là, avec
son barda, à la fin de son service militaire.

« Qu'est-ce que tu cherches, papa ? demanda sa fille,
encore tout ensommeillée.

– Mes grosses chaussures.

– Pour quoi faire ? »

Il lui parla de la mission qu'on lui avait confiée, et
de la pluie et de la glace qui l'attendaient peut-être là-
bas.

« Quelle chance tu as ! Je meurs d'envie d'y aller
avec toi. »

Il descendit de son perchoir et la serra très fort dans
ses bras. Oh, il serait si heureux de l'emmener, mais ce
n'était pas possible, et même si cela avait été le cas, sa
mère ne l'aurait pas permis.

Il remonta sur la chaise et finit par dénicher ses bottillons qu'il trouva parfaitement appropriés à l'usage
qu'il voulait en faire. Et pendant que la fillette déjeunait sans appétit, il entreprit de les cirer en piochant
de temps en temps dans son assiette. Il la questionna
sur l'école et voulut savoir si elle était consciente de
ses lacunes en mathématiques. Pas vraiment, semblait-
il. Mais elle avait eu de bonnes notes à la rédaction

d'anglais rédigée par la secrétaire du patron et aux exercices de maths, résolus par son mari.

« Ils sont sympas, ces deux vieux. Ils devraient venir m'aider à faire mes devoirs tous les jours, dit-elle avec un clin d'œil malicieux dont elle n'était pas coutumière.

– Pourquoi dis-tu qu'ils sont vieux ? Ils ont encore bon pied bon œil, tu ne trouves pas ?

– Si. Peut-être parce qu'ils s'aiment toujours.

– Ils s'aiment ? répéta son père, surpris par cette repartie. Tu es une petite futée, toi », apprécia-t-il en caressant la tête bouclée.

Le visage de sa fille s'illumina, preuve qu'il était plutôt avare en compliments. Elle lui demanda avec effusion de lui raconter l'histoire de la mort de l'employée. À quoi il se prêta volontiers, sans omettre aucun détail. Et il lui parla de l'article diffamant qui devait paraître le lendemain et de l'amour saugrenu du contremaître. Les yeux écarquillés, partagée entre la crainte et le rire, elle l'écouta raconter sa visite nocturne à la morgue du mont Scopus où il était entré sans trop d'inquiétude. Mais comme il ne se sentait pas autorisé à l'identifier officiellement, il avait refusé de la regarder. Tous ceux qui avaient vu sa photo l'avaient trouvée très belle.

Belle ? La petite ne tenait plus en place. Elle voulait connaître tous les détails de la mission dont était chargé son père ainsi que le montant de la somme allouée au jeune garçon.

« On verra sur place. »

Il n'avait pas la moindre idée de la valeur de la monnaie, là-bas.

Elle poussa un profond soupir. Elle aurait tant voulu l'accompagner. Pour voir la neige, mais aussi ce pauvre garçon. Peut-être était-il aussi beau que sa mère. Dire qu'il était là, il n'y avait pas si longtemps, à Jérusalem…

La discussion se poursuivit. Il prit les plus grandes précautions pour lui faire comprendre qu'il ne l'abandonnerait jamais et qu'elle n'avait aucune raison d'en douter. En cette fin d'après-midi, le soleil brillait, ravivant l'éclat du ciel. Une tendre complicité s'instaurait entre eux, tandis que le père répondait sans détours aux questions simples, mais directes, de sa fille. Et quand son ex-femme revint plus tôt que prévu sans respecter l'horaire qu'elle lui avait elle-même fixé, il attacha ensemble sans protester les lacets de ses chaussures et les jeta sur son épaule. « Bon, j'y vais, dit-il. Tu as abrégé ma visite, mais elle n'en a été que plus intense. »

Il avait beau être en congé, il n'en téléphona pas moins à sa secrétaire pour lui demander si tout allait bien et si on avait cherché à le voir. Mais, à son habitude, elle avait profité de son absence pour filer s'occuper de son bébé. Il se rabattit sur l'assistante du patron qui, à sa surprise, n'était pas là non plus. Il appela le standard où l'on ne put le renseigner davantage. On aurait dit que tout le monde avait suivi son exemple et était parti en vacances. Il ne s'avoua pas vaincu pour autant et décida de joindre la secrétaire du patron sur son portable pour lui rapporter ce que lui avait confié sa fille et lui prouver qu'il ne prenait pas les conseils de son mari à la légère. Elle répondit avec beaucoup d'égards au responsable qui s'était métamorphosé en envoyé spécial, en usant du pluriel comme l'avant-veille.

« Vous tombez à pic. Devinez où nous sommes ? Chez cette femme.

— Julia Ragaïev ?

— Oui. Mon mari est venu m'aider à trier ses affaires. Au fait, si vous êtes dans le coin et que vous avez quelques minutes à perdre, venez voir ce que nous avons choisi de vous confier et ce qu'on entreposera pour le moment à l'usine, pour que vous ne nous accusiez pas de trop vous charger. »

Nous sommes en plein délire, se dit le responsable en prenant la direction de Nahalat Ahim. La folie du vieux est contagieuse. Mais le ciel se dégageait et le soleil couchant ensanglantait les bâtiments abritant les ministères, la Knesset, la banque d'Israël et la Cour suprême, comme pour officialiser la mission qui l'attendait. Et vu qu'il connaissait son chemin, il s'aventura en voiture au cœur de ce quartier religieux, mais sans excès, qui grouillait de monde à cette heure.

C'était la troisième fois qu'il y venait en deux jours, et maintenant que le vieux couple dynamique avait ôté le rideau de la petite fenêtre, les rayons saphir et pourpres du couchant illuminaient la petite chambre où régnait une délicieuse odeur de cuisine. Le logement était sens dessus dessous. Le sol était jonché de cartons, provenant de la boulangerie, où les affaires de la défunte remplaçaient les pains et les brioches avant d'être entreposées à l'usine. La secrétaire et son mari avaient apporté une belle valise de cuir, de taille moyenne, pour y placer les objets destinés à voyager avec le cercueil.

« J'espère que vous n'y avez pas mis ses dessous et sa chemise de nuit, ce serait ridicule », commenta le responsable avec un sourire amer.

La méticuleuse employée le rassura et insista pour qu'il fouille la valise, comme s'il était un agent de sécurité, tandis qu'elle en énumérait le contenu en justifiant chacun de ses choix. Une longue robe blanche, sans doute sa robe de mariée, était rangée au fond. S'empilaient par-dessus cinq blouses joliment brodées à la main et une paire d'élégantes bottes de cuir. On avait jugé bon d'y joindre le rideau à carreaux, une fois retiré de la fenêtre, à cause de la qualité du tissu. Ses plis servaient d'écrin au livre, dont le vieux n'avait pas réussi à lire le titre, et au dessin de la ruelle sans nom que l'on avait décroché du mur. Un paquet de lettres et de documents surmontait le tout, à côté d'un étui à lunettes et d'une clochette en cuivre qui sonna joliment lorsque la secrétaire la souleva.

« N'auriez-vous pas trouvé par hasard un meilleur portrait de cette femme que l'on pourrait agrandir et accrocher dans notre mémorial ? »

Non, ils n'avaient rien trouvé de tel. En revanche, ils avaient déniché un petit album avec quelques vieilles photos qu'il vaudrait mieux ne pas mettre dans la valise, mais dans le bagage à main qu'il garderait avec lui dans l'avion. Le responsable examina les clichés, tirés sur un papier si épais que l'on aurait dit des cartes postales anciennes. On y voyait une jeune femme, debout ou assise, dans une véranda qui donnait sur un pré, dans le lointain, ou encore dans une chambre, un bébé à moitié nu dans les bras. Mais les traits de la femme n'étaient pas ceux qui étaient restés gravés dans sa mémoire.

« Ce sont de vieux instantanés, observa le DRH. Son mari est le seul qui pourrait nous dire si c'est elle. Il s'agit peut-être de sa mère et d'elle-même, quand elle était bébé. On dirait bien que l'enfant a les yeux bridés. Il faut vous dire que je suis devenu expert en la matière à cause du contremaître, le somnambule... »

Il rougit en surprenant une lueur de pitié dans le regard rieur du mari.

« Bon, euh... c'est sans importance, balbutia-t-il, en fait c'est même... un peu absurde... De toute façon, dans deux jours, elle sera enterrée et on n'en parlera plus. »

Mais la pitié du vieil homme se mua en inquiétude, comme si le père présentait les mêmes lacunes que sa fille. Et, en homme pratique, il lui demanda comment il garderait le contact durant son voyage. Quand il apprit que le responsable pensait se contenter de son portable, il lui suggéra d'emprunter au vieux le téléphone satellite qu'il lui avait vu un jour. Puisqu'il avait carte blanche, il n'allait pas lésiner. Les communications coûteraient certes plus cher, mais au moins, la qualité serait parfaite. Il ne devait pas oublier qu'il partait en plein hiver au fin fond de la steppe, avec un cadavre dans un cercueil, en plus. Mieux valait donc qu'il assure ses arrières par voie aérienne plutôt que par voie terrestre seulement.

En apercevant par la fenêtre l'homme qui est venu l'autre nuit ressortir de chez Julia, avec une valise, nous y voyons un petit miracle dont Dieu nous gratifie et nous nous mettons à crier : « Papa, papa, viens vite, c'est l'homme qui ne croit pas en Dieu ! Il est dans la cour, va voir si ce qu'il a dit est vrai ! » Notre père marque la page de Gemara *qu'il est en train d'étudier et, vêtu seulement de son petit châle rituel, il se précipite dehors pour lui demander où il peut observer le précepte prescrivant la visite aux malades. Mais l'inconnu se met en colère : « Comment vous, ses voisins, vous ne savez pas qu'elle est morte dans l'attentat du marché, il y a dix jours ? » Cette nuit-là, il n'a pas voulu dire la vérité aux petites pour ne pas leur faire peur.*

Alors, toutes les six, les inséparables, nous voyons notre père blêmir et se mettre à trembler. On dirait qu'il vient d'apprendre la mort d'une parente proche. Oï vavoï, se dit chacune d'entre nous, cela

*devait arriver, notre gentil papa est amoureux de
cette étrangère puisqu'il pleure tellement il est malheureux. Alors, même si nous, les petites, prions
pour que le Saint béni soit-Il la venge le plus vite
possible, nous sommes drôlement contentes pour
notre mère, toujours si triste, que cette voisine si
belle et si gentille ne soit plus là.*

7

Le lendemain matin, il s'éveilla plus tôt que d'habitude, oppressé. Il avait eu la ferme intention de balan-
cer le journal à la poubelle sans même l'ouvrir, mais
il ne résista pas à la tentation d'y jeter un coup d'œil
dans l'espoir de trouver une version raccourcie ou édul-
corée de l'article. Or on n'en avait pas changé un iota,
et la légende fielleuse de la photo, insinuant qu'il avait
obtenu ce poste grâce à son divorce, remua le couteau
dans la plaie. Maudits soient la vipère et son directeur,
grinça-t-il entre ses dents.

Quant à la réponse du patron, avec son portrait dans
l'encadré, elle comprenait toujours les cent mots que la
zélée secrétaire lui avait montrés sur l'écran de l'ordinateur. Ni plus ni moins. Oh, soupira le responsable,
anglais et maths ou pas, elle ne perd rien pour attendre,
celle-là…

Il allait se débarrasser du journal quand il remarqua
quelques lignes de la main du rédacteur en chef où ce
dernier s'estimait satisfait de l'autocritique faite par la
boulangerie, ainsi que de la promesse de réparation. Il
se permettait de féliciter tout particulièrement son vieil
ami, un homme courageux et dynamique, qui, il fallait
bien le reconnaître, lui fournissait depuis des années

le papier d'imprimerie à un prix très raisonnable. Et le périodique que l'on ne se privait pas d'accuser de mesquinerie, de malveillance, voire de partialité venait de donner la preuve éclatante de son professionnalisme et de ses bonnes intentions. Même une entreprise dont dépendait le journal n'était pas à l'abri de critiques virulentes et constructives, puisqu'elles l'avaient amené à faire amende honorable. Qu'est-ce qu'un rédacteur en chef pouvait désirer de plus de nos jours ? Le directeur de la publication concluait par la promesse d'informer ses lecteurs de la suite des événements, la semaine suivante.

Les éloges adressés au vieux exacerbèrent le malaise du DRH. La suite des événements ? Jamais de la vie. Il n'en était pas question. Il ne rendrait de comptes à personne. Les cochonneries du numéro suivant, ils n'avaient qu'à se les inventer eux-mêmes.

Il froissa l'article avec la photo et le reste pour en faire une boule qui atterrit dans la corbeille qu'il avait apportée avec lui en emménageant chez sa mère. « Ne t'inquiète pas, ce n'est pas ton journal, dit-il à celle-ci qui s'en étonnait. Ce n'est rien, juste la feuille de chou avec cet article débile que je t'ai montré mardi dernier. Ne me dis pas que tu veux le relire ! »

Un grand voyageur comme lui n'avait guère besoin de longs préparatifs et il partit à la boulangerie pour voir s'il y avait du nouveau. Et comme elle tournait au ralenti le vendredi, il ne trouva personne à qui parler de sa mission. Le bureau du patron était également désert, à l'exception d'une jeune standardiste qui enregistrait les appels. Il regagnait le parking lorsque l'envie lui prit de faire un saut à l'usine au cas où l'on aurait transféré le contremaître dans l'équipe de jour, le temps qu'il reprenne ses esprits. En vieux routier qu'il était, il demanda à l'entrée un bonnet, qu'il coiffa aus-

sitôt, allant même jusqu'à enfiler une blouse blanche.
Mais il avait oublié que les effectifs étaient réduits le
vendredi, en hiver. Un seul four fonctionnait, tous les
autres étaient froids et les lignes de production inertes.
Les ouvriers étaient rares, mais l'équipe de nettoyage
avait été doublée car, ce jour-là, outre récurer la crasse
de la journée, elle devait aussi nettoyer tous les cir-
cuits en prévision de la reprise du travail, le samedi
soir suivant. Si ce type ne s'était pas bêtement amouraché d'elle, il y aurait maintenant une ouvrière de plus,
songea le responsable. Une belle femme sérieuse et
solitaire, aux yeux bridés, tatars, attirants. Il chercha
à voir si quelqu'un la remplaçait, ou lui ressemblait,
mais personne ne lui rappelait le portrait qui était gravé
dans son cœur. Il eut l'eau à la bouche en repensant au
goût délectable du pain offert par le contremaître et,
sans rien demander à personne, il prit deux *halas* toutes
chaudes dans une caisse, comme acompte du crédit illimité qu'on lui avait accordé, et s'en fut.

Après le déjeuner, il enfila un survêtement, ferma
les volets et s'octroya un petit somme sous la couette.
Il avait pris cette habitude le vendredi, depuis son
divorce, pour être frais et dispos au cas où il rencontre-
rait ces femmes désirables qui, à ce que l'on disait,
fréquentaient le bar après minuit. Mais ce soir, il s'en
dispenserait et s'envolerait quatre heures durant pour
un pays étranger et glacé, et même s'il s'assoupissait
facilement en avion, un petit bonus ne lui ferait pas
de mal. Il dormit d'un sommeil de plomb, sans rêve,
réconforté par la présence de sa mère qui reposait dans
la chambre voisine.

Après quoi, il prépara son vieux sac de voyage dont
les dimensions modestes étaient trompeuses, tant il
était pratique et commode avec ses nombreux compar-
timents secrets, sans parler du fait qu'on pouvait le gar-

der en cabine, comme s'il devenait un prolongement de soi-même. Il fut tenté de ranger son gros manteau dans la valise de cuir de la défunte, mais il jugea abusif de mêler les vivants et les morts, d'autant que, en cas d'oubli, on risquait de le confondre avec les affaires de la victime. Ensuite, il prit le thé avec sa mère et, en guise de gâteau, il savoura une tranche de la *hala* qu'il avait rapportée de la boulangerie. La nuit commençait à tomber quand il se rendit au café où il avait l'habitude de retrouver deux de ses amis mariés, qui s'accordaient une heure en célibataires avant l'effervescence du sabbat.

On aurait dit le dernier sursaut de l'hiver, et il bruinait lorsqu'il rentra à la maison. Il chaussa ses brodequins et enfila son manteau. « Bon, on va dire que je pars faire une courte période de réserve », déclara-t-il à sa mère. À huit heures, il frappa à la porte du vieux où il tomba en pleine réunion familiale : enfants aux cheveux blancs, petits-enfants costauds et même de grandes perches d'arrière-petits-enfants.

Tous avaient l'air au courant de sa mission, car on l'accueillit à bras ouverts. Une fois que le maître de maison l'eut introduit auprès d'un échantillon représentatif de sa famille, il l'entraîna dans la petite bibliothèque où plusieurs exemplaires du journal envahissaient sans vergogne le bureau et le divan, preuve que les éloges du rédacteur à son fournisseur de papier avaient effacé la violente diatribe contre son manque d'humanité.

D'abord, à sa demande, il remit à son hôte un bel étui de cuir contenant le téléphone satellite, le chargeur et une liste de numéros utiles, incluant ceux de l'hôpital du mont Scopus et de l'institut médico-légal d'Abou Kabir, au cas où il aurait à répondre à d'éventuelles questions. Et même s'il en coûtait cinq dollars la minute, hors taxes, il ne devait pas hésiter à s'en servir sans restriction. « Je veux être au courant de tout ce qui vous passe par la tête et participer activement à chaque décision. Le directeur de ma banque m'a informé que vous avez tiré une forte somme sur mon compte. J'en suis heureux. C'est la bonne méthode. Dites-vous bien que votre patron a beaucoup d'argent et que mes héritiers en auront plus qu'il ne leur en faut à ma mort. »

Il tendit prudemment la main afin de tâter le manteau que son subordonné emportait avec lui pour se protéger du froid et s'estima satisfait de la qualité et de l'épaisseur de l'étoffe. Persuadé qu'il n'avait pas songé à prendre un couvre-chef, il se permit de lui offrir une vieille chapka qui, si laide et informe qu'elle fût, n'en serait pas moins la bienvenue en cas de tempête. Mais le responsable refusa catégoriquement. À la fin, le vieux lui proposa de laisser sa voiture au garage. Son chauffeur le conduirait à l'aéroport et l'aiderait à porter les deux autres bagages.

« Quels bagages ? De qui ? J'ai déjà une valise avec les affaires de cette femme.

– Ses affaires à elle, oui, mais pas les nôtres. Nous voulons faire un geste symbolique envers sa famille. Un colis de fournitures de bureau, blocs-notes, cahiers, agendas et classeurs et un autre avec un assortiment de gâteaux, de petits pains, de sachets de chapelure et de croûtons. Pour que ses parents, ses amis et surtout son fils aient une idée de la nature de son travail et de ce qu'elle fabriquait.

– Mais elle ne fabriquait rien du tout, elle appartenait à l'équipe de nettoyage.

– Parce que le nettoyage ne relève pas du processus de fabrication, peut-être ? fulmina le vieux. Vous êtes mal placé pour critiquer.

– Écoutez, c'est absurde. Je ne vais quand même pas me coltiner des gâteaux et des petits pains pendant mille kilomètres.

– Vous ne vous coltinerez rien du tout. Vous vous contenterez de superviser le transport. Notre consule vous attendra à l'aéroport et elle s'occupera de tout. Je lui ai parlé et elle est ravie de s'en charger. »

Le DRH leva les bras au ciel, résigné. Pas de doute, cette histoire d'expiation frisait la folie.

« Peut-être, mais c'est une folie bien intentionnée », sourit le patron en entraînant son hôte vers le salon où il fit signe au chauffeur qu'il était temps d'interrompre sa partie de cartes et de se mettre en route. Remarquant l'intimité que l'homme semblait partager avec la famille, le responsable songea que c'était peut-être un parent, un fils ou un petit-fils illégitime, et une curieuse pensée lui traversa l'esprit : le vieux aurait-il l'intention de l'adopter, lui aussi ?

8

Au comptoir d'enregistrement, outre sa carte d'embarquement, il trouva une enveloppe émanant de la fonctionnaire du ministère de l'Intégration avec un bristol :

À l'intention du directeur des ressources humaines. Vous voyez, je ne vous ai pas oublié.

Troublé, il s'installa dans un coin du terminal. Il allait apprendre sur la victime des détails qu'elle-même ne saurait jamais. Non sans mauvaise conscience, il tira de l'enveloppe la copie de ce qui semblait être un document médical, rédigé à la morgue d'Abou Kabir, mais qu'il fut incapable de lire parce qu'il était écrit dans la langue maternelle de la défunte, un mélange de caractères latins, grecs et d'autres encore. Le texte était si dense qu'il devait probablement s'agir du rapport clinique ainsi que de la description de la blessure de la victime et des soins qu'on lui avait prodigués avant sa mort. Il tentait vainement de déchifrrer les grandes lignes du document lorsque l'éclat d'un flash le surprit. Il leva la tête et aperçut un voyageur qui lui tournait le dos et photographiait le comptoir d'enregistrement.

C'était un vol charter à classe unique sur une compagnie étrangère. Les passagers étaient peu nombreux. De son siège, à l'avant de l'avion, il chercha quelqu'un susceptible de lui traduire la teneur du texte tout en étant discret. À en juger par les paquets et les sacs qu'ils avaient embarqués, la plupart des voyageurs étaient des étrangers : des ouvriers besogneux retournant dans leur patrie en visite ou définitivement, ou bien des émigrants indécis. Mais à supposer qu'il trouve quelqu'un à même de lire le document, il serait probablement incapable de le lui traduire. Et quand le photographe, qui portait son appareil autour du cou, accompagné d'un homme qu'il crut reconnaître, le dépassa en lui souriant cordialement, il se rencogna dans son siège, oubliant toute velléité d'action.

Avait-il besoin de lire ce document, au fond ? En quoi pouvait-il lui être utile ? À un détail près, peut-être : combien de temps pouvait-on conserver un corps avant de l'inhumer ? Mais c'était le problème du consulat, pas celui des ressources humaines. Après le décollage, il replia les papiers qu'il fourra dans sa poche, il détacha sa ceinture de sécurité et avala le repas insipide qu'on lui servit. Il éteignit la veilleuse, mais il était incapable de se détendre. Que ferait-il si la consule ne venait pas l'accueillir à l'aéroport ? Le document qu'il avait en

sa possession l'investissait d'une certaine responsabilité, mais devrait-il en révéler l'existence ? Il pensa à la
morte qui gisait dans la soute à bagages, peut-être juste
sous ses pieds. Et comme l'autre nuit, quand il était
allé chez elle, il prononça son nom à mi-voix pour ne
pas déranger ses voisins. « Julia Ragaïev, murmura-t-il
d'un ton ferme, non dénué de compassion. Que faut-il
encore que je fasse pour vous ? »

Un peu plus tard, il se rendit aux toilettes, curieux
d'observer les autres passagers. L'appareil était plongé
dans l'obscurité et la plupart dormaient, emmitouflés
dans une couverture. Certains avaient un casque sur les
oreilles, comme si la musique se déversait directement
dans leurs rêves. Il se dirigeait à tâtons dans le couloir
quand un homme se leva et le saisit à bras-le-corps,
l'empêchant d'avancer.

« Vous m'avez traité de vipère ? susurra le compagnon du photographe. Eh bien, me voici en chair et en
os, de la tête à la queue. Enchanté. Je vous présente
mon photographe. Nous avons fini par nous rencontrer,
entre ciel et terre et dans un nouvel état d'esprit.
Nous sommes venus couvrir votre voyage expiatoire.
Mais ne vous en faites pas, cette fois, c'est avec les
meilleures intentions du monde, nous ne sommes plus
venimeux. »

Un dormeur entrouvrit les yeux en soupirant. Le
DRH baissa la tête sans répondre. Il n'était guère surpris. Il avait eu raison de se méfier, songea-t-il en se
libérant de l'étreinte du journaliste.

« Un reportage impartial ? grinça-t-il avec une séche-
resse toute militaire, mais sans animosité. Nous verrons
si vous en êtes capable. Mais vous avez intérêt à garder
vos distances, je vous préviens, et c'est valable aussi
pour votre photographe ! »

Et sans laisser à son interlocuteur le temps de réagir, il le bouscula légèrement, gagna les toilettes et s'enferma dans le minuscule habitacle où il s'examina un long moment dans la glace. S'il l'avait pu, il aurait téléphoné au vieux pour vitupérer cet appendice journalistique qu'on lui avait imposé sans le prévenir, même s'il ne pouvait nier qu'il n'en était pas fâché. On pouvait présumer que le patron craignait tant pour sa réputation que non seulement il avait pris l'initiative de cette escorte, mais qu'il l'avait même financée afin que son humanité innocentée reste dans les annales, même si ce n'était que dans la feuille de chou locale.

À l'aube, il prit son nécessaire de rasage, se badigeonna le visage de mousse et y passa le rasoir comme il en avait pris l'habitude à l'armée pour paraître toujours impeccable devant ses subordonnés.

Ouille, ouille, voilà encore un cercueil. Vite, il faut prévenir le chef pour qu'il décide quoi faire avant qu'il ne soit de nouveau trop tard. Va-t-on le rembarquer jusqu'à ce qu'on soit sûrs que quelqu'un viendra l'emporter, ou le transférer dans un hangar, par respect pour le mort ? Oh, bonnes gens, dites-nous ce qui se passe en Terre sainte ! Qui sont ces défunts qui nous arrivent à la chaîne ? Se peut-il que quelqu'un en tire profit ?

Voilà les passagers. Frigorifiés, ils se précipitent vers le minibus. Quelqu'un accompagne-t-il le cercueil : un parent, un ami ou un officiel, pour que l'incident de l'autre fois ne se répète pas, quand un cercueil est arrivé seul et est resté ici deux mois sans que personne ne vienne le réclamer, de sorte qu'on a été obligé de creuser une fosse à côté de la piste ?

Pourtant, même si ce n'est pas joli joli, on doit le reconnaître, c'est quand même agréable que quelque chose vienne de temps en temps rompre la monotonie. C'est vraiment déprimant, ici, dans ce petit aéroport à la frontière où l'on ne voit jamais d'hommes distingués ni de dames élégantes, comme au cinéma. C'est une terre désolée que la nôtre. Il arrive cinq avions par jour qui rebroussent chemin immédiatement. Les passagers sont pressés de s'en aller. Il n'y a pas de boutiques ni de commerces, et la petite cafétéria, ouverte avant l'embarquement, ferme avant même le décollage. Le chef doit d'ailleurs batifoler au lit avec la serveuse parce qu'elle n'a rien à faire. Et on ne peut pas indéfiniment contrôler les passagers et fouiller les bagages. C'est pourquoi l'arrivée d'un cercueil suscite l'intérêt et entraîne un peu d'activité, à condition qu'il finisse par repartir. Voilà le chef, qui tombe du lit, avec une nouvelle médaille qu'il s'est procurée au marché la semaine dernière. Il renvoie le policier de service pour examiner les passeports à sa place et tâcher de découvrir les intentions secrètes. Ce vieux briscard a du flair : au premier coup d'œil, il a repéré le passager qui escorte le cercueil et fait comme si de rien n'était.

9

On isola l'envoyé spécial des autres passagers et on le pria, fort aimablement, de se rendre dans un terminal de fret. Et alors ? se dit-il pour se rassurer. La consule va venir me décharger de la responsabilité que j'ai prise, sans y être forcé, d'ailleurs, et même si elle tarde, j'ai mon téléphone satellite avec lequel je peux communiquer partout dans le monde. Et puis, je ne suis pas seul, puisque le journaliste et son photographe sont là pour témoigner de mon rôle dans cette histoire.

Et comme il n'était pas et n'avait jamais été pleutre, ni à l'armée ni quand il était représentant, il descendit d'un pas assuré les marches qui menaient au sous-sol où se trouvait la consigne et, longeant les étroits couloirs de ce qui avait jadis été un aéroport militaire, il suivit l'officier dans une pièce lugubre, percée d'une lucarne, qui ressemblait à une antichambre, une salle d'interrogatoire, voire une prison. Il posa son sac de voyage par terre et, avisant un siège, il s'y laissa choir sans qu'on l'en prie, épuisé comme s'il était venu de Terre sainte à pied. Sachant que le policier qui le conduisait ne pouvait l'interroger, mais seulement l'évaluer, il désigna les trois étiquettes collées sur son billet, comme pour dire : « Pardonnez-moi, mais j'ai encore trois bagages en dehors du cercueil. »

Il attendit l'arrivée de la valise de cuir et des deux autres colis, qu'il confirma lui appartenir d'un hochement de tête, avant de montrer à l'officier le document en sa possession. Même s'il en ignorait la teneur, il se disait qu'il était suffisamment détaillé pour ménager un dialogue que la consule parviendrait à conclure.

L'officier se plongea dans les papiers en tripotant sa médaille neuve, tandis que le ruban rouge que sa maîtresse avait noué à sa casquette lui tombait sur les yeux. Impossible de savoir s'il était captivé par sa lecture ou s'il butait sur les mots. Le silence profond régnant dans le petit local, qui tenait davantage de la cellule que de l'antichambre, fut troublé par des raclements, des bruits de pas, des cris d'avertissement entrecoupés de rires étouffés. La porte s'ouvrit à la volée et, porté par quatre gardes frontières guidés par un vieux porteur, le cercueil franchit lentement l'étroite ouverture. Le DRH ferma les yeux et retint sa respiration.

Surtout, garder son calme, se dit-il afin que, au moment opportun, il puisse pimenter cette histoire d'un peu d'humour. Il était quatre heures du matin, à Jérusalem. À cette heure, le bar fermait. La femme qu'il espérait voir était-elle venue ? Elle aurait dragué quelqu'un d'autre. Aucune importance. Il était là pour une brève mission, dans un but précis, et il devait s'armer de patience en attendant la consule. Il ne doutait pas qu'elle arriverait. Il avait mentionné à deux reprises son nom et son titre au policier qui avait terminé sa lecture. À supposer que le nom ne lui dise rien, il devait comprendre le titre. Le terme n'était pas seulement universel, il était très ancien puisqu'il remontait à l'époque romaine.

L'officier se leva, replia le document qu'après un moment d'hésitation il se décida à rendre à son propriétaire avec une petite courbette, il lui fit un bref discours dans sa langue et lui signifia d'un geste amical qu'il allait revenir. L'émissaire resta interloqué quand il l'entendit verrouiller la porte. Il se leva à son tour en évitant de regarder le cercueil dont la présence devenait de plus en plus envahissante. Il sortit son téléphone satellite qu'il avait soigneusement caché de peur d'éveiller les convoitises et appela la consule pour voir si elle se rappelait ses devoirs.

La communication, qu'il obtint sur-le-champ, était très nette. Ce n'était pas la consule, mais son mari, qui faisait office de secrétaire et d'assistant. Il avait la voix grave et posée d'un compatriote digne de confiance.

« Oh, c'est vous ! Enfin ! Nous attendions de vos nouvelles. Heureusement que les deux journalistes qui vous accompagnent nous ont confirmé que vous vous trouviez bien à bord de l'avion, autrement nous aurions cru que vous l'aviez raté et que le cercueil était parti tout seul. Ne vous inquiétez pas, nous sommes à l'aéroport et nous avons la situation en main. Mon épouse, la consule, a tiré au clair la question de savoir pourquoi on vous a isolé des autres passagers. La raison est simple et n'a rien de mystérieux ni de personnel. Il y a quelques mois, ils ont eu des ennuis avec un autre cercueil en provenance de chez nous que personne n'est venu chercher, si bien qu'ils ont dû l'inhumer eux-mêmes. Alors quand vous leur avez dit que vous l'escortiez, même si vous n'étiez pas obligé de le faire, ils ne vous ont plus lâché.

— Je ne leur ai rien dit du tout, rétorqua le responsable. Ils l'ont découvert tout seuls. Comment ? Je n'en ai aucune idée. Peu importe, venez vite nous sortir d'ici.

— Nous ?

— Je veux dire, le cercueil et moi.

— Bien sûr. Tout de suite. La famille doit juste certifier par écrit qu'elle procédera à l'enterrement en précisant le lieu et la date, faute de quoi, ils refuseront de nous livrer le cercueil.

— Mais son mari, je veux dire, son ex-mari… il n'est pas avec vous ? balbutia l'émissaire, étrangement ému.

— Bien sûr que si. Il est décidé à partir pour le cimetière et à en finir avec la cérémonie avant midi. Mais il y a un hic. Le jeune garçon, son fils, ne veut rien entendre. Il insiste pour qu'on attende sa grand-mère. Il dit qu'on ne peut pas enterrer sa mère sans elle.

— Bon, et où est-elle ? Pourquoi ne l'avez-vous pas emmenée avec vous ?

— Tout le problème est là. D'abord, elle habite très loin, mais en plus, elle n'est même pas au courant de la mort de sa fille. Il y a quelques jours, elle est partie faire une retraite dans je ne sais quel monastère, et on attend son retour pour lui annoncer la nouvelle.

– Mais ça risque de s'éterniser, le temps qu'elle rentre chez elle et qu'elle arrive ici, si jamais elle arrive. Et puis qu'est-ce que c'est que ces caprices de gamin ? De quel droit est-ce lui qui décide ?

– Parce qu'il est le seul à avoir un lien de sang avec la victime. Il est donc le seul habilité à accomplir les formalités.

– Il est le seul habilité ? Comment ça ? Et puis d'abord, quel âge a-t-il ?

– On n'y peut rien. En dehors de la mère de la défunte, il est l'unique parent qui lui reste. Le mari a perdu ses droits avec le divorce. Ce n'est pas réjouissant, mais c'est comme ça.

– Mais quel âge a-t-il ?

– Treize ou quatorze ans, dans ces eaux-là... Ce n'est plus un enfant, c'est un adolescent et il fait d'ailleurs plus vieux. L'ennui, c'est qu'il est du genre compliqué et pas commode, et malgré son jeune âge, on dirait presque un délinquant... On ne sait pas ce qu'il a dans le crâne et pourquoi il s'acharne comme ça. Peut-être veut-il nous extorquer plus d'argent ? Quoi qu'il en soit, on est coincés.

– Et moi, qu'est-ce que je deviens dans tout ça ?

– Où êtes-vous exactement ?

– Je n'en ai pas la moindre idée. Quelque part dans une consigne, je crois. On m'a collé dans une espèce de réduit, avec le cercueil.

– Avec le cercueil ? Ils sont malades, ces policiers, ils poussent le bouchon un peu trop loin. Je suis désolé... Pourquoi ne me l'avez-vous pas dit plus tôt ? La consule va vous faire libérer tout de suite, ou au moins demander qu'on vous transfère ailleurs.

– Ce n'est pas si terrible que ça. Mais il vaudrait mieux activer.

– Bien sûr, bien sûr. Quelle bande de salauds ! Ils vous ont pris en otage pour se couvrir. Ah, ah ! Mais ne vous en faites pas, on va vous sortir de là, et au pire des cas, je viendrai vous remplacer. Ne vous inquiétez pas.

– Je ne suis pas inquiet. Ça va… Je suis patient… Mais ne m'oubliez pas.

– Évidemment. En attendant, la ligne est excellente. On dirait de la transmission de pensée.

– C'est parce que je vous parle d'un téléphone satellite.

– Dans ce cas, vous n'avez aucun souci à vous faire. Redonnez-moi juste votre numéro. »

Après avoir raccroché, le responsable se tourna résolument vers le cercueil et s'en approcha. Voilà trois jours qu'il s'occupait de cette femme sans ménager sa peine. Dès qu'il avait appris les circonstances de sa mort, il avait fait la promesse solennelle, quoique sans doute un peu impulsive, de se charger de tout. Promesse que jusque-là il avait tenue. Mais ce n'était que maintenant, en ce samedi matin, que l'on pouvait vraiment parler d'un contact. Pas physique, bien entendu, comme on le lui avait proposé à la morgue du mont Scopus, mais un contact réel, dans un lieu clos. « Eh bien, c'est moi, dit-il doucement avec un petit rire en déclinant ses prénom et patronyme. Je suis le chef du personnel que l'on appelle à présent "responsable des ressources humaines". Vous êtes Julia Ragaïev, employée dans l'équipe d'entretien de notre boulangerie, et vous avez droit aux indemnités allouées aux victimes du terrorisme. » Et il posa tranquillement la main sur le cercueil pour voir de quel métal il était fait et comment les divers éléments qui le composaient étaient assemblés.

Le pathologiste l'avait comparée à « un ange endormi ». Avait-il manié l'hyperbole pour le pousser à revenir sur sa décision, ou parce que cet homme d'expérience avait réellement perçu son émouvante beauté ? Maintenant elle était là, devant lui. Et dans cet entrepôt où le temps était comme suspendu, piégé dans l'engrenage bureaucratique, dans le no man's land entre sa patrie à elle et la sienne à lui, sa protégée le prenait en otage. S'il avait pu ouvrir le cercueil, il n'aurait pas hésité à vérifier si les yeux tatars en amande étaient réels ou illusoires. Oui, il n'aurait pas reculé, même si ses traits avaient été altérés par les préparatifs du voyage. Il était jeune et solide, et il avait assez de courage et d'imagination pour lui restituer sa beauté.

Mais le cercueil était collé contre le mur et il était impossible de savoir s'il était fermé par un cadenas ou une serrure. L'étroite fenêtre était inaccessible, exactement comme dans une prison, de sorte qu'il ne pourrait l'ouvrir au cas où il serait incommodé par l'odeur. Il se contenta donc d'une oraison pleine d'interrogations : « Qu'attendiez-vous de nous, Julia ? Que cherchiez-vous dans cette ville si dure et si triste qu'elle a fini par vous tuer ? En quoi vous fascinait-elle tant que vous avez laissé votre fils repartir seul ? »

Si le couvercle du cercueil s'était soulevé et que la morte se fût dressée pour lui répondre, il n'aurait pas perdu son sang-froid. Il aurait défait la valise en cuir et l'aurait parée des vêtements élégants que la secrétaire avait choisi de garder. Il aurait ouvert les colis expédiés par le patron et lui aurait offert des gâteaux et des *halas* pour apaiser sa faim. Et il lui aurait même remis un carnet et un stylo pour qu'elle décrive l'expérience de la mort avant de l'oublier.

La sonnerie du téléphone interrompit le cours de ses pensées. C'était le mari de la consule, désireux de le tranquilliser.

« Rassurez-vous. On ne vous oublie pas. Je viendrai vous relayer au cas où l'on n'arrive pas à convaincre ce petit morveux de signer.

– Je ne m'inquiète pas et je n'ai pas l'intention de vous encombrer non plus, répondit le responsable. Je suis là pour accomplir une mission que je savais ne pas être de tout repos. Prenez votre temps et ne vous tracassez pas pour moi. »

Il allongea commodément les jambes sur les deux cartons empilés sur la valise. Et, à défaut d'interrupteur pour éteindre la lumière, il utilisa le masque qu'on lui avait remis dans l'avion en bénissant ce moment de répit.

10

Le masque lui permit de se détendre un peu, ce qui tombait bien car la délivrance se fit attendre. L'officier soupçonneux avait si peur que le cercueil lui reste sur les bras qu'il ne voyait pas d'un bon œil l'échange des otages, même si le second était aussi étranger que le premier, bien que résidant dans le pays. Beaucoup plus tard, le responsable fut réveillé par l'étreinte chaleureuse de son compatriote, un homme râblé de soixante-dix ans à la crinière grise qui, fidèle à sa promesse, venait le remplacer. À sa façon de s'habiller et ses manières simples et directes, on aurait dit un vieux paysan rentré des champs. Il se débarrassa de ses bottes dont il secoua la neige et la boue et ôta plusieurs couches de manteaux qu'il posa négligemment sur le cercueil. Après quoi, il sortit de sa poche ses lunettes et le supplément du journal du week-end, arrivé par l'avion du matin, et fit signe à l'officier qui l'avait accompagné de se retirer. Voyant que la substitution était bien réelle, ce dernier permit enfin à l'envoyé d'émerger de la consigne sombre pour affronter la brume matinale.

Afin d'économiser les frais de maintenance, le petit aéroport fermait entre les rares décollages et atterrissages, de sorte qu'il fallut lui ouvrir tout exprès l'accès principal avant de le diriger, avec son sac, vers le groupe qui l'attendait sous un petit auvent. Le flash l'aveugla tandis qu'il avançait avec précaution entre les congères sales. Il surprit le sourire du photographe. Bon, tu rêves si tu crois que ces deux-là vont te lâcher, ricana-t-il avec aigreur.

Avec sa fourrure noire, ses grosses bottes et son bonnet de laine rouge, la consule ressemblait à un personnage de conte replet et sympathique. Et quand il se présenta sous l'auvent perdu au milieu de nulle part – il n'y avait pas un arbre ni une maison à l'horizon, excepté un chasseur auquel il manquait une aile – il s'aperçut que, comme son mari, elle avait l'air d'une paysanne criblée de dettes qui aurait délaissé le poulailler ou l'étable pour représenter sa patrie d'adoption dans son pays natal. Elle l'accueillit avec chaleur en s'excusant pour ce fâcheux contretemps – elle devait s'efforcer de ménager les autorités – et lui expliqua les raisons des tracasseries policières dont il avait été la victime. Elle lui présenta ensuite l'ex-mari de la défunte, l'ingénieur Ragaïev en personne, un individu grand et efflanqué au visage torturé et au regard éteint qui le salua avec obséquiosité. Il avait dû entendre parler, par la consule, son époux ou la vipère, de la somme que l'envoyé de l'usine apportait à titre de dédommagement. En dépit de son remariage, il n'avait pas oublié le chagrin et la honte que lui avait causés l'abandon de cette femme,

laquelle lui revenait dans un cercueil. Et dans l'impossibilité où il se trouvait de lui exposer ses griefs en face,
il se vengeait sur celui qui l'accompagnait à sa dernière
demeure.

« Oui, mais abrégez, s'il vous plaît », murmura le
DRH à la consule qui faisait office d'interprète. La
lumière de plus en plus intense zébrait le ciel plombé.
Il commençait à comprendre ce que voulaient dire le
givre et le gel qui l'attendaient dans la patrie de son ex-
employée. Mais la consule avait du mal à résumer les
propos de l'ingénieur. Tout en traduisant, elle chercha à
prendre la défense de l'État et se lança dans une diatribe
animée avec l'ex-mari qui, plein d'amertume, s'étonnait qu'on ait laissé sa femme s'établir dans un pays qui
ne lui avait amené que la pauvreté, la solitude et, pour
finir, la mort. Et quand ce singulier amant qui l'avait
entraînée avec lui était rentré déçu au pays, les autorités n'auraient jamais dû lui permettre de rester pour se
faire tuer dans un conflit qui lui était étranger. Quant
à exiger d'un homme de s'occuper de la dépouille de
son amour de jeunesse, qui l'avait trahi et abandonné,
c'était absurde, poursuivit-il sur le même ton. Bien
sûr, il savait qu'il n'aurait pas à en supporter tous les
frais. En effet, un État responsable de la mort préma-
turée d'une personne, uniquement parce qu'il ne l'avait
pas expulsée au bon moment, se devait d'en assumer
l'entière responsabilité. Mais qui allait le dédommager
pour la perte de temps et le préjudice moral ? Il était
fort occupé, et pas en très bonne santé non plus, et ce
n'était pas du chagrin et de la compassion qu'il éprouvait pour son ex-femme, laquelle portait encore son
nom, mais de la colère et un sentiment d'humiliation.
Mais bon. Il était adulte, il s'en remettrait et reprendrait
le travail, mais il y avait leur fils, si désespéré par la
mort de sa mère, qui l'avait laissé repartir seul, qu'il

avait décidé de signer les papiers seulement si sa grand-mère assistait aux obsèques… Alors, en plus, il devait raisonner son fils unique, tout ça pour une femme qui l'avait déçu non seulement quand elle était en vie, mais encore après sa mort…

Une fois qu'il eut formulé ses doléances et ses soucis, l'ingénieur parut assez content de lui et un léger sourire s'esquissa sur son visage pâle. Il alluma un cigarillo dont il exhala la fumée en faisant des ronds avec une délectation nonchalante. Brusquement, il cracha sa cigarette qui retomba, incandescente, sur la glace, à ses pieds. Il ferma les yeux, s'empourpra, fut pris d'une sévère quinte de toux et se tordit de douleur. Il s'éloigna de l'abri, ouvrit son anorak et déboutonna son gilet et sa chemise afin d'exposer sa poitrine à l'air glacé dans l'espoir de calmer la crise.

La vipère, à qui le ton irrité de l'homme et l'accès de toux subséquent faisaient oublier les recommandations du responsable, sentit que l'histoire prenait un tour dramatique.

« Ne vous laissez pas impressionner, c'est un truc pour faire monter les enchères, lui glissa-t-il à l'oreille.

– Mais où est le fils ? » s'enquit le DRH. Son crâne rasé – il était le seul à avoir la tête découverte – l'élançait à cause du froid.

Le journaliste lui prit doucement le bras et, sans mot dire, il lui fit faire demi-tour et le conduisit dans un parking, derrière l'auvent. Le responsable s'aperçut alors que l'aéroport se trouvait à une courte distance d'une ville – un étroit ruban de bâtiments, de tours, de cheminées et de coupoles s'étirant à l'horizon, noyé dans une brume verdâtre. Et tandis qu'il se réjouissait de ces signes ostensibles de civilisation, le journaliste le guida vers un minibus dont le chauffeur somnolait, la tête sur le volant. Derrière lui, à travers la vitre fumée et sale, on distinguait la silhouette d'un adolescent, vêtu d'une combinaison, la tête rejetée en arrière : ce n'était pas la posture du dormeur, mais un geste de défi.

Voilà enfin quelque chose de la chair et du sang de cette femme, se dit le responsable.

La glace crissait sous les gros souliers fourrés du journaliste qui s'était chaudement équipé contre le froid et le vent. Il s'approcha du véhicule et toqua à la vitre pour faire comprendre au garçon qu'on voulait lui parler.

Mais l'enfant se replia sur lui-même et ne voulut rien entendre. Il refusa de bouger et détourna la tête. Le chauffeur se réveilla, il s'aperçut de la grossièreté de son jeune passager et se retourna pour le sermonner. Le garçon ne lui prêta aucune attention et enfonça plus profondément son vieux casque d'aviateur à oreillettes sur sa tête. L'autre perdit patience, il descendit de voiture, ouvrit la portière arrière, l'obligea à descendre et envoya valser son couvre-chef. Suffoqué de colère, en larmes, le gamin se jeta sur le chauffeur en essayant de lui arracher les cheveux.

Le DRH tressaillit. Dire que c'était le garçon dont il avait noté le nom de sa propre main au cours de l'entretien d'embauche qu'il avait accordé à sa mère. Dans le feu de l'action, il distingua les yeux clairs, étirés en amande, cet exotisme dont la jeunesse avivait l'harmonie. Ma secrétaire a raison, se morigéna-t-il, parfois, à force de me recroqueviller sur moi-même comme un escargot, la beauté et de la bonté me passent complètement au-dessus de la tête.

« Pardon ? demanda la vipère qui avait senti son trouble. Vous avez dit quelque chose ?

– Non, rien », répondit le responsable, agacé par l'intuition importune de ce fourbe de journaliste qui oubliait de garder ses distances et lui collait au train.

Sur ces entrefaites, sa crise passée, Ragaïev accourut pour séparer les deux belligérants. Mais échauffé par la bagarre, le fils n'était pas prêt à rendre les armes et il s'en prit à son père. Survint la consule qui offrit son aide, sûre de sa force et de son discernement. Mais le père n'avait besoin de personne. Il entraîna sans ménagement son fils dans un coin reculé du parking pour lui faire entendre raison, sans témoin, pendant que le photographe mitraillait la scène, persuadé que ses clichés constitueraient l'essentiel du reportage.

« Il faut que vous sachiez que les rapports sont plutôt tendus, expliqua la consule. Avant-hier, quand nous sommes venus leur annoncer la nouvelle, le gamin n'était pas là, et son père et sa nouvelle épouse ignoraient où il se trouvait et à quelle heure il rentrerait. Depuis son retour de Jérusalem il y a quelques mois, à la demande expresse de son père, il est déprimé, il traîne dans la rue, c'est à peine s'il ouvre la bouche, il ne fiche plus rien à l'école et il a de mauvaises fréquentations. C'est pourquoi le père craignait une réaction hystérique de sa part, et il se disait aussi qu'il ne le croirait pas si l'information venait de lui. Il a insisté pour que nous mettions nous-mêmes son fils au courant de tous les détails. Il n'aurait confiance qu'en des étrangers. Nous avons dû patienter jusqu'à minuit pour le voir. Au début, comme on s'y attendait, il a gardé son sang-froid et s'est acharné à répéter que c'était une erreur et que ce ne pouvait pas être sa mère parce qu'elle lui avait envoyé une lettre la semaine précédente. Il l'a tirée de sa poche et nous avons vu qu'elle avait bel et bien été expédiée deux jours avant l'attentat. La mère disait qu'elle cherchait un nouveau travail et qu'elle repoussait sa visite au printemps prochain. Et lorsque nous lui avons prouvé, dates à l'appui, qu'il s'agissait bien de sa mère et que nous lui avons assuré qu'elle n'avait pas souffert, il s'est muré dans un silence hostile pour que nous le laissions tranquille et fichions le camp. Et quand mon mari lui a appris que le cercueil arriverait dans les quarante-huit heures et que, en qualité de plus proche parent, il devrait signer le formulaire de la douane et le document précisant le lieu et la date de l'inhumation, il a fait volte-face et il s'en est pris à nous et à l'État. Après, il s'est mis à pleurer et à insulter sa mère en disant qu'il ne signerait rien du tout. On n'avait qu'à l'enterrer au marché où elle était morte. Ou alors il la ferait incinérer et disperserait ses cendres à Jérusalem. Il refusait de coopérer. Et si on insistait, sa grand-mère n'avait qu'à signer à sa place. Après tout, c'était à cause d'elle qu'elle était partie là-bas.

– C'est à cause de la grand-mère qu'elle est partie à Jérusalem ? s'étonna le responsable. Qu'est-ce que ça signifie ?

– Aucune idée. Allez savoir ce qui lui passe par la tête. Même son père n'a pas été capable de nous l'expliquer. En attendant, on est coincés à cause de lui…

– Excusez-moi, mais quel âge a-t-il donc ? demanda le responsable en notant que le père était en train de mater son fils à l'autre bout du parking.

– Quatorze ans au maximum. Mais il est très développé, physiquement et affectivement, comme vous le verrez. La solitude dans laquelle il vivait à Jérusalem l'a endurci. Il me semble que vous employiez sa mère la nuit.

– Pas exactement. C'est elle qui nous l'a demandé, à cause du salaire.

– Peu importe, je comprends. En tout cas, le garçon était livré à lui-même et il avait de mauvaises fréquentations.

– De mauvaises fréquentations ? À Jérusalem ?

– Mon mari vous l'expliquera mieux que moi. Il a du nez pour ce genre de choses. Vous n'imaginez pas à quel point…

– À quel point ?

La consule se mit à rire.

– Cela n'a rien d'extraordinaire pour quelqu'un qui a passé sa vie en compagnie des bêtes. Il a développé une grande sensibilité vis-à-vis des hommes…

– Ce garçon est si beau qu'il doit tenir tout le monde sous le charme, intervint le journaliste qui se croyait autorisé à mettre son grain de sel. Mon photographe ne le lâche pas. Quand l'article paraîtra, la semaine prochaine, sa photo fera la une des journaux, vous verrez.

– Vraiment ? s'extasia la consule, ignorant qu'il s'agissait tout bonnement du supplément du week-end. C'est merveilleux. »

Le responsable leur tourna le dos et se dirigea vers l'enfant que son père retenait d'une poigne ferme. Et dans la lumière glacée de plus en plus vive, il distingua le modelé si pur du visage, les yeux splendides, brillants de larmes, et le léger repli au coin de l'œil, tel un délicat prolongement de la paupière, qui lui fit battre le cœur.

« Je ne comprends pas, dit-il à la consule qui l'avait suivi. Vous aviez amplement le temps de retrouver la grand-mère. Elle serait déjà là et on aurait réglé cette histoire pour le mieux.

– Je n'y suis pour rien ! lança la consule. C'est un pays très vaste, hostile, et les moyens de communication sont très médiocres. On a eu un mal de chien à joindre quelqu'un du village voisin pour qu'il lui transmette la nouvelle. Parce qu'entre-temps, il faut vous dire qu'elle est partie avec des amies faire un pèlerinage pour célébrer le Nouvel An, et qu'elle ne sera pas de retour avant deux ou trois jours.

— Alors, il suffit de la faire venir en avion quand elle sera rentrée, suggéra le responsable qui ne manquait pas de sens pratique.

— En avion? s'étonna la consule. De quoi parlez-vous? Vous ne comprenez pas dans quel pays vous êtes. Il n'y a pas d'aéroport dans la région où elle est.

— Et si on allait la chercher en hélicoptère?

— En hélicoptère? soupira la consule. Vous rêvez. Où avez-vous pêché cette idée? Surtout si loin… Et qui va payer?

— Admettons que nous participions aux frais, hasarda le DRH qui éprouvait soudain l'irrésistible envie de rencontrer la vieille mère de la défunte. Il y a quelques mois, j'ai lu un article qui parlait d'un hélicoptère qu'on avait spécialement affrété pour aller chercher sur une plate-forme de forage le père d'un soldat afin qu'il puisse assister aux funérailles de son fils.

— Mais de quoi parlez-vous? Qu'êtes-vous en train de comparer? Primo, il ne s'agit pas d'un soldat, mais d'une résidente temporaire dont le statut n'était pas très clair depuis le départ. Secundo, je vous préviens tout de suite, vous ne pouvez pas comparer le pays d'où vous venez avec celui où vous avez atterri. Ici, la réalité est très différente, plus rude, et en hiver, l'existence devient réellement primitive. Ce qui vous paraît possible ailleurs ne l'est pas ici. Alors vous pouvez faire une croix dessus.

— Qu'est-ce que ça veut dire "je peux faire une croix dessus"? s'insurgea le responsable qui vira au cramoisi en entendant le discours abrupt de sa compatriote. Je cherche simplement à satisfaire la requête, tout à fait légitime au demeurant, d'un fils concernant l'enterrement de sa mère qui, même si elle était résidente temporaire, est morte dans un attentat à Jérusalem, de sorte que nous sommes tous un peu responsables de ce qui est arrivé, que nous le voulions ou non, et que nous devons faire en sorte que sa famille puisse assister à ses obsèques. Il n'y a pas d'autre solution. Dois-je m'excuser d'avoir pitié de ce garçon ?

— Nous avons tous pitié, vous n'êtes pas le seul, mais aucune pitié au monde ne pourra faire venir cette vieille femme ici, en plein cœur de l'hiver en plus. Sortez-vous cette idée de la tête.

— Que voulez-vous dire ? Et pourquoi le ferais-je ? Je ne suis pas venu ici pour me sortir quelque chose de la tête ni pour baisser les bras devant l'incompétence de mon pays, mais pour y remédier, au contraire. Je ne suis pas chef du personnel pour rien, et je comprends ce que signifie la mort d'une mère pour un adolescent, même s'il joue les durs. Il n'y a aucune raison pour ne pas faire venir sa grand-mère afin qu'elle prenne le deuil avec lui. Et si ce n'est par voie aérienne, alors ce sera par voie terrestre…

— Vous feriez mieux d'abandonner cette hypothèse, poursuivit la consule sur le même ton. Son village est à plusieurs jours de voyage d'ici et les transports laissent à désirer. Et en admettant même qu'elle accepte de se déplacer, elle ne pourra jamais venir seule. Jusqu'à quand allez-vous repousser la mise en terre du cercueil que vous avez acheminé avec vous ?

— Primo, *je* ne l'ai pas acheminé, précisa le responsable. C'est votre pays et le mien qui l'ont expédié, et je n'ai fait que l'escorter de ma propre initiative. Secundo, on peut tout à fait repousser l'enterrement. Ce n'est pas un problème. J'ai ici un document émanant de l'institut médico-légal d'Abou Kabir, et même si je suis incapable de le lire, je pense qu'on peut être tranquilles de ce côté-là.

– Tranquilles ? Que voulez-vous dire ?

– Je veux dire qu'on a embaumé le corps en prévision du voyage, et que ça nous laisse de la marge.

– Le diable m'emporte si je comprends où vous voulez en venir. »

Où est-ce que je veux en venir ? se demanda le responsable, mais le froid qui lui paralysait le cerveau et le corps ne l'empêchait pas d'éprouver un tourbillon de sentiments.

« Où je veux en venir ? Ce n'est pas très compliqué. Du moment que mon entreprise a décidé de réparer une légère bévue bureaucratique que ce journaliste s'est vicieusement ingénié à transformer en "manque d'humanité", et que je suis venu ici spécialement pour dédommager ce jeune homme (il désigna le garçon qui comprit que l'on parlait de lui), il n'y a aucune raison pour que nous ne tenions pas compte de ses états d'âme. Et si la raison de son refus est qu'il a réellement besoin d'avoir sa grand-mère à ses côtés pour le soutenir pendant la cérémonie – ce qui, à mon avis, est parfaitement normal –, pourquoi ne pas le lui accorder ?

– Très bien. Sauf que cette histoire de grand-mère ne tient pas debout. Non seulement parce qu'elle ignore la mort de sa fille, puisqu'elle n'est pas chez elle et qu'elle ne sera pas rentrée avant plusieurs jours, mais aussi parce que, quand elle l'apprendra, le problème de la distance restera pendant. »

Le responsable se rendit compte que tous les yeux étaient braqués sur lui, du beau regard tatar du garçon jusqu'à celui, méfiant, de son père. Même le chauffeur du minibus s'approchait. Les autochtones ne comprenaient pas un mot à la discussion, mais ils sentaient que l'émissaire de ce pays lointain avait une idée en tête. Le journaliste et le photographe, dont l'haleine embuée sortait de la bouche, considéraient avec une sympathie silencieuse les efforts que déployait le DRH pour ne pas bâcler l'affaire et empêcher la consule de se retrancher derrière des considérations techniques.

« Au fait, quelle est la distance exacte ? lui demanda-t-il.

– La distance exacte ? Est-ce que je sais ? Mon mari pourrait vous le dire. Je l'évaluerais à au moins cinq cents kilomètres de routes quasiment impraticables.

– Cinq cents kilomètres ? Ce n'est pas si terrible…

– Probablement plus, je peux me tromper, peut-être six cents.

– Va pour six cents, c'est encore réalisable. Ça nous prendra quoi, deux jours, au maximum ?

– Certainement pas deux jours, ôtez-vous cela de la tête. Vous confondez tout, encore une fois. Ici, les routes n'ont rien à voir avec celles de chez nous.

– Bon, on va rajouter un jour. Ça en fait trois, disons quatre. Je vais accompagner ce jeune homme chez sa grand-mère.

– Et qu'allez-vous en faire en attendant ?

– De quoi parlez-vous ?

– Du cercueil.

– Qu'est-ce que je vais en faire ? Il vient avec nous. Il n'y a pas d'autre solution. Nous allons la ramener dans son village natal où sa vieille mère et son fils l'enterreront. C'est logique, non ?

– L'idée est très noble, apprécia la vipère qui suivait avec intérêt la joute verbale entre le DRH et la consule. Et elle est très juste aussi.

– Nous accompagnerez-vous ?

– Bien entendu. En gardant nos distances, cela va de soi, ajouta-t-il en souriant.

– Oui, vous avez intérêt. »

La surprenante suggestion de ses compatriotes, qui ne connaissaient rien à ce pays, semblait contrarier la consule.

« Pourquoi se compliquer la vie ? On n'a qu'à l'enterrer ici, et l'été prochain, nous inviterons la vieille dame à venir se recueillir sur la tombe. De toute façon, le consulat n'a pas les moyens de financer un pareil voyage.

– Ne vous inquiétez pas, je paierai. Ce sera toujours moins cher qu'un hélicoptère.

– Qui n'existe pas et n'existera jamais », sourit la consule, soulagée.

Elle se tourna vers l'ingénieur – qui attendait anxieusement des explications – et son fils, sans oublier le chauffeur du minibus, dévoré de curiosité, qui s'était joint à eux. Et tandis que l'ex-mari secouait la tête en signe de désapprobation en apprenant la nouvelle, l'orphelin dont les joues enflammées et le regard brûlant rehaussaient la beauté se dégageait de l'étreinte de son père et s'avançait souplement vers le responsable des ressources humaines. Sans aucune retenue, il se pencha sur la main du chef du personnel qu'il effleura légèrement de ses yeux tatars avant d'y déposer un baiser reconnaissant.

Et par-dessus la tête du garçon, presque aussi grand que lui, le responsable, ébahi, nota que la brume verdâtre stagnant au-dessus de la ville voisine se dissipait dans la tiédeur matinale à mesure que le froid qui lui vrillait le crâne perdait de son intensité. Ne sachant comment répondre à la gratitude muette de l'adolescent que le mari de la consule taxait de délinquant, il se contenta de caresser le casque de pilote posé de travers sur sa tête avec un sourire embarrassé, destiné au photographe qui en profita pour tirer son portrait.

11

Mais la consule ne décolérait pas. Elle n'avait pas pris son petit-déjeuner et elle avait eu l'intention d'expédier l'affaire dans la journée : le service funèbre dans la petite église jouxtant le cimetière, au cours de la matinée, suivi du repas en petit comité aux frais de l'État, et le tour était joué. En cédant aux caprices du garçon, le responsable chamboulait ses projets, la contraignant même à reconsidérer ses obligations. Elle devait se concerter d'urgence avec son mari qui, s'il avait été présent, aurait peut-être réussi à provoquer un revirement de situation.

Elle se dirigea vers la porte verrouillée qu'elle secoua énergiquement, profitant de son immunité diplomatique pour qu'on vienne lui ouvrir. Elle informa le policier de service qu'un proche parent de la défunte, bien que mineur, était prêt à réceptionner le cercueil et s'engageait à l'inhumer dans son village natal. L'homme accepta d'aller réveiller son chef que la nouvelle parut réjouir au point qu'il se hâta d'enfiler son uniforme et d'aller chercher les formulaires adéquats. Mais le garçon avait quelques faiblesses en lecture et en écriture, si bien que la consule dut lui venir en aide. Et il fallut aussi montrer les papiers au père qui voulait vérifier que son fils ne signait pas des engagements qu'il ne pourrait tenir.

Dans l'intervalle, l'aéroport s'était ranimé en prévision de prochains atterrissages et décollages. Passagers et visiteurs bruyants se rassemblèrent et on rouvrit la petite cafétéria d'où s'exhalaient des odeurs de tabac, de pâtisserie et de café. Un grand cargo militaire, transformé en avion de ligne, atterrit en douceur dans un vrombissement d'hélices, pendant que les policiers défroissaient leurs uniformes et coiffaient leurs casquettes.

Quelques minutes plus tard, les passagers poussaient leurs chariots à bagages dans le terminal et parmi eux, ô miracle, l'otage libéré, l'époux de la consule, souriant et frais comme un gardon, ses boucles grises en désordre, transportant sur un chariot la valise de cuir et les deux cartons, cadeaux du patron.

« Et le cercueil ? s'enquit la consule.

– Il faudra nous débrouiller seuls. Maintenant qu'il ne va pas rester ici, ils ne veulent plus y toucher. Ils doivent avoir peur…

– Peur ?

– Est-ce que je sais ? Moi, personnellement, ça ne m'a pas dérangé.

– On pourrait peut-être manger un morceau avant, histoire de prendre des forces. »

Son mari repoussa l'idée avec bon sens.

« On attendra de rentrer à la maison. Il faut sortir le cercueil d'ici avant la fermeture de l'aéroport. L'officier risque d'être remplacé et on devra recommencer toute la procédure. »

Et il expliqua à l'ingénieur et à son fils ce qui les attendait puis se tourna vers le responsable.

« Nous sommes quatre, sans compter ma femme, naturellement. Qu'en pensez-vous ? Pourrons-nous transporter le cercueil seuls ou faut-il faire appel au chauffeur ?

– Pourquoi, puisque nous pouvons disposer de l'aide de ces deux-là ? Ce sont eux qui m'ont mis dans ce pétrin. »

Les deux journalistes acceptèrent sans hésiter de leur prêter main-forte. De sorte que non pas quatre, mais cinq hommes, plus un jeune garçon, descendirent chercher le cercueil, resté seul et abandonné dans sa cellule. D'abord, ils le firent passer habilement par l'étroite issue. Ensuite, sous la direction du mari de la consule, ils le chargèrent sur leurs épaules avec une parfaite synchronisation avant de se diriger avec précaution vers l'escalier. Après son tête-à-tête forcé avec la bière, le responsable avait fini par s'y habituer et il ne fut pas autrement impressionné en sentant la paroi métallique peser sur son épaule. Mais il nota le trouble du garçon que ce premier contact physique avec le cercueil de sa mère terrifiait : il faillit lâcher prise, et si son père ne s'était pas dépêché de l'écarter, il serait tombé en entraînant les autres dans sa chute.

Il ne restait plus que cinq porteurs. L'époux de la consule et l'ex-mari de la défunte ouvraient la marche, les deux reporters venaient en queue et, au milieu, tout seul, se trouvait l'envoyé spécial, le responsable des ressources humaines de la boulangerie où était employée la défunte dont l'absence était passée inaperçue. L'ex-paysan les guidait en deux langues pour leur éviter de perdre l'équilibre et faciliter leur progression. Ils gravirent lentement l'escalier, attentifs à chaque marche, à chaque tournant, environnés d'une légère odeur âcre dont le responsable ne savait si elle provenait du cercueil ou du corps mal lavé du garçon, lequel lui avait emboîté le pas et avançait de temps en temps timidement la main pour l'aider.

« Ne nous en veuillez pas si nous sommes dans l'impossibilité de garder nos distances, comme vous l'avez exigé, lui souffla la vipère à l'oreille. C'est de votre faute… »

Le DRH sourit sans tourner la tête. Il gardait les yeux fixés sur l'escalier qui s'éclairait à mesure qu'ils approchaient de la sortie.

*Tandis que nous agitons les bras pour faire
signe aux passagers qui embarquent, un cercueil
en métal, porté par cinq hommes, nous dépasse.
Ils le déposent avec précaution dans un minibus.
Muets, nous les observons, la gorge nouée. « Qui
est le mort ? nous demandons-nous avec effroi.
D'où vient-il et où le transporte-t-on ? »*

*En apprenant qu'il s'agit d'une femme de chez
nous qui a été tuée à Jérusalem, nous nous signons
et nous prions pour le repos de son âme et sa résur-
rection, tandis qu'un photographe immortalise la
scène.*

12

Les roues s'enfonçaient dans la neige, dont le vieux
minibus avait beaucoup de mal à s'extirper. La consule
et son mari avaient pris place à côté du chauffeur. Le cercueil se trouvait sur la banquette arrière, entre l'enfant
et son père qui, même s'il était dispensé de la corvée
des obsèques, espérait toujours recevoir une compensation pour sa présence. Le responsable leur faisait face,
coincé entre la vipère et le photographe, très satisfaits
du tour que prenaient les événements et dont ils sauraient tirer parti pour leurs lecteurs.

La ville n'était qu'à quelques kilomètres, mais en
entendant la consule reprocher à son mari de ne pas lui
avoir laissé le temps de grignoter quelque chose à la
buvette de l'aéroport, le DRH n'hésita pas à ouvrir l'un
des cartons du vieux pour offrir à ses compagnons les
gâteaux et petits pains qu'il contenait.

Et tous de s'extasier de leur fraîcheur. La consule,
affamée, en redemanda, imitée par l'enfant qui croyait
peut-être se rapprocher ainsi de sa mère. Le froid aigui-

sant l'appétit en cette belle matinée d'hiver, le contenu de la boîte se vidait à vue d'œil, au grand dam du responsable qui aurait bien voulu en laisser un peu pour la grand-mère. Le patron serait ravi d'apprendre que les habitants de cette lointaine contrée glacée appréciaient ses produits, aussi le responsable des ressources humaines sortit-il le téléphone satellite pour l'appeler, en dépit de l'heure matinale. La gouvernante, qui était au courant de sa mission, le reconnut aussitôt et lui apprit que le vieux était parti de très bonne heure assister à l'office du samedi matin à la synagogue et qu'il ne tarderait pas à rentrer.

« Il est à la synagogue ? s'exclama le responsable, abasourdi. Depuis plus de dix ans que je travaille pour lui, je n'aurais jamais cru que cet homme-là avait la foi. »

Les apparences sont souvent trompeuses, commenta avec sagesse la femme de charge, qui proposa de prendre un message. Mais le DRH n'avait pas l'intention de mettre une gouvernante étrangère dans la confidence, en anglais, qui plus est, aussi se borna-t-il à des considérations générales sur le pain et les gâteaux que tout le monde avait beaucoup appréciés, en promettant de rappeler un peu plus tard.

Le téléphone satellite et la facilité avec laquelle s'établissait la communication interpellèrent le journaliste qui, après avoir aidé à porter le cercueil et pris une part active à l'histoire, estimait avoir le droit de l'emprunter pour une conversation privée. Même si chaque minute coûtait une fortune, le responsable ne voulut pas paraître mesquin. Et pendant que la vipère leur cassait les oreilles avec les banalités qu'il échangeait avec sa famille et ses amis, le DRH, les yeux fixés sur la ville de pierre blanche qui se profilait à l'horizon, se mordait les lèvres en songeant à la façon dont serait rapportée sa mission, laquelle lui sembla brusquement être une cause noble et bonne, dans l'article à paraître le week-end suivant.

Le journaliste débitait toujours ses fadaises quand ils arrivèrent dans la cité, la capitale régionale, où ils prirent d'abord la direction du HLM qu'habitaient la consule et son mari. Le minibus pénétra lentement en marche arrière dans la cour où ils déchargèrent le cercueil qu'ils entreposèrent dans un coin ombragé, au milieu du bois de chauffage et des poubelles, avant de le recouvrir d'une bâche.

L'heure était venue de se séparer. La consule invita le responsable à monter chez elle pendant que son époux et le chauffeur organiseraient le départ. Le mari de la consule devait commencer par une visite chez un médecin à qui il montrerait le document de l'institut médico-légal pour savoir combien de temps le corps pouvait résister avant d'être enseveli. Pendant ce temps, le chauffeur se mettrait en quête d'un véhicule muni de plus gros pneus. Les deux journalistes seraient déposés dans une auberge voisine et l'adolescent retournerait chez son père afin de se préparer pour la longue route qui le conduirait chez sa grand-mère. Seul l'ingénieur, l'ex-mari, que ce voyage ne concernait pas, prendrait congé. Mais il hésitait à s'en aller, agrippé à son fils comme s'il était un otage – on aurait dit qu'il attendait quelque chose du monde qui l'avait toujours déçu. Le responsable perçut l'irritation de l'homme et, en guise d'adieu, il décida de lui offrir le second présent du patron. L'ingénieur ne cacha pas sa surprise. Qu'est-ce que c'était ? Que contenait cette boîte ? Il sortit un canif de sa poche, ouvrit le carton et se mit à fouiller dans les blocs-notes, les agendas, les cahiers et les classeurs où il plongea frénétiquement la main. Alors il cracha par terre, le regard brûlant d'indignation, et jura avant de se

mettre à insulter le responsable. La consule et son mari
s'empressèrent de le faire taire.

« Qu'est-ce qu'il dit ? Qu'est-ce qu'il veut ? »

Il s'avéra qu'au dernier moment, l'ex-mari se rappelait l'humiliation subie par celle qui avait été sa
femme. Elle avait un diplôme d'ingénieur, comme lui,
alors pourquoi le responsable des ressources humaines
l'avait-il embauchée pour faire le ménage ?

« Moi ?

– Oui, en qualité de chef du personnel.

– Et que lui avez-vous répondu ?

– Qu'il devait plutôt vous remercier de lui avoir
donné du travail au lieu de la renvoyer quand son ami,
ou son amant, l'avait quittée. »

Le responsable secoua tristement la tête. Ce n'était
pas la bonne réponse. Apitoyé, il s'approcha de
l'homme qui n'avait pas lâché son fils, lequel patientait
en silence, dans l'ombre de la cour. Le DRH éprouva
un léger vertige en contemplant son beau visage atten-
tif. Le père pouvait encore lui interdire de les accompagner. Il fallait l'amadouer. Il tira une poignée de gros
billets de son portefeuille et les lui tendit. Le flash cré-
pita tandis que la consule et son mari échangeaient un
regard inquiet. Le chauffeur qui se tenait un peu à l'écart
pâlit. L'ingénieur retint sa respiration. S'il s'attendait à
davantage que quelques carnets et calepins, il n'en espérait pas tant.

« Vous exagérez, murmura la consule à l'oreille du
responsable. Vous voulez corrompre tout le monde ?

– Ce n'est rien, ce n'est rien… », protesta le DRH
en fourrant les billets dans la poche de l'homme. Il voulait qu'il oublie définitivement sa défunte femme et
laisse partir son fils. L'ingénieur dut avoir l'intuition de
l'enjeu, car il s'abstint de le remercier, il sortit la liasse
de billets de sa poche, les déplia et se mit à les compter

devant tout le monde. Après quoi, il les rangea dans son porte-monnaie et, la mine grave, au bord des larmes, il marmonna quelques mots.

« Que dit-il ? demanda le responsable.

– Il dit qu'il le mérite, figurez-vous…

– C'est bien possible, s'écria généreusement le chef du personnel en posant une main sur l'épaule du père et en caressant de l'autre la tête du fils. Si vous continuez à photographier sans arrêt comme ça, vous n'aurez bientôt plus de pellicule pour le voyage, dit-il au photographe.

– J'en ai tout un stock, ne vous inquiétez pas.

– Il prend des tonnes de photos avant de trouver la bonne, mais le directeur la jette systématiquement à la poubelle », intervint le journaliste.

L'appartement de la consule était petit et vieillot, mais douillet. Elle ôta sa pelisse et son bonnet rouge et disparut dans sa chambre pour revenir en peignoir à fleurs qui conférait une certaine vivacité à son allure un peu pataude de paysanne vieillissante. Le pain et les gâteaux du responsable ne l'ayant pas rassasiée, elle alla à la cuisine préparer pour elle-même et son hôte un petit déjeuner tardif, mais substantiel. À la porte de la cuisine, entre deux allées et venues, un couteau à la main, elle expliqua au responsable, affalé sur un canapé vétuste et grinçant, que ses fonctions étaient essentiellement honorifiques. La crise économique ayant pratiquement ruiné leur exploitation agricole, son mari et elle avaient décidé de retourner dans sa terre natale où la vie était beaucoup moins chère. Et pour se sentir un peu moins coupables de quitter le pays, ravagé par le terrorisme, ils avaient proposé aux autorités israéliennes, en contrepartie du loyer, de créer ici une légation qui serait chargée d'entretenir des relations avec l'administration locale – ils fourniraient des services, guideraient et conseilleraient les touristes de là-bas, ainsi que les éventuels visiteurs désireux de se rendre chez eux. Sans parler des morts, de cause naturelle ou accidentelle, qu'il fallait rapatrier ici ou là-bas.

« Ah bon ? Ça existe ? s'écria le DRH, surpris.

– Bien entendu. Un alpiniste qui a dévissé, un jeune retrouvé au fond d'un torrent, tué par le froid, un aventurier assassiné dans de curieuses circonstances. C'est un pays très vaste et varié, qui est peut-être sous-développé, mais possède de merveilleux paysages, surtout en automne et en été. Dommage que vous soyez venu l'hiver… »

Le responsable rit sous cape. Dommage ? Parce qu'on lui avait demandé son avis, peut-être ? Il était dépassé par les événements.

« Ce n'est pas tout à fait exact, rectifia la consule en cassant un œuf après l'autre dans une gigantesque poêle, à croire que son poulailler se trouvait encore dans la cour voisine. C'est vous qui avez mis dans la tête de ce garçon – qui est loin d'être aussi angélique que vous semblez le croire – que l'on peut transporter sa mère jusqu'à son village. Si vous n'aviez pas promis de couvrir les frais et de l'accompagner, il aurait pu rêver encore longtemps de retrouver sa grand-mère, surtout avec le froid qu'il fait. Mais si vous avez du temps et de l'argent à perdre, personne ne vous empêchera de vous montrer généreux. Peut-être même verrez-vous un fleuve gelé que vous pourrez traverser à pied ? Venez. Vous allez vous laver les mains et puis nous allons manger. Je me disais qu'après l'enterrement, nous irions tous dans un bon restaurant pour le repas funèbre, comme c'est l'usage ici, mais bon… vous avez quelque peu chamboulé mes projets… »

La voracité de son hôtesse devait être contagieuse. Le responsable fit honneur au repas, arrosé d'une eau-de-vie locale qui lui tourna la tête, au point qu'il crut se trouver sur la passerelle d'une légère embarcation. Voyant qu'il avait du mal à articuler, la consule lui proposa d'aller se reposer dans sa chambre. Le responsable préférait le canapé grinçant, mais elle insista. Elle était également fatiguée, n'ayant pratiquement pas fermé l'œil de la nuit, mais l'émissaire, qui venait de loin, avait la priorité et elle considérait de son devoir de le dorloter. Il suffisait de fermer les volets, d'éteindre la lumière et de se glisser sous les couvertures pour échapper à la dure réalité. Allons. Le temps pressait. La météo avait annoncé une tempête dans la direction opposée, et il faudrait avancer le départ pour lui échapper.

L'idée de dormir dans un lit étranger répugnait au DRH mais, comme il voulait s'isoler pour passer ses coups de fil, il finit par accepter, à condition de ne pas changer les draps. Il se contenterait d'une couverture et d'un petit coussin, il enlèverait ses chaussures et se coucherait tout habillé sur le couvre-lit.

« Si ça suffit à calmer vos angoisses, consentit-elle avec une pointe de réprobation maternelle, faites comme vous voudrez… Mais prenez votre valise et votre sac, que je ne les aie pas dans les jambes… »

Et tandis qu'elle arrangeait le grand lit, le DRH lui demanda s'il était vrai qu'elle n'avait pas l'intention de les accompagner.

« Absolument. Mon rôle a pris fin à l'aéroport. Je me suis assurée que la famille a bien réceptionné le cercueil et qu'elle s'engage à l'inhumer. Si vous avez choisi de céder aux caprices de ce gosse, c'est votre problème, pas celui du consulat. Pour moi, le chapitre est clos, mais je me demande vraiment pourquoi vous vous êtes embarqué dans cette histoire. Est-ce parce que vous vous sentez coupable envers sa mère, ou parce que vous croyez que le gamin le mérite ?

– Et votre mari ? Il ne voudrait pas venir, lui ? demanda le DRH, angoissé. Comment allons-nous nous débrouiller si nous ne parlons pas la même langue et que nous ne pouvons même pas communiquer avec le chauffeur ?

– Mon mari n'est plus très jeune, et il n'a aucune obligation envers notre pays.

– Le pays n'a rien à voir là-dedans. Je le dédommagerai pour sa peine.

– Ah bon ?

– Bien sûr. Et largement, même…

– Dans ce cas, c'est différent… »

Elle ferma les persiennes, alluma la lampe de chevet et, avant de s'en aller, elle lui conseilla d'essayer de dormir.

Une fois le silence retombé, il se hâta d'allumer le téléphone et s'aperçut qu'il devait le recharger. Le journaliste avait épuisé la batterie avec ses bavardages. Mais l'unique prise de la pièce semblait antédiluvienne, et comme elle ne s'adaptait pas au chargeur, il renonça allégrement à parler au vieux. Il aurait peut-être soulevé des objections et la batterie serait à plat avant qu'il ait le temps de le convaincre. Il se borna à appeler sa mère, qui allait toujours droit au but, et il eut l'agréable surprise de tomber sur sa fille qui avait couché, cette nuit, dans le lit de son père. Cette fois, au lieu de la questionner sur ses faits et gestes, il lui conta les derniers événements par le menu. Il lui décrivit la neige et la glace et lui parla de son futur voyage et de l'orphelin, qui était très beau, comme il l'avait imaginé, et furieux de la mort de sa mère. La fillette buvait ses paroles et l'accablait de questions.

Cette conversation inattendue le réconforta. Entendant le signal de la batterie qui s'épuisait, il éteignit l'appareil, ainsi que la lampe de chevet, il s'emmitoufla dans l'épaisse couverture de laine et essaya de dormir. Des statuettes en verre rouge représentant des chevaux, des vaches, des moutons et des poules – souvenirs de la ferme qui n'existait plus – luisaient dans l'obscurité, sur une étagère. Il était turlupiné par le cercueil, abandonné dans la cour de l'immeuble. Donc, me voilà seul responsable d'une étrangère, une femme de près de dix ans mon aînée que je ne me souviens même pas d'avoir jamais rencontrée, songea-t-il non sans amertume. Les services sociaux ont classé son dossier, son ex-mari a définitivement coupé les ponts avec elle, son amant-ami a disparu depuis longtemps et même la consule ne veut plus en entendre parler. Je suis tout seul, dans un pays primitif et glacial, en compagnie de deux journalistes qui veulent un scoop, à la remorque d'un gamin, peut-être incontrôlable. Quand j'ai promis de me charger de cette femme, mardi dernier, je ne me doutais pas que ce serait un tel fardeau.

Il repoussa la couverture et, sans rallumer la lumière, il ouvrit sans bruit les volets pour voir s'il pouvait repérer le cercueil. Il finit par le localiser sous la bâche, au milieu d'une bande d'enfants curieux. Heureusement qu'un vieux locataire, qui avait compris de quoi il retournait, les empêchait d'approcher. Le cœur du DRH se serra à la pensée de cette pauvre femme, abandonnée dans la cour hideuse d'un immeuble inconnu. Avait-il eu raison d'accepter de la transbahuter de la sorte ? Il aurait peut-être mieux fait de se taire à l'aéroport et de ne pas s'entremettre entre le père et le fils. L'adolescent aurait sans doute fini par céder, on aurait déjà procédé à l'enterrement et on en aurait fini une fois pour toutes.

Et le journal aurait eu assez de matière pour restituer à la boulangerie son humanité perdue.

Mais les yeux bridés du garçon lui frôlèrent le bras et les lèvres juvéniles effleurèrent le dos de sa main. Il pensait mieux savoir maintenant à quoi ressemblait son ex-employée et, pour la première fois depuis le début de cette histoire, être un simple exécutant ne lui suffisait plus et il aspirait à des sensations nouvelles.

Il referma les persiennes, retourna au lit, il posa la tête non sans dégoût sur le coussin de velours et se fourra sous la couverture. Beaucoup plus tard, la voix sonore du mari qui rentrait le réveilla.

Il se rechaussa, plia la couverture, retapa le lit et gagna le salon. La console et son époux étaient de nouveau à table.

« Tout est prêt, déclara l'ancien paysan dont les yeux bleus pétillaient. Nous vous avons déniché un solide véhicule avec de larges roues qui s'en sortira à merveille en terrain accidenté. Et puis je suis allé voir un médecin avec qui j'ai étudié le document et, malgré les fautes de grammaire, il y a tout lieu d'être satisfait.

– C'est-à-dire ?

– C'est-à-dire qu'on l'a embaumée dans les règles et qu'il n'y a pas urgence à l'enterrer. On peut l'emmener au bout du monde. Sur ce plan-là, nous sommes tranquilles.

– Et sur quel plan nous ne le sommes pas ?

– Il y a un avis de tempête… »

Le cœur du responsable chavira.

« Votre femme a dû vous dire que j'aimerais beaucoup que vous nous accompagniez et que vous nous serviez de guide. Vous seriez mon consul privé…

– Il est déjà le mien, dit la consule en caressant affectueusement les boucles grises de son mari.

– Un consul entre guillemets, plaisanta son mari en l'embrassant sur la joue.

– Et naturellement, vous serez dédommagé pour votre peine…

– Ce n'est pas un problème. Je serais venu avec vous gratuitement, par curiosité et solidarité. Mais si vous payez, je ne vais pas cracher dans la soupe.

– Et je saurai me montrer généreux, affirma le responsable avec émotion. Vous m'avez tout de suite inspiré confiance. »

La consule sourit en ajoutant une boulette de viande dans l'assiette de son mari.

« Alors, si vous avez confiance en moi, asseyez-vous et mangez quelque chose, pria l'ancien cultivateur. Parce que je suis sûr que, comme moi, vous entendez le vent forcir et nous souffler qu'il est grand temps d'y aller. »

III

LE VOYAGE

1

Dites-nous, sans-cœur que vous êtes, après avoir profané la Terre sainte et fait de la mort et de la destruction votre quotidien, avez-vous le droit de dévaster l'âme d'autrui ? Est-ce parce que vous et vos ennemis êtes devenus fous et insensibles, que vous vous massacrez, vous suicidez, détruisez et bombardez à l'envi, que sans explication ni autorisation, vous vous êtes permis d'entrer dans la cour d'un immeuble, dans un pays étranger, pour y abandonner un cercueil et disparaître avec cette scandaleuse légèreté ?

N'avez-vous pas eu pitié de nos enfants qui risquaient de se trouver face à la mort, près des poubelles et des bonbonnes de gaz, sans fleurs ni prière ? Avez-vous songé qu'ils pourraient faire des cauchemars ? Poser des questions qui resteraient sans réponse ? Sachez, méchants que vous êtes, que sans la présence d'esprit d'un voisin, qui s'est empressé de refréner leur curiosité, leurs jeux auraient pu tourner au tragique.

Que faire ? Comment nous protéger ? Allions-nous appeler un policier borné et le soudoyer pour qu'il croie que nous n'y étions pour rien ? Par quel moyen prouver qu'un cadavre découvert un samedi, vers midi, dans la cour de l'immeuble, n'était à personne ?

Furieux, nous nous sommes mordu les lèvres en guettant par la fenêtre pour vous voir arriver au crépuscule, entre deux rafales de vent, dans un véhicule blindé datant d'une guerre oubliée. Nous vous avons immédiatement reconnus. Des étrangers inflexibles, fils d'un peuple errant et retors. Sans un mot d'explication ou d'excuse, vous avez chargé le cercueil sur une remorque et vous êtes évanouis dans la nuit, à l'image de ces tyrans disparus depuis peu.

Alors, c'est curieux, mais loin d'être soulagés, nous avons ressenti une tristesse inexplicable. Car nous ne savions toujours pas quel était ce cadavre ni ce qui avait causé sa mort. D'où venait-il ? Où allait-il ? Et nous vous en voulions de nous l'avoir repris si vite.

Les deux journalistes quittèrent à regret l'auberge où ils avaient à peine eu le temps de se reposer. Mais, par ce froid, ils n'auraient jamais pu se rendre par leurs propres moyens au rendez-vous fixé par le jeune orphelin entre sa mère et sa grand-mère. D'autant que leur intuition professionnelle leur soufflait que le récit des pérégrinations du cercueil dans les steppes de ce pays lointain passionnerait davantage les lecteurs que le deuil d'une vieille paysanne. Et puis le moyen de transport s'était amélioré. Le chauffeur avait réussi à convaincre le mari de la consule – en qui le DRH voyait un interlocuteur à part entière – de louer, pour remplacer le minibus, un half-track des surplus de l'armée, récemment reconverti en véhicule civil. C'était un engin carré, en acier, monté sur d'énormes roues situées à une bonne distance du sol, nécessitant une échelle pour monter à bord.

Sous des dehors rébarbatifs, on avait fait des efforts pour en aménager l'intérieur. Le vaste habitacle avait été vidé de son armement et équipé de sièges généreusement rembourrés, surmontés de porte-bagages et de veilleuses individuelles. De son passé militaire, ne subsistait qu'une rangée de cadrans verdâtres et muets sur le tableau de bord et deux trépieds fixés au sol, impossibles à retirer. Quant à la remorque, elle avait sans doute servi à transporter des caisses de munitions ou un canon, certainement pas le cercueil d'une femme.

Le chauffeur n'était plus seul. Stimulé par la générosité de l'émissaire, le consul, qui avait emprunté à sa femme son bonnet de laine rouge pour se tenir chaud, voire pour asseoir son autorité, avait satisfait la requête du jeune chauffeur d'adjoindre à l'expédition son frère aîné, mécanicien et navigateur expérimenté, qui avait immédiatement ordonné le départ afin d'échapper à la tempête imminente.

Pour l'heure, le responsable n'avait aucune idée des prix pratiqués dans ce pays ni de ce qu'allait lui coûter cette expédition en blindé, sans parler du chauffeur et du copilote. Mais il espérait que, si une modeste somme avait suffi à convaincre l'ex-mari de renoncer à ses prétentions, les frais du voyage seraient également raisonnables et que l'humanité du patron, bafouée par le journaliste – qui, émerveillé, venait d'arriver avec son photographe –, serait réhabilitée pour un prix modique.

« Où est l'enfant ? s'enquit le responsable, tourmenté à l'idée que le bel orphelin à l'origine de ce périple s'esquive au dernier moment.

– L'enfant ? répéta le consul, interloqué. Parce que vous le prenez encore pour un enfant ? Vous allez vite déchanter tout à l'heure, quand vous verrez où nous allons le prendre. »

De rares passants s'attardaient encore dans les avenues quasi désertes de la ville. Les boutiques étaient déjà fermées, à cause de la tombée de la nuit ou de l'avis de tempête. Les phares du véhicule balayaient la chaussée, ainsi que les halls et les escaliers d'édifices hérissés de tours et de dômes, gardés par d'imposants portiers à la barbe en pointe et en manteau de fourrure. Un groupe de vieilles femmes, rassemblées à l'angle d'une rue, emmitouflées de la tête aux pieds, un panier au bras, attendaient en silence un véhicule qui les ramène à leur village.

Aux confins de la ville, ils stoppèrent dans le parking d'une usine désaffectée, environnée de matériaux en décomposition. Un haut-parleur, accroché à une grande cheminée, diffusait les accords discordants d'une musique de danse. Le vieux mécanicien, qui ne voulait pas perdre de temps et n'avait pas vraiment confiance dans la perspicacité du consul, préféra aller chercher lui-même le garçon. De fait, la délicate créature apparut quelques minutes plus tard, entraînée par une poigne de fer. Il s'était muni d'un petit sac, mais portait la même combinaison que le matin, sans manteau, et il avait gardé son casque de pilote à oreillettes. Il était écarlate, comme s'il avait bu.

Le cercueil avait beau être solidement arrimé, on ne pouvait être sûr qu'il n'allait pas tomber à cause des secousses ou que la remorque n'irait pas se détacher. Le garçon s'installa donc à l'arrière, entre les valises et les sacs, pour s'assurer que sa mère resterait bien avec eux.

L'adolescent eut un sourire ravi en découvrant l'intérieur du véhicule et il parut satisfait de voir que son obstination avait porté ses fruits. À son arrivée, l'odeur aigre du matin envahit l'habitacle et la vipère en grimaça de dégoût. « Au premier arrêt, les amis, on va obliger ce beau gosse à se laver, sinon on ne pourra plus respirer », murmura-t-il. Le responsable vit rougir le garçon qu'il ne quittait pas des yeux. Il va falloir faire attention, pensa-t-il. Il n'est pas possible qu'il ne lui reste rien de son séjour à Jérusalem. Même s'il ne comprend pas les paroles, il peut deviner le sens général grâce à l'intonation.

« Shalom ! lança-t-il pour détendre l'atmosphère. Tu te rappelles au moins ce mot, non ? » ajouta-t-il. Le gamin piqua un fard et baissa la tête en silence, sans sourire, à croire qu'il ne voulait plus rien avoir à faire avec la langue de la ville où sa mère était morte pour rien. Il se retourna lentement, comme pour surveiller la remorque qui bringuebalait à la lueur rougeâtre des feux arrière, mais aussi pour observer les signes menaçants de la tempête, du côté de la ville qui s'éloignait à l'horizon.

D'emblée, on remarqua l'autorité qu'exerçait le frère aîné sur son cadet, lequel semblait se réjouir de cette emprise qu'il considérait comme une garantie. Le voyage se déroulerait donc selon ses directives. Il avait préparé un itinéraire plus long, mais qui empruntait de larges routes où la circulation serait fluide et sûre. Une fois certain que son petit frère maîtrisait parfaitement le véhicule, il s'attaqua aux cadrans – autrefois reliés au système de communication et d'armement du blindé, mais inanimés depuis sa reconversion dans le civil – qu'il tenta de ressusciter. Le consul joignit ses efforts aux siens et, grâce à son expérience agricole, son habitude des bêtes et des machines, il réussit à ranimer un cadran dont l'aiguille se remit en marche sans rime ni raison, à la grande joie de tous. Le voyage avait beau s'effectuer dans des conditions difficiles et bruyantes, l'embrayage grincer horriblement et les grandes roues secouer la voiture comme un prunier, il débutait sous les meilleurs auspices. Le mécanicien signala au consul l'éclat jaunâtre de la tempête qui se reflétait dans le rétroviseur et entreprit de lui en expliquer la signification, comme s'il commentait sur une radio les symptômes d'une grave maladie.

L'obscurité s'épaississait et même si la route paraissait en bon état, il fallait se garder des éventuels nids-de-poule. En se retournant pour regarder le jeune garçon, dont la beauté s'évanouissait dans le noir, le responsable remarqua que le journaliste avait allumé la veilleuse pour prendre des notes dans son carnet.

« Si vous ne vous étiez pas acharné contre nous avec vos propos malveillants, je ne serais pas en train de cahoter et de me geler sur les routes, mais je serais bien au chaud au fond de mon lit, maugréa-t-il sans véritable colère.

– Vous seriez au fond de votre lit à cette heure-ci ? ironisa le journaliste en refermant son calepin. Ça m'étonnerait. Il est vingt heures ici, donc la nuit vient à peine de tomber à Jérusalem et, si ce qu'on m'a dit est vrai, vous viendriez tout juste de vous lever pour vous préparer à faire la tournée des bars.

– Vous m'avez espionné ou quoi ?

– Pas moi, lui, corrigea le journaliste en désignant le photographe. On avait besoin d'une photo de vous.

– Qui est mauvaise, en plus.

– Mauvaise ? Pourquoi mauvaise ? Elle est aussi vraie que nature, au contraire.

– Parce que vous prétendez posséder la vérité, peut-être ?

– Je n'irais pas jusque-là… mais j'y aspire et j'y crois. Auriez-vous peur d'une simple photo ? Ce n'est pas ça qui fera la différence, ce sont vos actes. Et je dois avouer que, pour l'instant, je suis très content de vous.

– Vous êtes content ? railla le responsable. J'en suis flatté ! J'ai une de ces veines ! Mais au fait, que voulez-vous dire par là ?

– Je suis content que vous ayez enfin saisi le but du jeu.

– À savoir ?

– Enterrer votre employée dans son village natal. Et j'ajoute que je suis fier de votre humanité. Sans parler de la mienne, bien entendu.

– La vôtre ? Attendez ! Qu'est-ce que votre humanité a à voir là-dedans ?

– Cette question ! Vous ne devriez pas dénigrer ce que j'ai réussi à accomplir. J'ai écrit des dizaines d'articles plus virulents les uns que les autres, ces dernières années. Je m'en suis pris à des hommes et à des institutions, en vain. On m'a menacé de poursuites, mais finalement personne ne m'a attaqué. Les gens ont fait comme si je n'existais pas et certains ont même eu le toupet de se moquer : On a lu vos articles, mais ça ne servira à rien. Nous n'avons pas l'intention de vous répondre.

– C'est exactement ce que j'ai suggéré à mon patron. Ne pas réagir, faire le mort…

– Mais il ne vous a pas écouté, et c'est tout à son honneur. C'est la première fois que je vois un de mes articles, que j'ai rédigé d'un seul jet, pendant la nuit, produire un effet. Non seulement j'ai contraint une grande entreprise à reconnaître ses erreurs, mais je l'ai poussée à agir. Et croyez-moi, cette victoire me rassure. Voyez où nous en sommes ! Une expédition en blindé dans un si lointain pays. Et tout ça, grâce à une idée qui a germé dans ma cervelle de vipère. J'ai beau être un serpent, je n'en suis pas moins sensible. Au fait, vous avez vu les trépieds qui sont soudés au plancher ? Vous les retrouverez dans le numéro de la semaine prochaine. À quoi servaient-ils, à votre avis ? Vous êtes un ancien militaire, non ? Ils ont l'air si mastoc et si vieux, comme s'ils dataient de la Première Guerre mondiale. Oui, oui, mon cher, je vais vous arranger ça aux petits oignons, vous allez voir… Le directeur m'a assuré que si l'histoire était bonne, l'atmosphère bien dramatique, il m'accorderait trois colonnes à la une…

— N'oubliez pas de préciser que c'est mon entreprise qui finance le voyage… »

Le serpent se mit à rire.

« Peut-être que oui, peut-être que non. Tout le monde se fiche que les frais soient payés par une énorme boulangerie qui ne cesse d'accroître ses bénéfices.

— Et que faites-vous de votre objectivité ?

— L'objectivité est une qualité intrinsèque, elle ne s'achète pas. Et puis je suis là pour rendre compte de l'essentiel, qui est, à mon avis, le remords de votre patron et les moyens qu'il a mis en œuvre pour se réhabiliter. Or il sait que la publicité gouverne le monde. C'est la raison pour laquelle il vous a adjoint un journaliste et un photographe, afin qu'on se souvienne de sa BA jusqu'à la fin des temps. Voilà qui servira de trame à mon article : oui, il y a encore dans ce monde pourri et déboussolé des gens honnêtes qui reconnaissent le bien-fondé des critiques qu'on leur fait. C'est pourquoi vous serez plus qu'un simple protagoniste de mon histoire, un symbole. Un responsable indifférent à son personnel, un ancien militaire qui ne s'est pas aperçu qu'une de ses employés a trouvé la mort dans un attentat suicide parce qu'il se bornait à lui verser un salaire mensuel, y compris jusqu'à la morgue, qui sait ? C'est pour expier qu'il doit escorter le cercueil au cœur de la tourmente dans cette lointaine contrée et qu'il a entrepris ce périple au terme duquel il devra s'agenouiller devant la tombe et demander pardon.

– Une minute… une minute…, fit le responsable des ressources humaines, secoué d'un rire irrépressible. C'est votre photographe qui vous prendra à genoux, en train de sangloter.

– Parce que moi aussi je devrai m'agenouiller ? s'enthousiasma le journaliste. Pas mal comme idée… Si mon article l'exige, ou mon photographe… Pourquoi pas ? On pourrait même soulever un peu le couvercle du cercueil pour prendre une photo. Quelque chose de délicat et d'artistique, un peu flou…

– Faites gaffe… !

– Mais qu'est-ce qui vous prend ?

– Je vous préviens… (Le responsable en tremblait de colère.) Vous n'avez pas intérêt à toucher au cercueil… Attention à vous…

– Pourquoi vous mettez-vous dans tous vos états ? Et puis, sa dépouille ne vous appartient pas, même si c'était votre employée… Vous l'avez peut-être oublié, mais vous êtes ici pour l'accompagner, comme moi. Si elle appartient à quelqu'un, c'est uniquement à son fils. C'est lui qui a signé les papiers, et c'est lui seul qui pourra décider de ce qu'il conviendra de faire. D'ailleurs, si la grand-mère veut ouvrir le cercueil pour dire adieu à sa fille, vous ne pourrez pas l'en empêcher. Vous avez beau tenir les cordons de la bourse, ce n'est pas vous qui menez la barque. »

Le responsable bouillait de colère.

« N'y pensez pas… Je vous ai averti… Et je vous conseille de ne pas essayer de pondre une ordure de plus dans votre canard à la noix…

– Hé, calmez-vous ! Et puis qu'est-ce que ça peut vous faire ? Vous le lisez, mon journal ?

– Jamais de la vie. La première chose que je fais, le vendredi matin, c'est de le détacher du reste et de le jeter à la poubelle sans même l'ouvrir.

– Alors ce que je vais écrire n'a aucune espèce d'importance. Mais vous ratez quelque chose, croyez-moi. La majorité de nos lecteurs ne cherchent pas de scoop, mais seulement les petites annonces, les appartements ou les voitures d'occasion, c'est pour cela que nous pouvons nous permettre de publier des articles inédits, des reportages fouillés sur des sujets insolites…

– Je me fiche pas mal de ce que je rate.

– Tant pis pour vous. Ça vous embêterait de me passer votre téléphone ? Mon fils avait une sortie de classe et j'aimerais savoir s'il est bien rentré.

– Pas question ! Il est pratiquement à plat à cause de vos bavardages imbéciles. Je n'ai pas pu le recharger chez la consule. Et puis il se passe ici des choses plus importantes que l'excursion de votre fils, vous ne pensez pas ? Vous êtes accessoire dans cette histoire. C'est clair ? C'est par pure gentillesse que je vous ai permis de nous accompagner, vous et votre photographe. Un point c'est tout. À partir de maintenant, vous avez intérêt à vous tenir à carreau, tenez-vous-le pour dit. »

Le serpent se réfugia dans son coin où la faible lumière de la veilleuse trouait la pénombre. Le responsable se dit qu'il avait peut-être enfin réussi à ébranler ce gros homme joufflu à la barbe naissante. Le silence retomba. Avec ses roues immenses et ses énormes phares, le blindé devait ressembler à une navette spatiale lancée à vive allure. Ayant réussi à caser ses longues jambes au milieu des bagages, le garçon paraissait s'être évaporé. Quant au DRH, que sa discussion avec le journaliste avait profondément perturbé, il lui tourna le dos, suspendit son écharpe à l'un des trépieds, allongea ses jambes sur la vaste banquette et fixa les cadrans verts par-dessus les boucles grises du consul – lequel avait ôté le bonnet rouge de son épouse –, ébouriffées par le vent qui s'engouffrait à l'intérieur. Il finit par fermer les yeux, bercé par le grondement monotone du puissant moteur asthmatique.

2

Le silence le réveilla en sursaut. Il était seul. Les autres étaient descendus se dégourdir les jambes à un croisement, bordé de panneaux indicateurs. Il était près de minuit. En descendant du véhicule, il eut la surprise de constater qu'en dépit du froid intense, le ciel était limpide, criblé d'étoiles. Ils avaient évité la tempête, finalement, et les deux frères se congratulaient en vérifiant les pneus dans lesquels ils tapaient affectueusement tout en fumant cigarette sur cigarette. Le consul, qui faisait les cent pas d'un air guilleret, salua le responsable en agitant une branche recouverte de neige. Il suivait d'un œil intéressé le photographe qui profitait de l'arrêt pour prendre le blindé, tandis que le jeune garçon, ragaillardi et frigorifié, copiait sur le carnet du serpent les noms inscrits sur les panneaux de signalisation.

À Jérusalem, il était vingt-deux heures et le sabbat n'était plus qu'un souvenir. C'était le bon moment pour téléphoner son rapport au patron. Et même si les derniers développements lui semblaient inutiles, voire risqués, il ne pourrait pas lui imposer de rebrousser chemin. Au fond, même le patron n'avait pas la possibilité de tout contrôler, de sorte que le DRH pouvait l'informer de ses décisions en toute sérénité. Il chercha donc un coin tranquille qu'il trouva derrière la remorque. En raison de la dimension des pneus, le cercueil se trouvait à la hauteur de ses yeux. Il eut la surprise de découvrir qu'il était constellé de cristaux de givre, sans doute à cause de la vitesse et de la température. On aurait dit qu'il était recouvert d'une peau de crocodile blanc. Le responsable chercha à en gratter un, mais ses doigts étaient gourds et il y renonça très vite.

Il alluma l'appareil et déploya l'antenne. Malgré les étoiles qui avaient l'air toutes proches et amicales, il ne put rien en tirer. Le serpent l'avait complètement déchargé avec ses bavardages oiseux. Il jura entre ses dents et changea de position. En vain. Le consul, qui observait son manège, s'approcha pour le réconforter.

« On finira par trouver une solution… ne vous en faites pas…

– On a intérêt, sinon nous serons coupés du monde pendant tout le voyage.

– Il ne manquerait plus que ça ! s'écria le vieil optimiste – le bonnet rouge donnait une sorte de grâce enfantine à ses boucles grises. On trouvera une solution, et plus tôt que vous le croyez, parce que, je ne sais pas si vous l'avez remarqué, mais pendant que nous dormions, nos pilotes – de vrais sorciers, ces deux-là – ont tellement cravaché ce monstre que, sans nous en rendre compte, nous avons déjà parcouru le tiers du trajet. Alors, au lieu de rouler encore une cinquantaine de kilomètres pour trouver une auberge minable dans un bled perdu, ils proposent de faire un petit détour.

– Quel genre de détour ?

– Pas grand-chose. Une vingtaine ou une trentaine de kilomètres plus au nord, dans une petite vallée où se trouve une base militaire ultrasecrète, très célèbre pendant la guerre froide. Aujourd'hui, c'est devenu un site touristique, du moins en partie.

– Un site touristique ? »

Le consul expliqua au responsable qu'après la guerre froide, à la fin des hostilités entre les grandes puissances, quand les discours sur la paix ne s'accompagnaient plus de menaces, curieusement, ou peut-être était-ce logique, au contraire, la situation économique se dégrada et des coupes sombres s'imposèrent dans le budget de la Défense, qui était toujours pléthorique. Des hommes d'élite, surtout dans les zones périphériques, se retrouvèrent du jour au lendemain au seuil de la pauvreté et réduits, pour survivre, à vendre ou à louer du matériel militaire usagé, tel ce blindé, et à reconvertir certaines bases en auberges et restaurants pour touristes, avec en annexe un musée folklorique quand c'était possible. Voilà comment un abri stratégique top secret, creusé dans les années cinquante au cœur d'une petite vallée, fut transformé en musée historique, non dénué d'intérêt scientifique, expliquant aux visiteurs, payants naturellement, les techniques de survie imaginées par les communistes en prévision de la Troisième Guerre mondiale.

« Et il vaut réellement le détour, ce musée ?

— Un petit détour. Entre vingt et trente kilomètres au maximum à l'aller comme au retour. Les chauffeurs, qui en ont entendu parler, aimeraient beaucoup le visiter, et je suggère d'accepter pour le bon déroulement de notre voyage. En plus, ils disent qu'il y a un hôtel et un excellent restaurant. Et puis on peut voir la reconstitution des salles de contrôle, avec les instruments d'origine, qui montre comment devait se déclencher une attaque nucléaire préventive contre l'Occident, une éventuelle contre-attaque et ainsi de suite, bref un truc dynamique qui donne au visiteur une idée de la façon dont on aurait pu détruire le monde d'une simple pression sur un bouton.

— Des enfantillages !

— Oui et non. Un jeu qui se déroule en conditions réelles n'est pas si puéril que ça. Et nous avons le temps. D'abord parce que la route est meilleure que

nous le croyions. Et puis n'oubliez pas que nous igno-
rons quand la vieille va rentrer chez elle. Alors pourquoi attendre les bras croisés au lieu de se distraire avec
les vestiges d'une guerre qui n'a pas eu lieu ? Et du
moment que nous avons entrepris ce sinistre voyage,
nous n'allons pas nous limiter à un seul objectif alors
que nous avons la possibilité d'y inclure une visite
instructive et divertissante. D'autant qu'en ce qui *la*
concerne (le vieil homme inclina sa tête chenue du côté
du cercueil) le médecin que j'ai consulté et qui a lu
attentivement le rapport d'Abou Kabir a conclu que
nous pouvions être tranquilles, que rien ne pressait et
que nous avions tout le temps de l'enterrer. Sans parler
du fait que, vous voyez, c'est comme si elle était dans
une chambre frigorifique. »

Après ce discours plein de bon sens et de sincérité,
ils furent rejoints par les deux chauffeurs. L'adolescent
marqua une hésitation avant de leur emboîter le pas et
contempla avec émerveillement le cercueil parsemé
de cristaux de neige. Le responsable avait presque
l'impression de respirer l'haleine du garçon. Même s'il
n'était pas l'exacte réplique de sa mère, songea-t-il, il
avait quand même une idée de la beauté qui lui avait
échappé.

À quelques pas du photographe, qui s'apprêtait à
prendre un portrait de groupe autour du cercueil, le journaliste semblait avoir finalement compris qu'il avait
intérêt à garder ses distances. La clarté glacée qui tombait des étoiles rappela au responsable un lointain souvenir. Oui, au cours de son unique année universitaire,
il avait croisé quelqu'un qui ressemblait au serpent,
mais en beaucoup plus mince.

« D'accord, acquiesça-t-il avec bonhomie. Nous
allons faire ce détour et nous distraire du spectacle de

la destruction du monde, à condition que cela ne nous prenne pas plus de vingt-quatre heures.

– Marché conclu », approuva le consul, qui ajouta que l'on trouverait sans doute là-bas le moyen de recharger le téléphone. Les autres manifestèrent leur contentement quand il leur eut traduit la décision du responsable, y compris l'orphelin, qui n'était apparemment pas pressé d'enterrer sa mère.

Ils réintégrèrent le véhicule dont le moteur se ranima dans un grondement reconnaissant. Le sourire furtif qu'échangea le serpent avec l'adolescent prouvait qu'il était en train de manigancer quelque sombre stratagème, censé donner plus d'intensité dramatique à son article. Et afin de reprendre le contrôle de la situation, le DRH décida de changer son fusil d'épaule.

« Ça y est, dit-il en se tournant vers le journaliste, j'ai compris pourquoi je ne vous reconnaissais pas. Vous étiez plus maigre, à l'époque, et il y avait déjà quelque chose de reptilien dans votre silhouette… »

Surpris, le journaliste se mit à rire.

« Ne m'en parlez pas, soupira-t-il. Je ne retrouverai jamais la ligne. Mais vous, vous n'avez pas changé, et pas seulement physiquement. On dirait un escargot qui se recroqueville dans sa coquille dès qu'on le touche… Vous voyez que je ne vous ai pas menti : nous avons bien suivi un cours de philo ensemble. Et ce n'est pas à cause de votre intelligence ou de votre bêtise que je me souviens de vous, mais d'une superbe créature qui ne vous lâchait pas d'une semelle, on se demande pourquoi. C'en était presque choquant.

– Oui, je vois de qui vous parlez.

– Qui est-ce ? Qu'est-elle devenue ?

– Qu'est-ce que ça peut vous faire ? Auriez-vous l'intention de la mêler à cette histoire ? Ou d'envoyer votre photographe l'espionner pendant la nuit ?

– Hé, doucement… Inutile de monter sur vos grands chevaux… Je ne vous posais pas la question en tant que journaliste, mais par simple curiosité…

– Je croyais que vous étiez journaliste en permanence. Vous êtes du genre à fourrer votre nez partout, même quand vous dormez.

– Oh, là, vous exagérez… On dirait que vous êtes vexé… Bon, écoutez, la main sur le cœur, je vous propose de faire la paix. Je vous demande pardon… Solennellement… »

Le responsable des ressources humaines n'en revenait pas. Il ferma les yeux et baissa la tête en silence.

« En tout cas, dites-moi où vous étiez passé, reprit le serpent, dévoré de curiosité. Avez-vous abandonné vos études ou changé d'orientation ?

– J'ai rempilé.

– Dans quoi ? Vous étiez aussi aux ressources humaines ?

– Bien sûr que non ! J'étais commandant en second d'une unité combattante.

– Et quel grade aviez-vous quand vous avez quitté l'armée ?

– Major.

– Seulement ? Deux ans de plus et vous seriez devenu lieutenant-colonel. Vous ne saviez pas que, chez nous, si on attache un sous-lieutenant à un arbre, il se retrouve colonel dix ans plus tard ?

– Je n'ai pas dû trouver le bon arbre.

– Mais pourquoi n'avez-vous pas poursuivi votre carrière militaire ?

– On me jugeait trop individualiste. Je n'étais pas fait pour les grandes structures.

– Vous auriez pu chercher quelque chose qui vous convienne mieux… Un commando, je ne sais pas, moi…

– À quoi bon ? Pour me faire tuer et vous fournir un sujet d'article ?

– Encore ! Je ne suis pas obsédé à ce point.

– Oui, on me l'a dit. L'éternel étudiant…

– Ah…, fit le journaliste en rougissant. Vous sortez de temps en temps de votre coquille, à ce que je vois.

– Il paraît. Sur quoi planchez-vous ?

– Ça vous intéresse ?

– Oui, vous avez autre chose de mieux à proposer en ce moment ?

– Je travaille sur Platon.

– Parce qu'il y a encore du nouveau à dire là-dessus ?

– La pensée de Platon est si riche et si complexe que n'importe qui doué d'un peu de jugeote et de patience y trouverait son bonheur. Non, ce n'est pas pour cette raison que je n'arrive pas à finir ma thèse, c'est à cause des tentations de cette chienne de vie…

– C'est une bonne excuse.

– Vous n'avez pas tort.

– Bon, alors, c'est quoi votre sujet ?

– Dites-moi, ça vous intéresse vraiment ou c'est pour la forme ?

– Pour la forme, et aussi parce que j'aimerais comprendre ce qui vous trotte dans la tête. Pour ne pas me faire avoir encore une fois.

– Vous faire avoir ? (Le journaliste éclata de rire.) C'est plutôt vous qui nous surprenez. D'abord hier, quand vous avez consenti à ce voyage, et à l'instant, en acceptant ce détour.

– Oui, j'ai plus d'un tour dans mon sac, répliqua le responsable, ravi de cette sortie. Mais pourquoi vous défilez-vous ? Sur quoi porte votre thèse ? Un dialogue de Platon ou un sujet plus général ?

– Un dialogue.

– Lequel ?

– Le titre ne vous dira rien, croyez-moi, vous n'en avez et n'en entendrez jamais parler.

– Ce n'est pas celui qu'on a étudié en cours ?

– *Le Phédon* ?

– *Le Phédon* ? Je ne me souviens pas… Peut-être…

– Sur l'immortalité de l'âme ?

– Non, non, pas celui-là… Un autre, voyons… Il est très connu… Sur l'amour…

– Si vous faites allusion au *Sumposion, Le Banquet*, ce n'est pas ça. La doctrine platonicienne de l'amour a fait couler beaucoup d'encre et suscité un tel intérêt au cours des siècles qu'il ne reste plus grand-chose à innover là-dessus. »

Mais le DRH insista. Il sentait qu'une conversation amicale, philosophique, impersonnelle avec le serpent lui faciliterait la tâche durant le reste du voyage. Il voulut donc savoir en quoi ce célèbre dialogue qu'il avait découvert en première année de philo était si remarquable. Il avait d'ailleurs été agréablement surpris par le sérieux avec lequel on étudiait l'amour à la fac, mais ayant interrompu ses études pour réintégrer l'armée, il avait tout oublié, sauf l'histoire, ou l'allégorie, de cet homme – mais lequel, d'ailleurs ? le premier homme ? l'homme des cavernes ? l'homme ordinaire ? En tout cas, on l'avait coupé, ou divisé, en deux. De quelle façon ? par erreur ? délibérément ? par hasard ? D'où le désir de retrouver son intégrité. C'était peut-être cela, l'amour…

Assis devant, le consul, qui n'en perdait pas un mot, ôta son bonnet rouge et se mêla à la conversation.

« Cet amour-là, même moi, un paysan, j'en sais quelque chose. Quand je partage une pomme en deux, je pense que les deux moitiés ont envie de se rassembler, ce qui ne m'empêche pas de les découper encore en plusieurs quartiers. »

Le responsable se mit à rire de bon cœur. Un peu rasséréné, il écouta la remarque méprisante du serpent.

« L'idée des deux moitiés constitue le passage le plus superficiel et le plus concret du *Banquet*. Pas étonnant que vous vous le rappeliez. Mais les philosophes ne se seraient pas réunis chez Agathon pour une définition aussi simpliste, et la magie de ce texte n'aurait pas agi pendant des milliers d'années. Il s'agit ici d'une autre théorie, plus profonde, vraiment extraordinaire.

– Qui est ? s'écrièrent en chœur le responsable et le consul.

– Vous voulez vraiment qu'on en parle maintenant, au beau milieu de la nuit ?

– Y a-t-il autre chose à faire ? »

Et dans l'habitacle obscur du blindé dont les cadrans phosphorescents éclairaient le visage des chauffeurs, le journaliste entreprit d'expliquer l'essence de l'amour en luttant pour dominer le bruit du moteur qui s'emballait, tandis que l'engin gravissait une route de montagne en lacet. Si j'avais su que ça grimpait à ce point, je n'aurais jamais autorisé ce détour, songea le DRH.

« Selon Platon, reprit le serpent, l'amour témoigne de notre fin, mais en même temps, de la possibilité de la dépasser. Le désir amoureux augmente de façon continue, comme lorsqu'on gravit les degrés d'une échelle, de bas en haut, du tangible à l'abstrait, du matériel au spirituel. Et la découverte du monde selon ces critères est la récompense de l'amant philosophe qui peut aimer sans dépendre de l'objet de sa passion, car il sait que ce qui l'attire en lui se trouve en principe dans d'autres objets. De sorte qu'à travers la beauté des autres corps, sa quête va le mener au-delà du matériel, jusqu'à la beauté de l'âme.

– L'âme…, s'enhardit le consul en songeant au tempérament fougueux de son épouse.

– C'est le secret de l'amour. Il n'existe pas de formule. L'homme doit le découvrir par lui-même.

– Voilà pourquoi, poursuivit le serpent pendant que le blindé ralentissait pour ne pas dévier de l'étroite route en zigzag, Éros n'est ni dieu ni homme, mais démon. Il est coriace, malpropre, il va nu-pieds, il est sans-logis et dort dans la rue. Mais il peut établir le lien entre l'humain et le divin, l'éternel et le temporel. »

Le véhicule freina au sommet d'une côte. Le frère aîné, le mécanicien, descendit vérifier que les attaches de la remorque n'avaient pas lâché dans les cahots. L'adolescent émergea des valises et des sacs et tourna immédiatement la tête. L'ingénieux mécanicien devait connaître sa machine à fond pour localiser un projecteur arrière invisible qui éclaira la remorque d'une vive lumière fantomatique. Et au milieu des légers flocons qui virevoltaient dans les faisceaux aveuglants des phares, il fit plusieurs fois le tour du cercueil pour vérifier qu'il était solidement amarré et ne risquait pas de se détacher. Mais il n'était pas rassuré pour autant et, à son retour, il prit la place de son jeune frère pour piloter avec plus de souplesse et de précision.

« C'est pourquoi Socrate n'a pas repoussé l'amour du jeune Alcibiade, mais sans le consommer.

– Pour quelle raison ?

– Pour maintenir l'amour à distance, ce qui est la condition *sine qua non* de son existence. Contrairement à cette idée qui vous enthousiasme tant, selon laquelle les deux moitiés aspirent à se rejoindre, Platon interdit explicitement l'union, afin que le véritable élan vers la beauté demeure toujours vivace. Et c'est pour cela que l'amour vrai est toujours en équilibre instable, en proie à des déchirements susceptibles d'entraîner l'homme au-delà de toute retenue. »

3

Le sergent du premier quart à son collègue de la relève :

« *Tu es pile à l'heure, jeune sergent. Mais je ne vais pas me coucher, je reste avec toi pour doubler la garde. Il y a une demi-heure, le monde avait l'air calme et tranquille et je somnolais, comme toujours, pour passer le temps. Et soudain, il s'est passé quelque chose, mais à quoi bon gaspiller ma salive ? Tiens, prends les jumelles et scrute la nuit, tu verras un gros engin, tous feux allumés, qui se dirige vers nous à travers le brouillard. Qu'est-ce que c'est ? Une vieille navette spatiale sur le point de s'écraser sur terre ? Un OVNI venu nous rendre visite d'une lointaine planète ? Ou est-ce que j'aurais la berlue, comme disent mes hommes ? Ouvre grands tes jeunes yeux, sergent, et dis-moi ce que tu en penses. Qu'allons-nous faire ? Réveiller le commandant ou attendre de voir venir, comme tout le monde me l'a conseillé, pour ne pas risquer de me rendre ridicule ?*

« *Voilà plus de cinquante ans que je sers ma patrie et mes meilleures années, je les ai passées ici. Mais tous les changements qu'on a connus ces derniers temps me dépriment. On ne sait plus où on en est, si on est des militaires ou des civils. Comment se faire à l'idée qu'une installation comme la nôtre, gigantesque, sophistiquée, creusée à des mètres et des mètres sous la terre, l'un des secrets les mieux gardés de l'État pendant des années, soit devenue une attraction pour touristes aux mains d'une petite garnison d'irresponsables ?*

« *Te figures-tu, mon jeune ami, à quelle profondeur se trouve l'abri sous nos pieds ? Croirais-tu qu'un jour, un ascenseur diabolique descendait dix étages sans atteindre le fond ? Peux-tu imaginer que, sous les salles de contrôle et les entrepôts, on avait aménagé de confortables appartements où devaient séjourner les représentants de la région et les membres du commandement suprême ? À des dizaines de mètres au-dessous de nous, des lits doubles attendaient les couples d'amoureux, il y avait des tables mises, une cuisine dernier cri, équipée d'un immense réfrigérateur plein de nourritures fortifiantes pour reprendre goût à cette vie, protégée des radiations. T'a-t-on parlé de la bibliothèque où étaient réunis les chefs-d'œuvre de l'humanité, ainsi que des jeux et des jouets pour les enfants ? Et de l'hôpital, avec son bloc opératoire et sa maternité ?*

« *On dit que la menace de l'apocalypse n'existe plus. Nos ennemis sont devenus nos amis, et les armes de mort moisissent dans des dépôts. Et pour faire face à un kamikaze déséquilibré, on n'a pas besoin de tout un arsenal souterrain. Et donc, jeune sergent, il ne faut pas s'étonner si le monde d'un vétéran comme moi a volé en éclats. Dire qu'autrefois j'étais comme chez moi dans le saint des saints de la guerre et que je suis devenu un valet, un domestique ! Te rends-tu compte que je distrais les touristes de passage par des démonstrations de destruction et de catastrophe dans les salles de contrôle où, à l'époque, le monde entier retenait sa respiration, même quand on faisait des exercices ? Mais dis-moi, mon jeune collègue,*

est-ce vrai? La paix règne-t-elle vraiment? Un
véritable danger ne pourrait-il nous menacer
aujourd'hui même, cette nuit, et ne faudrait-il pas
courir se cacher?

« Car même si j'en crois le témoignage de tes
jeunes yeux, il faut reconnaître que je suis en droit
de me faire du souci quand fonce droit sur nous
un blindé inconnu qui balaie la nuit de ses phares.
Surtout quand il remorque un cercueil blanc de
givre, un mauvais présage pour le vieux sergent
inutile que je suis. »

Le petit détour vers le site touristique, aménagé dans
une base militaire partiellement en activité, s'avéra
être une lente et pénible progression qui se prolongea
pendant deux bonnes heures, en commençant par une
rude ascension, suivie d'une descente raide. Un vieux
sergent bossu, des dents en or plein la bouche, les arrêta
à la grille. Il leur défendit d'aller plus avant, alléguant
qu'un véhicule militaire non identifié n'était pas autorisé à pénétrer dans le périmètre de sécurité et qu'ils
devaient se garer à l'extérieur. Les pilotes étaient si
harassés qu'ils obéirent sans discuter et engagèrent les
autres à prendre leurs bagages et gagner l'auberge à
pied. Quant au cercueil, ils n'eurent d'autre ressource
que de le laisser sur place sans même prendre la peine
de le protéger. Le vieux sergent les guida en silence,
mais en raison de l'heure tardive, il ne les conduisit
pas aux quartiers des civils, au sous-sol, mais au poste
de garde – une petite salle pourvue d'un grand poêle
autour duquel dormaient trois sentinelles. En attendant
que l'officier chargé de l'accueil se réveille, le lendemain matin, pour contrôler leur identité et remplir le
registre, il ne pouvait leur offrir que des couvertures,
des matelas et un coin pour dormir.

Le vieux consul était à bout de forces. Il prit l'un des matelas de la pile, le posa dans un coin, il ôta son manteau et ses chaussures et s'écroula. Mais avant de s'enrouler dans la couverture, il regarda tristement autour de lui, comme pour se faire pardonner cette erreur funeste. Le responsable des ressources humaines ne dit mot. Il savait d'expérience que, lorsque ses subordonnés reconnaissaient leurs fautes, le silence du chef était encore la meilleure façon d'exercer son autorité. Il s'empara d'un matelas et de deux couvertures supplémentaires et s'installa dans le coin opposé. Les deux frères se hâtèrent de marquer leur territoire. Ils improvisèrent une couche confortable en rapprochant plusieurs matelas et en entassant d'autres. De très bonne humeur du fait de l'attention avec laquelle on l'avait écouté pérorer sur l'amour, le journaliste invita le photographe à se caser dans le dernier angle disponible, mais avant de s'entortiller dans la couverture et de tourner la tête contre le mur, il attendit que le photographe le prenne en photo, afin que les tribulations du voyage contribuent à son prestige.

Seul le garçon ne se dépêchait pas d'aller dormir. Son casque de pilote toujours vissé sur la tête, il restait planté au milieu de la pièce, la mine songeuse, comme s'il avait perdu quelque chose. Il s'agenouilla devant le poêle et s'activa à ranimer le feu à l'aide de morceaux de charbon épars sur le sol. Ayant somnolé la majeure partie du voyage, il n'avait pas l'air pressé de se coucher. Aussi, quand le vieux sergent apparut avec une Thermos de thé chaud, l'aida-t-il bien volontiers à remplir les tasses et à les porter aux voyageurs pour les aider à s'endormir.

Le responsable, à qui le consul avait appris à dire le terme dans la langue locale, remercia à voix basse l'adolescent blond qui lui tendait timidement la tasse brûlante. Le garçon sourit, ses doigts fuselés, maculés de suie, effleurant les siens. Le liquide sucré se répandit immédiatement dans les veines de l'émissaire qui aurait bien voulu une autre tasse, mais le vieux sergent était reparti et il ne lui resta plus qu'à faire signe à l'enfant d'éteindre la lumière.

« On est retournés faire nos classes à la caserne ou quoi ? » ricana le serpent sous sa couverture. Mais sachant qu'il aurait du mal à trouver le sommeil, le responsable préféra éviter de croiser le fer, ce qui l'aurait réveillé pour de bon. Il se tourna contre le mur, écoutant la respiration bruyante du consul à laquelle faisaient écho les ronflements de l'un des gardes. Il était deux heures et demie du matin. L'orphelin était assis devant le poêle, comme hypnotisé par les flammes qui illuminaient l'ovale parfait de son visage.

Maintenant que tout le monde dormait, le responsable pouvait l'examiner à loisir. Il savait que le garçon en avait conscience, mais le moyen de résister ? En fait, ce n'est pas lui que je regarde, c'est sa mère, songea-t-il pour se justifier. Je ne vais pas perdre l'occasion d'observer son reflet vivant, puisque j'ai refusé de l'identifier à la morgue.

Mais il n'était apparemment pas le seul à s'intéresser au jeune orphelin. Le vieux sergent n'était pas tranquille. Il revint sous le prétexte d'alimenter le poêle, mais en réalité pour interroger l'adolescent et entendre sa version des faits concernant cette étrange délégation. Et vu que la conversation se déroulait à voix basse, dans une langue étrangère, le responsable ne pouvait suivre que les gestes du garçon et les mimiques de son interlocuteur qui, comme les autres personnes âgées rencontrées au cours de sa mission, lui inspira immédiatement confiance, sympathie et une pensée nostalgique à l'égard de son « vieux » à lui, leur aîné à tous. Il eut un brusque remords de ne pas l'avoir contacté depuis bientôt vingt-quatre heures qu'il avait atterri. Il se leva, prit le téléphone avec le chargeur, s'approcha des deux autres, toujours en grande discussion, et sans mot dire, il leur fit comprendre que la batterie était à plat, puis avec l'index et le médius écartés, telles les branches d'une paire de ciseaux, il exprima l'espoir qu'il y avait quelque part une prise de courant adaptée. Le sergent s'empara de l'appareil, il le soupesa et se concerta avec l'adolescent pour vérifier qu'il avait bien compris. Il ne semblait guère troublé par le défi technique auquel il se trouvait confronté au beau milieu de la nuit, au contraire, il avait l'air plutôt content, comme si on lui avait confié une tâche à la mesure de son grade et de son ancienneté. Sans se perdre en paroles inutiles, il fourra le téléphone et le chargeur dans les poches de son ample capote militaire et s'en fut.

Le DRH eut un sursaut et voulut le retenir, mais l'adolescent éclata de rire et dit quelque chose, sans doute pour le tranquilliser. Rasséréné, le responsable lui sourit et tendit la main pour toucher, ou caresser, ses cheveux blonds avant de retourner se pelotonner dans son coin. Le garçon se décida à aller dormir à son tour. Il prit un matelas, tergiversa et finit par rejoindre le responsable, peut-être afin de lui témoigner sa confiance pour avoir autorisé cette expédition funèbre. Il étala son matelas à côté du sien, se déchaussa et ôta sa combinaison. Non seulement cet enfant ne craignait pas le froid, mais il le bravait. Le responsable s'en était aperçu dès leur première rencontre, à l'aéroport. Il ne fut donc pas étonné, dans la chaleur qui régnait dans la salle, de le voir même enlever ses sous-vêtements avant de glisser son corps nu et blanc, qui exhalait une aigre odeur de sueur, sous la couverture, tout contre le sien.

Père d'une adolescente, le DRH évitait depuis quelques années de la voir déshabillée, surtout quand elle invitait des camarades à passer la nuit. Et c'était la première fois depuis le lycée qu'il regardait le corps dénudé d'un adolescent, oscillant entre l'enfance et la maturité, la féminité et la virilité. Il avait les épaules rondes, les pieds délicats et l'on aurait dit que les poils blonds de son pubis hésitaient sur leur vraie nature. Mais le dos souple et gracieux, souligné par les fesses nues, ne pouvait dissimuler dans l'obscurité des stigmates visibles, anciens ou plus récents, des marques de griffures ou de morsures, l'empreinte de la délinquance que pressentait le mari de la consule. Et le regard bravache et désespéré que l'orphelin lança à l'homme fasciné confirma ses soupçons. Chercherait-il à m'attendrir pour que je le dédommage de la légèreté avec laquelle nous avons traité sa mère, sans parler de la promesse fallacieuse de Jérusalem ?

Le garçon se couvrit très lentement, comme s'il se séparait à contrecœur de sa nudité, sans détacher son regard du compagnon qu'il s'était choisi pour la nuit. À un souffle de distance, le DRH contempla les yeux en amande et la ligne oblique, tatare, qui rejoignait le nez camus. Et il eut la certitude que la séduction dont il avait hérité de sa mère ne parviendrait pas à le forcer dans ses derniers retranchements. Rompant le charme, il détourna la tête et souhaita bonne nuit au garçon qui l'émouvait si fort.

Mais l'adolescent s'obstinait à effacer de sa mémoire la langue du pays où sa mère avait trouvé la mort et, souriant avec une indifférence affectée, il ferma paresseusement les paupières. Je sais que tu feins de ne pas comprendre, songea le DRH. C'est pour cette raison que je te répète : « Bonne nuit, fais de beaux rêves ! »

Il se tourna contre le mur où la flamme dansante du poêle dessinait des ombres chinoises et finit par sombrer dans le sommeil.

Mais pour nous, la flamme brûle encore, elle nous attire, nous déchire, bouleverse le temps et l'espace. Nous sommes les tentacules du rêve d'un homme, la quarantaine, ancien officier, père divorcé d'une adolescente de douze ans, responsable des ressources humaines d'une entreprise, chargé d'une mission spéciale dont la première étape est le poste de garde d'une base militaire, autrefois secrète, devenue aujourd'hui un site touristique, où il est étendu sur un léger matelas, enveloppé dans une méchante couverture militaire. Nous avons le sentiment qu'il aimerait rêver. Mais comment dominer la fatigue et les ronflements monotones des autres dormeurs pour amorcer un rêve et lui donner une direction, un sens, afin qu'il s'en souvienne et le raconte peut-être même aux autres ?

C'est la raison de notre présence à nous, les agents de l'imagination, les médiateurs des visions. Nous sommes là pour qu'il fasse un rêve. Un rêve à la fois terrifiant et merveilleux. Nous glissons sur ses paupières closes, nous filons la trame au rythme de sa respiration, mêlant des fragments de la journée écoulée à des désirs d'enfant oubliés, conjuguant les peurs avec les fantasmes et les désirs, combinant les jalousies avec les souvenirs et les regrets. Le tout avec une sorte de légèreté transparente, évanescente. Nous sommes des créatures chimériques, compactes et masquées, qui cherchons à nous immiscer dans le noyau dur de l'âme.

*Et même si nous avons un objectif commun,
nous ne nous reconnaissons pas. Car nous nous
métamorphosons sans cesse. Deux amis d'enfance
fusionnant en un adolescent unique, un jeune
appelé tué par une balle perdue et réintégrant
son unité avec le grade de sergent. Et même le
ministre des Affaires étrangères qui se métamor-
phose en voisin, ou en proche parent. Mais il y
a également de parfaits inconnus : une fille agui-
chante, croisée dans la rue, par exemple.*

*Le rêve progresse, les paupières frémissent
devant le premier tableau. Un soupir étouffé. La
jambe droite bondit hors de la couverture, imitée
par l'autre, comme si elles se mettaient à marcher
ou, plus exactement, à descendre. Souhaitons-lui
bonne chance.*

4

Le rêveur descend un large escalier aux degrés polis,
comme si, de retour au pays, il visitait l'immeuble neuf,
à deux pas de chez sa mère, où il vient de louer un charmant petit appartement qui doit bientôt se libérer. Il traverse distraitement le hall, ne remarque pas la porte et
continue sur sa lancée sans s'apercevoir que la lumière
a diminué et que les marches se rétrécissent. Parvenu
au sous-sol, il lui prend l'envie de jeter un coup d'œil
à la cave. Il n'est plus seul. Des vieillards, affublés de
lourdes pelisses et de toques de fourrure, se pressent
autour de lui en grommelant et en soupirant. Mais
alors, se dit le rêveur, ahuri, c'est l'abri atomique qui
est ouvert aux touristes et il s'agit de la visite accompagnée, mais où est le guide ? Qui va m'indiquer ce qu'il
faut voir ?

La situation se clarifie : il n'est pas question de visite, ni de site touristique, ni de guide, ni de nouvel appartement, mais de la dure réalité. Les vieux en longs manteaux et chapkas sont des politicards, des commissaires, des agents des services secrets qui, ayant déclenché l'attaque sur un coup de tête, se précipitent dans l'abri par peur des représailles qui ne sauraient tarder.

Les murs s'incurvent et se resserrent autour d'un escalier très raide, à croire que le clocher d'une vieille église s'élève dans le sous-sol de l'immeuble. Et même si cette histoire ne le regarde pas, le rêveur veut sauver sa peau, comme les autres. Il s'efforce de dissimuler son identité, sans trop savoir comment, et se faufile dans l'abri – une petite salle étouffante et bondée. Furieux et désespérés, tous les regards se tournent vers une tenture vaporeuse derrière laquelle, juchés sur une petite estrade, les membres du Conseil qui ont pris hâtivement cette terrible initiative tiennent un conciliabule. Par transparence, ils ont l'air d'ours cruels et bornés, mais le rêveur croit les reconnaître et il lui semble même avoir eu maille à partir avec eux dans le passé – surtout l'homme bouffi de graisse, la poitrine bardée de médailles pareilles à des langues de feu et de sang.

C'est ça, l'abri secret à la profondeur légendaire ? Ai-je consenti à faire ce détour pour me retrouver impliqué dans une guerre dévastatrice qui ne me concerne pas ? Personne ne sortira vivant d'un abri aussi miteux. L'ennemi, qui va agoniser dans d'atroces souffrances, est sur le point de lancer une contre-offensive effroyable. Il paraît d'ailleurs qu'on a vu un éclair éblouissant zébrer l'horizon. Alors pourquoi resterais-je dans un abri qui ne pourra protéger personne et ne nous attirera que le feu de l'enfer ? Je ne vois pas pour quelle raison je me ferais massacrer par l'Occident auquel j'ai donné mon cœur pour toujours.

Mais il est trop tard. La contre-attaque atteint l'immeuble dans le plus grand silence, tandis qu'une odeur pestilentielle, suffocante, envahit l'abri, qui doit également être un gymnase car des espaliers sont fixés au mur. Épouvantés, quelques-uns y grimpent pour atteindre les hautes fenêtres étroites où se profile la cime verte d'un cyprès, souvenir d'enfance dont, pour la première fois de sa vie, le responsable se souvient avec tendresse.

Est-ce le même rêve ? Le même rêveur ? Car sans transition, il lui a suffi de tourner la tête pour se retrouver à la fin du printemps, à la veille de Chavouot. Le soleil de midi liquéfie le ciel azur et, la tête couronnée de fleurs, les élèves des CP se ruent dehors pour montrer à leurs parents les petits rouleaux de la Torah enluminés qu'ils ont confectionnés pour la fête.

Que fait-il là ? Il n'a plus de femme, sa fille n'est pas encore née et nul enfant, le front ceint d'une guirlande de fleurs, ne l'attend. Quoique bachelier, il va encore à l'école, mais la cloche a sonné et il est en retard. Il se libère sans peine de la corde qui le ligote à un arbre, traverse le jardin fleuri du primaire, franchit le petit pont de pierre qui enjambe le bassin de son enfance et gravit à toute allure le vaste escalier du lycée jusqu'à sa classe, la terminale ES, qui est vide.

Aurait-elle annulé le cours ou bien ses camarades seraient-ils partis plus tôt ?

Il n'y a rien d'écrit sur le tableau, mais la règle à calculer qu'*elle* a rapportée de son pays est restée sur le bureau. Elle est donc venue leur donner une leçon de géométrie pendant les vacances, mais les élèves lui ont fait faux bond. Et il sait qu'à cause de son retard, elle le mettra dans le même sac. Pour se racheter, il ramasse la règle, chauffée par un rayon de soleil. La salle des professeurs est déserte. Le proviseur a convoqué l'enseignante étrangère pour la renvoyer. Il a beau n'être qu'un élève, il est certain de pouvoir la sauver par la force de son amour et de sa dévotion. D'ailleurs la secrétaire l'engage à entrer. « Vite, elle va être virée. »

Une douce terreur l'envahit quand il la découvre dans le bureau plongé dans la pénombre, près de la baie vitrée, prostrée dans le fauteuil du directeur que ce dernier lui a cédé pour atténuer le choc de la mauvaise nouvelle. Il comprend enfin ce qu'il pressentait depuis toujours. Elle n'est pas agente d'entretien, mais professeur de géométrie, sans blouse ni balai ni bonnet. Elle porte un fin chemisier à fleurs de petite fille, semblable à la chemise de nuit que le vieux avait mise à sécher dans sa cabane. Son profond décolleté dévoile un long cou flexible, rejeté en arrière avec exaltation, et des épaules d'albâtre, rondes, parfaites, exsangues.

Un désir inconnu le consume. Le kamikaze est-il en route pour le marché ? L'attentat a-t-il déjà eu lieu ? Il se souvient qu'outre le curriculum vitae de cette femme, il a rédigé aussi le récit de l'adoration qu'elle lui portait, il y a des années, peut-être quand il était petit, ou bébé. Elle l'avait allaité en lui faisant l'amour. C'est affreux qu'un sentiment aussi ancien ne puisse la sauver. Il se penche sur le fauteuil pour vérifier qu'il ne se trompe pas, qu'il s'agit bien de l'employée abandonnée dont le contremaître est tombé amoureux. Marie, Marie, il se rappelle son nouveau nom, son nom secret, et, le cœur battant, il fait circuler sa photo afin que tout le monde donne son avis sur sa beauté. Égaré par la passion, il oublie qu'il n'est qu'un élève et se met à menacer de la règle le proviseur et ses deux adjoints, prêts à se débarrasser de cette femme qui se débat entre la vie et la mort et à la jeter à la poubelle.

« Attendez ! lance le rêveur, encouragé par la secrétaire. Donnez-moi un peu de temps. » Et dans un sanglot, cet élève solitaire et ambitieux étreint son professeur qu'il considère comme une camarade de classe, bien qu'elle soit de dix ans son aînée…

Parle-t-il en rêvant ou n'est-ce qu'une pensée confuse ? Il la dévore de baisers en murmurant, ou en songeant : « Pourquoi renoncer… ? Pourquoi capituler… ? Y a-t-il au monde une croisade qui mérite de mourir pour elle ? »

5

Ce rêve plongea l'émissaire dans une euphorie telle qu'à peine réveillé, il se redressa pour le graver dans sa mémoire et ne pas risquer de le laisser supplanter par un autre rêve. Grâce à son passé militaire, il pouvait dès son réveil repérer la position de son unité et vérifier que les sentinelles étaient bien en faction. Il sut immédiatement où il était et que les gardes qui dormaient autour du poêle avaient été remplacés par trois de leurs collègues, recroquevillés autour de l'âtre dans leur couverture.

Les membres de l'expédition dormaient toujours à poings fermés aux quatre coins de la pièce. L'aube était encore loin et quelqu'un avait pris soin d'alimenter le poêle pour maintenir la bonne température, mais il voulait jeter un coup d'œil au cercueil. Il se leva avec précaution afin de ne pas réveiller l'adolescent dont la couverture avait légèrement glissé. Il se demanda s'il pouvait, ou devait, le recouvrir, puis décida de ne pas le toucher, fût-ce par inadvertance.

Il s'habilla, noua son écharpe autour du cou, enfila son gros manteau et, ses godillots à la main pour assourdir ses pas, il croisa le regard du consul, qui avait brièvement entrouvert les yeux, et gagna la porte. En sortant, il tomba sur le vieux sergent qui sommeillait près d'une petite barrière destinée à empêcher les intrus d'entrer sans payer.

Il était parfaitement capable de contourner un garde endormi pour lui subtiliser son arme et le prendre sur le fait, mais n'osant traiter de la sorte le vieux soldat au visage buriné, il s'assit à ses côtés, se chaussa et attendit qu'il remarque sa présence et le laisse passer.

Le sergent finit par ouvrir les yeux et le reconnut. Étrangers ou pas, les brodequins suscitèrent un intérêt fraternel. Il souleva une petite couverture qui, à première vue, semblait recouvrir un chat ou un chiot, et montra au responsable le téléphone adapté au chargeur, le tout relié par un ingénieux système de fils électriques à la grosse batterie d'un blindé ou d'un tank.

Le DRH inclina la tête, bouche bée d'admiration.

Le sergent détacha les fils, astiqua sommairement l'appareil avec le pan de son manteau et le rendit à son propriétaire qui le testa sur-le-champ en appelant son bureau. Il entendit sa propre voix, au cœur de la nuit, à Jérusalem, le prier de laisser un message sur le répondeur. Ce qu'il fit avec un optimisme qui semblait ouvrir de nouvelles perspectives d'avenir.

Il ne put s'empêcher de sourire au sergent, fasciné par la conversation que l'étranger venait d'avoir avec lui-même, même s'il n'en avait pas compris un mot. Le DRH prit dans son portefeuille un billet vert qu'il lui tendit pour le dédommager de sa peine. Mais l'autre refusa catégoriquement. Un soldat en service ne pouvait accepter d'argent. D'un geste, l'émissaire lui demanda alors la permission de franchir la barrière. Et afin de lui faire comprendre qu'il n'était pas dans ses intentions de pénétrer dans une zone interdite, il tenta de lui démontrer qu'il voulait simplement aller voir le cercueil, abandonné près de la grille. Or le sergent n'en avait pas le moindre souvenir et il fut contraint de lui rafraîchir la mémoire. Il commença par en esquisser la forme à grands traits, mais voyant l'incompréhension de son interlocuteur, il se pencha légèrement en arrière, ferma les yeux, croisa les mains sur sa poitrine et se figea dans le cercueil imaginaire qu'il venait de dessiner.

Le sergent, qui avait saisi, obtempéra, il ouvrit la porte et l'escorta à l'extérieur. Le responsable eut l'impression que les sentinelles postées devant le gigantesque portail métallique rouillé, y compris le vieux sergent lui-même, lui auraient obéi s'il avait su s'exprimer dans leur langue. Des années plus tôt, alors qu'il venait d'être nommé instructeur dans une base de formation, il avait vite remarqué que son air sévère inspirait le respect, ce qui ne pouvait que soutenir les jeunes recrues dans leur parcours du combattant. Mais en dépit de son autorité naturelle, il n'avait pu convaincre ses supérieurs qu'il était prêt à sacrifier sa vie sur le champ de bataille pour une cause ou une autre. C'est pourquoi on lui avait mis des bâtons dans les roues.

Les cristaux de givre avaient disparu et le cercueil avait repris son aspect d'origine. Sa forme rectangulaire ne permettant pas de repérer la tête ou les pieds, le responsable posa la main au milieu pour en vérifier la température, puis il sortit le téléphone et leva les yeux vers le ciel pour voir s'il y avait encore des étoiles. Mais un voile de brume estompait les contours. Il déplia l'antenne et composa de tête le code qui devait le relier à l'appartement du patron.

Il faisait encore nuit à Jérusalem, mais, cloîtré chez lui, le vieux, qui comptait sur son chef du personnel pour racheter son manque d'humanité, était censé se réveiller à n'importe quelle heure pour entendre son rapport.

« C'est moi…

– Ah, enfin…

– Je sais que je vous tire du sommeil, ou que je vous interromps peut-être au beau milieu d'un rêve, mais j'ai profité d'être seul pour vous parler.

– Ne vous excusez pas, jeune homme, à mon âge, dormir est une perte de temps. Je suis content de vous entendre, quelle que soit l'heure.

– C'est à cause de cette vipère de journaliste que vous m'avez fourrée dans les pattes sans m'avertir. Je ne voulais pas risquer qu'il m'espionne.

– Vous avez raison, il vaut mieux le tenir à distance, mais vous ne devez pas le craindre non plus. Il va certainement mettre de l'eau dans son vin. Son directeur m'a assuré que, cette fois, il sera plus indulgent.

– Ici, il fait presque jour.

– Oui, je sais quel est le décalage horaire, et j'essaie aussi de suivre sur une carte l'étrange périple que vous avez entrepris…

– Alors vous savez tout !

– Pas tout, seulement les grandes lignes. Hier, voyant que vous ne m'appeliez pas, j'ai téléphoné à notre consule qui m'a raconté comment vous avez transformé votre mission en expédition.

– Et qu'en pensez-vous ?

– Je sais que vous aimez l'aventure. C'était déjà le cas quand vous étiez notre représentant à l'étranger, mais je n'imaginais pas que vous vous sentiez coupable à ce point envers cette femme.

– Là, vous vous trompez. Il ne s'agit pas de culpabilité, mais de compassion. Pas pour la défunte, bien sûr,
mais pour son fils qui a exigé la présence de sa grand-
mère à l'enterrement… Et du moment qu'il est impossible de la faire venir, j'ai pensé que, puisque nous
étions là, nous pouvions faire ce dont notre État, qui
semble dépassé par les événements, n'a pas été capable,
et reconduire cette femme, à nos frais, dans son village
natal pour en finir avec cette histoire comme il se doit.

– Qui sait ce qu'on doit faire ou ne pas faire et si cette
solution est réellement la meilleure, soupira le vieux.
De toute façon, on ne peut plus revenir en arrière. La
consule m'a décrit ce bel adolescent qui vous a forcé à
céder.

– Je n'ai pas cédé, je me suis laissé attendrir. Il est
seul, même son père s'en désintéresse. D'autant que,
légalement, il a le droit de décider du lieu où il veut
inhumer sa mère.

– Oui, je suis au courant. La consule a la langue bien
pendue, elle est entrée dans les détails et ne m'a épar-
gné aucun commentaire. Elle m'a même parlé du blindé
et du chargeur que vous n'avez pas pu brancher chez
elle. Et elle ne tarit pas d'éloges sur son merveilleux
mari…

– C'est quelqu'un d'exceptionnel.

– Oui, il lui manque déjà, et on dirait qu'elle est
jalouse qu'il s'occupe de vous. À propos, la consule, à
quoi ressemble-t-elle ?

– À une girafe…

– Une girafe, ah, ah, je l'aurais parié, à sa façon de
s'exprimer et à sa voix surexcitée. Un vrai moulin à
paroles, celle-là. Je ne me rappelle d'ailleurs pas la moitié de ce qu'elle m'a débité.

– Je vais vous résumer l'essentiel. Vous avez compris que nous avons fait un bon bout du chemin et que

nous ne pouvons plus retourner en arrière. Et personne ne peut dire combien tout cela va coûter.

– Vous savez bien que c'est sans importance.

– Alors votre mauvaise conscience vous tourmente toujours ?

– Si vous voulez interpréter ma générosité de cette manière, c'est votre droit. Quoi qu'il en soit, ne vous inquiétez pas pour l'argent. Je vous répète que vous disposez d'un crédit illimité.

– Même si le change est très bas dans ce pays, il n'est pas possible d'estimer à combien se chiffreront les dépenses.

– J'ai confiance en votre bon sens… et en votre intuition.

– Ne vous y fiez pas trop, parce que des rêves peuvent intervenir. Êtes-vous suffisamment d'attaque pour que je vous raconte celui que je viens de faire ?

– Non, pas de digressions, s'il vous plaît. Vous savez ce que coûte une minute de communication ? Je veux bien que vous transformiez votre mission en expédition, mais ne nous égarons pas…

– Je crains que ce ne soit déjà le cas…

– Que voulez-vous dire ?

– Que nous avons fait un petit détour pour visiter une base militaire reconvertie en site touristique.

– Quel genre de base ?

– Un abri atomique du temps de la guerre froide. Les chauffeurs en ont tellement entendu parler qu'ils ont proposé de profiter d'une halte pour le visiter.

– Et c'est de là que vous m'appelez ?

– Non, on ne nous a pas encore autorisés à y pénétrer. On ira ce matin. Je suis dehors, à côté du cercueil. Il fait froid, mais c'est supportable, et j'ai repéré l'est pendant que je vous parle. Ça rougeoie à l'horizon.

– Ça rougeoie ?

– Oui, le brouillard prend une teinte pourpre qui tire sur le rose.

– Attention, jeune homme, attention. Vous m'inquiétez. Ne commencez pas à rallonger le trajet ou à vous promener à mes dépens. Et n'oubliez pas que, malgré le froid, cette femme ne résistera pas éternellement.

– Ne vous tracassez pas. Je veille au grain. D'après le papier d'Abou Kabir, nous avons de la marge.

– Vous ne devez pas vous fier à la paperasse, mais seulement à votre intuition, répliqua le vieux, de plus en plus préoccupé. Et puis vous n'êtes qu'un émissaire, pas le patron, ne l'oubliez pas. Dorénavant, j'exige que vous gardiez régulièrement le contact avec moi. Et prenez garde aussi à ce que le téléphone ne se décharge pas à cause des bavardages des uns et des autres, y compris les vôtres.

6

Il croyait avoir repéré le point précis de la naissance de l'aube – un replat neigeux et aride entre deux collines arrondies qui rougeoyait à l'horizon. Mais le soleil se faisait attendre et se leva à l'improviste au sommet d'une lointaine montagne, inondant la vallée boisée d'une clarté jaune trouble.

Si cet immense abri antiatomique, que nous allons bientôt visiter, s'étend sous mes pieds, il doit y avoir des bouches d'aération, visibles ou cachées, songea le responsable. Il plissa les yeux pour tenter de les détecter. Finalement, il crut apercevoir des ombres bouger entre les arbres ainsi qu'un panache de fumée, et en s'approchant, il vit un rassemblement dans une petite clairière, peut-être des marchands ambulants, ou des bohémiens, occupés à installer, à cette heure matinale, un petit marché destiné aux soldats de la base, aux visiteurs, voire à un parfait étranger, l'envoyé d'un pays lointain qui répugnait à dormir de peur de rêver encore.

Il se fraya un chemin au milieu des arbres dont il émergea devant les forains, médusés par cette brusque apparition, et observa tranquillement les étals où l'on disposait des denrées tirées de sacs et de cageots – on aurait dit que la fille du pays qu'il avait vue en rêve et décidé de ramener dans son village natal lui fournissait à présent un sauf-conduit dans ce marché. Il déambula au milieu des monticules de pommes de terre, de carottes et de courgettes, passa devant des fromages rougeâtres, des porcelets roses écorchés, des lapereaux pleins de poils enfermés dans des cages, des pains noirs de formes variées qu'on venait de sortir du four, de vieux ustensiles de cuisine, des verres, des assiettes, des nappes brodées, des sous-vêtements, des robes à fleurs, des objets de culte, des icônes et des statuettes de saints. Des odeurs de cuisine lui chatouillèrent l'odorat.

Il lui fallut un certain temps avant de se rendre compte que la plupart des marchands, engoncés dans leurs châles et leurs gros manteaux, étaient des femmes qui lui souriaient en l'appelant à voix basse pour l'inciter à leur acheter quelque chose. Et il savait que, même s'il n'avait pas encore eu le temps de changer de l'argent, aucune n'aurait refusé l'un de ses billets.

Mais que choisir ? Quelque chose de typique ? Il serait sans doute plus judicieux de prendre l'avis du mari de la consule quant à ce qui était authentique et ce qui ne l'était pas. En attendant, il pouvait toujours avaler un morceau. Pour cela, il était capable de se débrouiller tout seul. Quelque chose de chaud ou, mieux, de brûlant, capable de l'immuniser contre la mort qu'il avait sentie rôder dans son rêve. Justement, au bout de la clairière, de la fumée s'élevait d'une grande marmite posée sur un feu. Pourquoi ne pas aller voir ce qui mijotait là-bas ? Une paysanne sans âge remuait le contenu du pot en chantonnant d'une voix rauque. Elle portait un manteau de fourrure élimé et d'après les traits de son visage, il était difficile de dire si elle était attardée ou appartenait à une ethnie inconnue. Sur une épaisse couverture, un bébé dûment emmailloté était posé à côté d'elle, tel un colis postal, et le visage rond qui émergeait du châle lui rappela un doux souvenir.

Le responsable, qui se retrouvait volontairement catapulté au bout du monde, se rappela que cinq jours plus tôt à peine, il poursuivait le bébé de sa secrétaire dans le couloir où le marmot rampait à toute allure avant de se mettre à tambouriner avec sa tétine sur la porte du patron, de sorte qu'il avait dû le cueillir au vol dans ses bras. S'il avait pu toucher encore une fois ce petit corps tiède, il se serait vite dégrisé et aurait retrouvé le sens des réalités. Mais il savait qu'aucune mère ne confierait jamais son enfant à un inconnu sans une bonne raison. Il se contenta donc de lui offrir un billet en désignant la mixture noirâtre à reflets rouges qu'il prenait pour un ragoût local. La femme parut stupéfaite et refusa l'argent en marmonnant quelque chose. Il insista, posa le billet à côté de la marmite, il s'empara d'une grande timbale en fer-blanc qu'il trouva là et la lui tendit pour l'inciter à la remplir de sa soupe tatare. Les autres femmes qui assistaient à la scène se mirent à grommeler comme pour le mettre en garde, ou avertir leur compagne qui, curieusement, atermoyait toujours. Le responsable dut se résoudre à plonger lui-même la tasse dans le pot, il se hâta de la remplir et avala lentement le liquide épais et brûlant.

À la première gorgée, il comprit qu'il avait affaire à quelque chose de complètement inconnu qui avait un goût nouveau et très particulier. Mais il continua à boire pour se réchauffer. Ça ne fait rien, se rassura-t-il, quand j'étais à l'armée, j'ai mangé plus d'une fois des trucs limites et je m'en suis toujours bien porté.

Les paysannes faisaient cercle autour de lui et le regardaient avec stupeur. Il comprit qu'elles étaient en colère quand il les vit essayer de renverser la marmite. Mais sans se démonter, l'autre femme les menaça avec sa grosse louche en riant joyeusement avant de se remettre à chantonner. À la réflexion, elle n'appartenait pas à une ethnie inconnue, mais elle avait quand même l'air très bizarre.

Bon, même si elle m'a donné à manger une charogne, je finirai bien par vomir, se dit-il. Tant pis pour le bébé. Je ne peux décemment pas jouer avec lui devant ces femmes qui s'agitent dans tous les sens. Je ferais mieux d'y aller.

Quelques-unes se mirent à le suivre. Elles ne manifestaient aucune mauvaise intention, mais semblaient s'inquiéter pour lui. Il sentait leur angoisse sans la comprendre. Il accéléra le pas et tambourina à la grille. En le reconnaissant, les sentinelles lui ouvrirent et refermèrent immédiatement le portail derrière lui.

Le temps de saisir ce qu'il veut, il a déjà bu, et nous ne pouvons pas l'avertir car il ne parle pas notre langue. C'est pour cela que nous le suivons, pour dire aux soldats qu'il doit essayer de vomir, mais ils ont pris l'habitude de n'ouvrir que si on achète un billet d'entrée. Oh, notre armée est tombée bien bas! Nos pères ont craché du sang pour creuser cet abri secret qui devait sauver ces débiles que nous avions pour chefs. Et maintenant que tout le monde peut le visiter, il faut payer pour entrer.

Que va-t-il arriver à cet homme qui ne sait pas
ce qu'il a bu ni qui est celle qui l'a préparé ? On
va nous accuser de l'avoir empoisonné et interdire
le marché. Nous sommes trop gentilles avec cette
folle, à cause du bébé dont personne ne sait qui
est le père. Ça suffit, pauvre fille, arrête de nous
faire honte. Tu vas dire adieu à ta marmite et à ton
feu, prends ton bébé qui ne connaît pas son père
et va lui chanter ce que tu veux au bord du lac. Et
si tu vois le loup ou le renard, fais attention à ce
qu'ils ne le dévorent pas par mégarde.

Au début, on aurait dit du poisson salé, mais maintenant, il avait comme un arrière-goût sucré et sirupeux
dans la bouche. Il cracha en cachette sur une pierre
pour ne pas indisposer les gardes. Sa salive avait une
teinte verdâtre et un goût de sang.

J'aurais dû avaler plus lentement, pas d'un coup, se
morigéna-t-il, confiant en son estomac à toute épreuve.
Si aucun cuistot n'a jamais pu m'envoyer *ad patres*
quand j'étais à l'armée, ce n'est pas une simple paysanne qui va y arriver.

Le vieux sergent était fidèle au poste, à l'entrée de la
salle de garde où il se préparait du thé sur un réchaud
à pétrole. N'ayant pas oublié le service qu'il lui avait
rendu, le responsable le salua au passage. Il aurait
bien aimé faire passer le goût de bile qu'il avait dans
la bouche avec une bonne tasse de thé bien sucré et
brûlant, mais il y renonça et rejoignit le groupe des dormeurs.

Soit ses compagnons n'avaient pas la force de rêver,
soit leurs rêves n'avaient rien d'excitant. Le responsable
mit un doigt sur ses lèvres pour tranquilliser le consul
qui ouvrait les yeux. « Tout va bien », murmura-t-il,
comme si le vieil homme avait manifesté la moindre

inquiétude. Il tira le rideau pour obstruer le vasistas et neutraliser la lumière du petit jour, retourna dans son coin et, sans hésiter, il recouvrit hâtivement le jeune garçon. Il s'affala alors sur son matelas, se blottit dans deux couvertures et chercha un sommeil sans rêve.

Et en fait de rêve, il éprouva une douleur fulgurante, atroce, comme si une hache lui fouaillait les entrailles. Trois heures plus tard, il se dressa d'un bond, plié en deux par la souffrance. La matinée était déjà bien avancée et la lumière entrait à flots dans la pièce qui était vide, fort heureusement car il découvrit que son corps avait eu raison de son esprit. Son pantalon et les couvertures étaient souillés et il lui fallait d'urgence aller quelque part.

Après avoir trouvé l'endroit – un affreux réduit équipé de latrines à la turque, sans fenêtre et avec de vieux journaux en guise de papier hygiénique –, il fut secoué de frissons et s'écroula sur le sol glacé en négligeant de fermer la porte.

Il suffoquait de douleur, plus mort que vif, comme si la défunte qu'il avait aimée en rêve s'était matérialisée. Et malgré les spasmes qui lui tordaient les boyaux, il était encore capable d'autodérision : Heureusement que le vieux m'a dit que je n'étais pas le patron mais un simple émissaire, parce que si j'étais encore un instructeur, il faudrait que je me traîne jusqu'à la porte pour la verrouiller et inventer n'importe quoi pour me sauver la face. Mais là, je m'en moque puisque je ne remettrai jamais les pieds dans ce pays et que je ne reverrai probablement pas ces gens de ma vie. Et puis voilà ce que je lui dirai à ce journaliste, s'il débarque avec son compère : « Regarde bien, espèce de serpent, avant de faire le dégoûté. Voilà à quoi ressemble l'Éros du *Banquet*, à un démon coriace, malpropre, mais qui peut établir

le lien entre l'humain et le divin, l'éternel et le temporel… »

Il ne tenta même pas de se remettre debout pour
atteindre le petit robinet, comme pour décliner toute responsabilité et rester un bébé faible et désarmé qui, une
fois débarrassé de sa couche sale, s'est tellement habitué à son odeur qu'il lui est égal que sa mère vienne ou
non le nettoyer.

Un officier accoutumé à crapahuter avec ses hommes
savait reconnaître un début d'intoxication. Le brouet
qu'il avait allégrement ingurgité n'avait pas dit son dernier mot. Il ne devait donc pas quitter les lieux avant
d'être sûr de pouvoir maîtriser ses fonctions physiolo-
giques. Vidé, à bout de forces, il se débarrassa de son
pantalon et de son slip et, à moitié nu et grelottant, il
attendit la suite des événements.

Un peu plus tard, au grincement de la poignée, il
se demandait si, au point où il en était, mieux valait
se retrouver face à un inconnu ou si l'inverse était pré-
férable, quand il vit s'encadrer dans l'embrasure le
jeune orphelin, à la fois étranger et familier, qui, les
yeux brillants sous son casque de pilote, le considéra
avec une singulière maturité. Et même si l'adolescent
avait évacué de sa mémoire Jérusalem et sa langue, il
lui parla d'une voix claire et décidée, pour qu'il comprenne que, malgré les apparences, il n'était pas fou
mais souffrant, et qu'il avait besoin d'aide.

7

Curieusement, le garçon ne courut pas prévenir le
consul, attablé dans la salle à manger de l'hôtellerie
devant le plantureux petit déjeuner préparé par les soldats, mais le vieux sergent. Ce dernier jugea la situa-

tion d'un bref coup d'œil et, sans mot dire, il tourna les talons pour revenir quelques minutes plus tard avec trois soldats, portant une civière et des couvertures. Ils n'essayèrent pas de remettre le malade debout, mais l'allongèrent sur le brancard comme un vieux chiffon sale, ils l'enveloppèrent dans les couvertures et le transportèrent jusqu'à l'ascenseur de service qui descendit cahin-caha à l'infirmerie, dans les entrailles de la terre.

Le zèle du vieux soldat, qui agissait de sa propre initiative sans en référer à son chef, s'expliquait non seulement par la sympathie qu'il éprouvait pour cet étranger – un soldat également, à en juger d'après ses chaussures de para – mais aussi parce qu'il avait enfin l'occasion de gérer une urgence dans la base convertie en site touristique. L'infirmerie était désaffectée depuis plusieurs années, car en l'absence d'une véritable activité militaire, on tombait rarement malade et, quand c'était le cas, on préférait s'adresser au médecin de la ville voisine plutôt qu'à un vague infirmier, au fin fond de la terre. On n'avait pas remplacé les ampoules grillées et les robinets qui fuyaient n'avaient pas été réparés non plus. Quant au chauffage central, il y avait belle lurette qu'il ne fonctionnait plus. Mais grâce à l'éclairage de secours, souvenir de la guerre froide, le sergent parvint à se repérer dans le matériel hors d'usage. Sachant qu'en cas d'intoxication, les médicaments étaient superflus et que seul le temps pouvait purger l'organisme, il ordonna à ses hommes d'installer près des toilettes et du lavabo un lit qu'il flanqua de deux grands pots de chambre afin de parer au plus pressé. Après quoi, il retira les couvertures, déshabilla entièrement le malade et le nettoya précautionneusement avec un linge humide, car l'eau issue des profondeurs de la terre était quasiment gelée. Le responsable fut heureux de voir que le bel adolescent n'hésitait pas à s'emparer d'un autre linge pour lui frotter les pieds. Les rôles sont inversés, songea-t-il. On voulait l'obliger à se laver à la première étape, et, finalement, c'est lui qui me torche.

Mais comment allait-on vêtir le malade transi en attendant ? Ses habits sales devaient être lavés et séchés, et il aurait été dommage d'en gâcher d'autres. Il fut de nouveau pris de convulsions, mais il eut beau se hâter, il laissa derrière lui un sillage humiliant. Le vieux sergent l'observait avec intérêt et, conscient que dans ce genre de situation, les choses ne pouvaient qu'empirer, il enjoignit aux soldats de nettoyer par terre pendant que, armé d'une lampe de poche, il ouvrait une porte, braquait le mince faisceau devant lui et traversait l'hôpital jouxtant l'infirmerie jusqu'à l'une des salles de travail pour revenir avec des langes, défraîchis mais propres, réservés aux bébés qui auraient pu naître dans le ventre de la terre au cas où la guerre froide se serait réchauffée.

Et tandis que le responsable, mortifié, luttait en silence contre le sergent et ses hommes qui l'emmaillotaient sans ménagement, le garçon, sans doute habitué aux esclandres virils, se pencha, posa sa main blanche sur son front et prononça quelques mots pour le réconforter :

« Tu n'as pas peur… C'est rien du tout… »

La caresse et la déclaration pour le moins inattendue de l'adolescent domptèrent les résistances du malade qui lui sourit sans chercher à corriger sa syntaxe.

Maintenant que le patient était prémuni contre la prochaine crise, on pouvait lui faire boire un peu d'eau fade pour éviter la déshydratation et le réchauffer avec une couverture, une autre, puis encore deux, qui formèrent un petit monticule.

Une fois la situation stabilisée, le sergent renvoya ses hommes et chargea l'adolescent de prévenir ses compagnons pendant que lui-même s'asseyait au chevet du malade qu'il considérait comme le sien. Et il attendit la prochaine attaque en tirant sur une petite pipe recourbée.

Celle-ci ne tarda pas à arriver, avec une rare violence. Le sergent ne perdit pas son sang-froid, il essuya et changea le malade qui, épuisé, se laissa faire sans regimber. Il avait la tête lourde et ses yeux se fermaient.

Sur ces entrefaites survint le consul, qui écouta avec ébahissement l'histoire de la soupe noirâtre. Puis ce fut le tour des deux journalistes, curieux et débordants de compassion. Le malade était si abattu qu'il ne se serait pas opposé à ce qu'on le photographie dans cet appareil pour donner un peu de piment au reportage. Mais le photographe et le serpent n'avaient pas la tête à ça. Devant les kilomètres de souterrains qui se déroulaient sous leurs yeux émerveillés, ils se demandaient si l'existence d'un tel abri manifestait l'insolente sécurité d'un régime autoritaire ou trahissait, au contraire, sa faiblesse et ses craintes. Derrière la porte massive que le sergent avait ouverte, on apercevait les salles de l'hôpital, plongées dans l'obscurité, et les rangées de lits. Et même si l'équipement médical paraissait obsolète, abandonné, voire rouillé par endroits, il était visible qu'il avait été moderne et propre à traiter les cas les plus graves. Mais lorsque le photographe se mit à mitrailler tous azimuts, le sergent se précipita pour lui arracher l'appareil des mains, il démonta l'objectif et le fourra dans sa poche.

La journée s'écoula lentement. Il n'était bien sûr plus question de départ. Le malade ne pouvant ingérer que du liquide, il n'aurait pas la force de participer à la visite guidée. Par conséquent, on tomba d'accord que s'il s'était empoisonné avec tant d'imprudence, il devait se cloîtrer sous terre, dûment emmailloté et chaudement couvert, entre deux grands pots de chambre, et ne pas rester seul, mais sous la surveillance efficace du sergent.

8

Ses muscles se détendirent, il se recroquevilla sur lui-même, se cacha le visage dans l'oreiller et s'abandonna à la vague déferlante qui le secoua jusqu'au tréfonds. Si je me suis laissé empoisonner pour l'amour d'une morte, pensa-t-il confusément, il est temps de faire une pause et de passer la main.

Vu qu'on ne pouvait descendre dans l'abri sans escorte, il fallait établir les tours de garde selon un ordre précis. Après s'être assuré que son malade avait bien supporté la crise et que les couches, quoique destinées à des bébés et non à un adulte, remplissaient parfaitement leur office, le sergent céda la place au consul et partit se reposer. Il est vrai que l'ex-agriculteur, cet homme généreux et optimiste, s'était pris d'une telle affection pour le responsable, un peu comme s'il avait retrouvé un membre de sa famille perdu de vue, que le vieux soldat put succomber à la fatigue et s'abandonner sans crainte à un sommeil profond, au sein de la terre.

Mais deux heures plus tard, quand la douleur resserra encore son étau et qu'il bondit du lit comme un zombie pour courir se soulager, le responsable s'aperçut que la relève était arrivée. Le consul était parti et c'était à présent le photographe qui le veillait dans le demi-jour de l'infirmerie. Assis près d'un poêle à charbon, à bonne distance du lit, il le regardait se tordre avec indifférence.

« Puis-je vous être utile ? lui demanda-t-il du bout des lèvres une fois que le responsable se fut nettoyé, eut jeté la couche sale dans un sac, se fut changé et recouché.

– Non… ça va… Je peux me débrouiller tout seul… Mais pourriez-vous me donner un peu d'eau ? J'ai une de ces soifs… »

Le photographe se leva lentement pour remplir le verre, mais ignorant délibérément la main tendue, il le posa sur la table, comme s'il craignait la contagion.

« Ça vous ennuierait de me tâter le front pour voir si j'ai de la fièvre ?

– Je ne préfère pas. Mieux vaut trouver un thermomètre, c'est plus sûr. »

Depuis plus de vingt-quatre heures qu'ils se côtoyaient, c'était la première fois qu'ils se parlaient sans la médiation du journaliste. Maintenant qu'il le voyait de près, le DRH remarqua que le photographe n'était pas aussi jeune qu'il le croyait, mais devait avoir son âge.

« Dommage qu'on vous ait confisqué votre objectif, dit-il pour dégeler l'atmosphère. Vous auriez pu me photographier, alité et emmailloté dans mes couches avec des pots de chambre tout autour. Ç'aurait été plus intéressant en couverture que le visage du jeune homme.

– Pourquoi plus intéressant ?

– Parce que vos lecteurs auraient pu toucher du doigt les souffrances que j'endure à cause de vous deux.

– Vos souffrances n'intéressent personne, répliqua sèchement l'autre. Votre photo n'aurait été en couverture que si vous aviez crevé.

– Ah, ah, je comprends maintenant pourquoi vous êtes inséparable de votre ami le serpent.

– C'est plutôt l'inverse qui est vrai.

– Et ce gamin que vous n'arrêtez pas de photographier, comment est-il rentré dans vos bonnes grâces ? Parce qu'il est beau ?

– Non, à cause de sa mère. C'est elle qui aurait dû figurer en couverture si on avait eu une bonne photo d'elle.

– Ne vous avisez pas d'ouvrir le cercueil, je vous préviens vous aussi ! s'écria le responsable en tremblant de tous ses membres sous la couverture.

– Calmez-vous… Il n'en est pas question… Ce n'est pas bon de s'agiter lorsqu'on est malade.

– J'ai encore une question. Vous qui avez l'œil puisque vous êtes un professionnel, expliquez-moi ce que les traits de la mère et du fils ont de si spécial ? De si frappant ? On dirait que la paupière est ombrée… Comme soulignée d'un léger trait… Peut-être est-ce un caractère propre à ce peuple, cette fente oblique qui va du nez vers les yeux ?

– Non, ce n'est pas ça, répondit catégoriquement le photographe, comme s'il avait fait le tour de la question. C'est autre chose. J'ai passé mon temps à l'étudier parce que ça m'intriguait, et puis j'ai fini par comprendre. Il s'agit simplement d'un repli au coin de l'œil qui se prolonge vers le nez, une sorte de bride à la paupière qui fait que les yeux sont comme étirés latéralement. C'est cela qui vous a fait penser à tort à une caractéristique ethnique. Et si vous ajoutez les hautes pommettes, l'illusion est parfaite.

– Intéressant. Je vois que vous avez vraiment potassé le sujet…

Le reporter se leva pour se réchauffer les mains devant le poêle.

– Et vous vouliez qu'au lieu de ce beau visage, on colle vos couches puantes aux lecteurs ? »

Le responsable rougit.

« J'espère que vous n'allez pas vous vexer, reprit l'autre en souriant.

– Me vexer ? Vous dites n'importe quoi ! Espérons que le sergent vous rendra l'objectif pour que vous puissiez couvrir les obsèques.

– Ne vous en faites pas, j'ai un autre appareil… Pourvu que vous vous rétablissiez rapidement pour que nous puissions partir d'ici, c'est tout ce qui compte. »

Un peu plus tard, le sergent survint avec un pot de thé pour superviser la relève de la garde. C'était le tour du mécanicien, l'aîné des frères, lequel lui apporta son sac de voyage et la valise de cuir.

« Oh, ce n'était pas la peine, elle n'est pas à moi », grogna le malade en proie à de nouvelles coliques, de sorte que personne ne comprit ce qu'il disait.

C'était le comble de l'absurde de se retrouver alité au centre de la terre, dans un abri antiatomique désaffecté, à moitié nu, avec des couches en plus, quelle honte d'être malade comme un chien devant tous ces gens censés être aux petits soins et avec qui il était impossible de communiquer. Et puis cette lumière d'aquarium qui vous empêchait de lire et de dormir…

Décidé à prendre le taureau par les cornes, il se leva pour chercher un somnifère et un survêtement dans son bagage. Il savait qu'il risquait de le salir, ce qui ne l'empêcha pas de l'enfiler par-dessus la couche. Puis il avala le somnifère en espérant qu'à la prochaine crise, la douleur et les spasmes le réveilleraient pour qu'il puisse se lever à temps. Grâce à l'ingéniosité du mécanicien, il réussit à éteindre la veilleuse, rajouta une couverture et se prépara à dormir.

Mais il découvrit en se réveillant qu'il s'était souillé et que le soldat de garde, profondément endormi près du poêle, ne pouvait lui être d'aucun secours. Le temps qui, dès le début de la guerre froide, avait perdu au fond de cet abri sa fluidité, sa spécificité, pour se figer en une sorte d'agrégat grisâtre entre les murs de béton, était parvenu à jeter la confusion dans sa mémoire contaminée. Tant et si bien qu'il s'embrouilla dans les tours de garde qui se succédaient à son chevet et ne savait plus si le consul lui avait donné du thé ou s'il avait rêvé. Et lui avait-il réellement assuré que, comme les vaches, les chevaux, les moutons et les chevreaux, il guérirait lui aussi en vingt-quatre heures ? Le serpent était-il venu au milieu de la nuit, alors qu'il n'était pas de quart – non pas tant pour son article que pour sa thèse de philosophie – afin de faire parler le démon, que son amour avait mené si loin qu'il était à craindre que nulle femme vivante ne s'intéresse jamais plus à lui ?

Qui l'avait vraiment veillé au cours de cette longue nuit et qui avait-il eu l'illusion de voir ? Il tirerait la question au clair plus tard, au cours du voyage. À son réveil – faute de montre, dans la lumière spectrale qui régnait dans la pièce sans fenêtres, le responsable n'aurait su dire si c'était le matin. Mais quoique très faible et trempé de sueur, il comprit qu'il était tiré d'affaire. Que son corps et son âme avaient non seulement éliminé le poison contenu dans la mixture absorbée au marché des femmes, mais également les miasmes du passé, du temps de sa scolarité et de son service militaire.

Il ôta la dernière couche qui alla rejoindre les autres dans le sac posé près du lit, se nettoya et fourra son jogging avec le reste. Après quoi, il se dirigea sans hésiter vers la pile de vieux uniformes propres, apportés au cours de la nuit par le sergent prévoyant qu'il remercia mentalement. Il y avait là un assortiment de pantalons, de slips, de chemises, de maillots en laine hérités de soldats depuis longtemps retraités, parmi lesquels il fit son choix en fonction de la taille et de la qualité de l'étoffe.

Et, sous les yeux médusés du Cosaque enfin réveillé, le malade se métamorphosa en compagnon d'armes.

Alors qu'il n'avait eu aucune difficulté à exprimer sa souffrance, il se demanda comment mimer sa guérison. Finalement, il leva les bras au ciel avec un sourire satisfait. Le soldat comprit le message, mais n'ayant pas autorité pour relâcher le malade, il partit chercher le sergent.

Fourbu, mais propre et net, le DRH s'en fut explorer les lieux avant de les quitter. Il glissa machinalement le portable dans la poche de son pantalon et franchit la porte de communication entre l'infirmerie et l'immense salle de l'hôpital, qu'il inspecta dans la lumière blafarde. Il déambula entre les lits de fer neufs et rouillés sur lesquels étaient pliés des matelas jamais utilisés. Il entra dans le vaste bloc opératoire immaculé qui n'avait jamais servi. En ouvrant une armoire à pharmacie, il se retrouva nez à nez avec un petit mulot.

Si une créature bien réelle telle que celle-ci avait pu pénétrer et survivre dans ce lieu hermétiquement clos, des ondes hertziennes ne pourraient-elles se ménager un passage ? Il sortit le téléphone de sa poche pour en tester les capacités souterraines.

Et, ignorant si le jour s'était levé à Jérusalem, il se demanda qui il pourrait bien déranger à cette heure. Sûrement pas le vieux, ni son assistante et encore moins sa propre secrétaire. Sa mère non plus, parce qu'il savait qu'il ne résisterait pas à la tentation de lui raconter l'histoire de son empoisonnement. Seule restait sa fille que son autorité paternelle l'autorisait à réveiller en souhaitant que sa voix juvénile accélère sa guérison. Il composa donc le numéro de son ancien appartement, qu'il avait détruit en rêve, sans trop espérer que le satellite exaucerait sa prière du haut des cieux.

La communication s'établit avec une déconcertante facilité, aussi claire au centre de la terre qu'au sommet d'une montagne. Son ex-femme était au bout du fil. Elle était pleine d'entrain et de bonne humeur, la voix douce, et à sa grande surprise, elle ne s'empressa pas de le rabrouer.

« C'est moi…, balbutia-t-il.

– Oui, j'entends bien. Que se passe-t-il ? Tu es malade ?

– Oui… (Sa clairvoyance le toucha.) Un peu…

– Qu'est-ce qui t'arrive ?

– J'ai eu une intoxication. Mais je vais mieux.

– Tu crois toujours avoir un estomac d'autruche. Il est grand temps que tu te rendes compte qu'il y a des limites.

– Oui. Tu as raison. Absolument. Il est grand temps.

– Bon, alors, c'est fini ?

– Oui, ça va beaucoup mieux. J'ai passé un sale moment. J'avais l'impression d'être en pièces détachées… Mais je m'en suis sorti.

– Sois prudent… Ne va pas t'empiffrer. Contente-toi de boire. Beaucoup.

– C'est ce que j'ai fait. Et je continue. Au fait, merci…

– Merci de quoi ?

– De t'inquiéter de ma santé.

– M'inquiéter ? Non. Je te plains.

– C'est déjà quelque chose. Je te remercie de me plaindre.

– Enfin, un peu. Tu n'en mérites pas plus…

– Merci pour ce petit peu-là. Ta patience me va droit au cœur. Écoute, j'ai un service à te demander. Pourrais-tu réveiller la petite ? J'aimerais bien l'entendre.

– Tu as oublié ? Nous sommes lundi, elle est partie à l'école.

– Déjà ? Mais quelle heure est-il ?

– Sept heures. Qu'est-ce qui te prend ? Il t'arrive de perdre un tas de choses, mais jamais la notion du temps.

– C'est vrai. Mais les soldats, qui se sont occupés de moi quand je me suis effondré dans les toilettes, m'ont retiré ma montre et ils ne me l'ont pas encore rendue, et je me trouve dans un endroit où il n'y a pas la moindre lumière du jour.

– Où es-tu ?

– Figure-toi que je suis sous terre, dans une espèce d'abri antiatomique converti en lieu touristique.

– Ah bon ? Tu as déjà enterré cette femme que tu as emmenée avec toi ?

– Julia Ragaïev ? Non, pas encore. Nous la transportons chez sa mère.

– Comment ça, chez sa mère ? Et tu as le temps de faire du tourisme ? Je croyais qu'il fallait se dépêcher. C'est-à-dire…

– Si tu veux parler de cette femme, euh… du corps… tu n'as pas à te tracasser, nous avons le temps. Il y a aujourd'hui des techniques particulières, scientifiques, pour ce genre de cas. Ne va pas t'imaginer des horreurs.

– Parce que tu crois vraiment que je me soucie d'elle, que je pense à elle ou que j'imagine quoi que ce soit ? Cette histoire ne me concerne pas. Je m'étonne seulement que tu sois allé au bout du monde à cause de cet article stupide. On aurait aussi bien pu l'enterrer à Jérusalem, point final. Je suis sûre d'ailleurs que c'est ce qu'elle aurait souhaité.

– Intéressant. Tu te mets à sa place ? Quel progrès !

– Non, arrête. Tu ne vas pas recommencer avec tes raisonnements cyniques. Je regrette d'avoir posé la question et même d'avoir fait allusion à cette femme…

Parce que tu crois vraiment que je me mets à sa place ?
Qu'est-ce que j'ai à voir avec elle ? Ou avec toi ? Et
puis, qu'attends-tu de moi ? Malade ou pas, je m'en
moque. Va où tu veux. Avec ou sans le cadavre d'une
femme. Et maintenant, fiche-moi la paix. »

9

Il n'était pas midi quand les sept voyageurs mon-
tèrent à bord du blindé qui crachota et vibra longuement
avant de s'ébranler dans un nuage de fumée bleuâtre
en grognant de satisfaction, suivi de la remorque qu'on
avait arrimée avec une corde supplémentaire. L'émissaire était encore pâle et défaillant quand il remonta à
la surface de la terre pour donner l'ordre de reprendre
la route. En entrant dans le poste de garde désert, il
contempla son matelas, roulé dans un coin, et voyant
qu'il ne restait pas trace des deux rêves qui l'avaient
tant perturbé, il comprit que rien ne le retenait plus et
se sentit assez fort pour poursuivre sa mission. Mais le
consul, inquiet pour la santé de son compatriote, transféra l'adolescent et les bagages à l'avant du véhicule
et, dans l'espace vacant, il lui installa une couchette
et parvint même à convaincre le responsable de lui
emprunter le bonnet de laine rouge de son épouse pour
se réchauffer la tête et accélérer sa convalescence.

La base militaire ne possédant pas de blanchisserie,
le DRH ne put remettre ses propres affaires et dut se
contenter d'un uniforme et de sous-vêtements usagés,
empruntés au stock de l'intendance. Le prix du vivre,
du couvert et de la visite guidée n'était pas excessif,
quoique non négligeable, mais le responsable rajouta
quelque chose de son propre chef pour les frais de sa
brève hospitalisation qui, même si elle n'avait nécessité

aucun traitement, n'avait pas lésiné sur les couches, le thé et, surtout, une bonne dose de solidarité. Au début, comme pour le portable, le sergent refusa tout net. Son honneur lui interdisait de recevoir de l'argent pour ce qu'il estimait être son devoir de soldat, expliqua-t-il au consul. Mais sous la pression de ses hommes qui ne lui laissèrent pas le choix, rouge de honte, il salua, ferma les yeux et tendit la main. De son côté, le photographe, qui avait récupéré son objectif, ne résista pas à la tentation d'actionner son flash.

Pendant la lente ascension de retour, sous un ciel d'une douceur radieuse, les passagers purent apprécier à loisir cette ravissante vallée qui, à l'aller, deux jours plus tôt, était plongée dans l'obscurité. Et par les fenêtres pratiquées dans le blindé lors de sa reconversion, ils admirèrent un paysage bucolique, créé de toutes pièces pour camoufler l'abri. Un bois, une grotte factice, un petit lac artificiel et un lotissement de pavillons à toits rouges destinés à tromper l'ennemi.

Le frère aîné, le mécanicien, était aussi capable qu'un Bédouin dans le désert de déceler un accident de terrain ou les variations du paysage et, en amorçant la descente vers l'intersection où ils avaient bifurqué, il expliqua au responsable, par le truchement du consul, qu'en dépit de ses avatars, le détour avait été une bénédiction. En effet, outre le repos et la bonne chère, ils avaient échappé à la tempête qui les poursuivait et s'était déchaînée sur cet embranchement en leur absence, abattant des arbres et arrachant des panneaux, avant de s'évanouir dans la nature.

La dernière étape se déroulerait dans un décor de forêt et de cours d'eau que les deux chauffeurs ne connaissaient pas. Ils s'étaient renseignés auprès des soldats qui leur avaient même donné une carte d'état-major, et malgré tout, il était impossible de savoir si la fin du voyage se passerait dans les mêmes conditions que le début.

La nuit était limpide et il n'y avait pas à craindre l'obscurité, mais plutôt les multiples croisements, les bifurcations, les routes parallèles, les pancartes arrachées ou déviées par le vent. On ne pouvait s'attarder davantage – le détour n'avait que trop duré et ils s'étaient suffisamment reposés. Et puis si la grand-mère était déjà rentrée de sa retraite et avait appris l'arrivée du cortège funèbre, elle devait être informée des détails au plus vite.

Ils s'enfoncèrent au cœur de la nuit qui, à leur grande surprise, était très claire. La seconde partie du parcours ne ressemblait pas à la première. Il y avait de la circulation. De temps à autre, ils doublaient des camions particulièrement lents ou devaient céder le passage à une voiture qui filait comme un bolide. Ils étaient souvent freinés par un attelage de deux chevaux dont les rênes s'étaient emmêlées dans le timon, ou par une grosse vache, plantée au milieu de la chaussée. Une fois, ils furent bloqués par un blindé identique au leur – même modèle, voire même unité, avec d'énormes roues et une profusion de phares, – sauf qu'il avait été reconverti en maison ambulante et que la remorque était transformée en cuisine.

De loin en loin, la route traversait un village ou un bourg dont les habitants les accueillaient avec le sourire, leur indiquant aimablement la direction, parfois à l'aide d'un croquis. En apprenant que le cercueil venait de la lointaine Jérusalem et renfermait la dépouille d'une femme qui avait trouvé la mort dans un attentat suicide, à cause d'un conflit qui ne la concernait pas, et qu'on l'avait rapatriée pour l'ensevelir dans son village natal, ils manifestaient leur étonnement et leur admiration, et quelques-uns se découvraient et se signaient respectueusement, comme s'il s'agissait de la chasse d'une sainte.

Ces encouragements incitèrent l'aîné des pilotes à ajouter foi au conseil qu'on lui donna dans une station-service : il y avait un raccourci par la forêt qui leur permettrait d'arriver à l'aube au départ du bac. En effet, l'unique brise-glace capable de leur faire traverser le fleuve gelé s'interrompait au coucher du soleil, et les retardataires restaient à se morfondre sur la rive jusqu'au lendemain matin.

Il faisait encore nuit quand, se fiant au plan qu'on lui avait donné, l'aîné des frères, le navigateur taciturne, repéra le chemin qui devait les conduire à ce fameux raccourci. Après une brève hésitation, le blindé s'engagea dans une forêt dense où il n'y avait pas de route asphaltée, mais un large chemin jonché de branches et de brindilles qui crissaient sous les roues.

Les passagers, exténués, furent réveillés par un bruit différent et, dans la clarté laiteuse du petit matin, ils découvrirent une forêt pittoresque à la végétation luxuriante, enlacée aux branches des arbres qu'elle alourdissait, telles de longues barbes sales, dans un enchevêtrement inextricable formant un rideau verdâtre et morbide qui obstruait la vue. Les yeux rivés sur la carte, les deux pilotes s'évertuaient à ne pas transformer le raccourci en une interminable errance au cœur de l'imposante forêt qui les cernait de toutes parts. La large piste, apparemment si sûre au départ, se ramifiait tous les cent mètres en deux ou trois sentiers exigeant de prendre une décision rapide : à gauche ou à droite ?

Le cadet était au volant, son aîné assis à côté de lui, pâle et tendu. La carte dans une main et une boussole qu'il avait eu la bonne idée d'emporter dans l'autre, il indiquait en tremblant la direction à son frère. D'autant que, en naviguant à l'aide de la boussole et non à vue, ils ne distinguaient pas les ornières des chemins, et le cercueil bringuebalait dans tous les sens. Le blindé s'avérait aisé à manœuvrer. L'ingénieur qui en avait conçu la carrosserie, les énormes roues, les amortisseurs et les essieux, sans parler du moteur, avait vu grand. Cependant, l'affolement du frère aîné à l'idée de commettre une erreur fatale était communicatif et personne n'ouvrait la bouche.

Le plus dur était le mutisme du consul, lui qui aimait tant commenter chaque situation et servait de pont entre les étrangers et les autochtones. Torturé par la faim pour la première fois depuis qu'il avait récupéré ses forces, le responsable décida de respecter son silence. Il se redressa un peu pour attraper une pomme de terre rôtie où il mordit avec appétit, tourna la tête et fixa les lambeaux de végétation accrochés au cercueil de l'ex-employée qu'il s'était inconsidérément engagé à prendre sous son aile.

Plusieurs heures d'angoisse passèrent ainsi. Mais à midi, le soleil imperturbable qui brillait à travers les arbres révéla une échancrure dans le lointain vers laquelle le blindé fonça résolument.

Le conseil était donc judicieux, et le raccourci par la forêt utile et même indispensable, car sur la rive du fleuve gelé, devant le chenal pratiqué par l'étrave du brise-glace, se pressait une foule de gens, d'animaux, de voitures et de charrettes qui patientaient avant d'embarquer pour gagner l'autre rive où la même foule attendait de traverser en sens inverse.

C'était le fleuve dont lui avait parlé la consule et qui représentait à la fois un défi, un obstacle, une expérience. La glace immaculée semblait assez épaisse car beaucoup de monde s'y aventurait pour passer, s'amuser, ou juste pour essayer. Après avoir rangé son véhicule dans la file, l'aîné des frères eut du mal à cacher la joie que lui procurait cet heureux dénouement, là où le raccourci aurait pu déboucher sur une course sans but. C'était un homme réservé et timide qui répugnait à exprimer ses sentiments en public. Il s'écarta du groupe, posa le pied sur la glace et, parvenu au centre du fleuve, il s'éloigna rapidement jusqu'à devenir un point minuscule à l'horizon immaculé. Soudain, il s'agenouilla, comme ébloui, le front sur la glace, pour remercier avec effusion le soleil de l'avoir sauvé.

Dans la confusion générale, au milieu des véhicules, des carrioles, des chevaux, des vaches et des cochons, un petit marché animé aidait à passer le temps. Mais avec le bonnet rouge qu'il avait remis sur sa tête, le consul, craignant une nouvelle intoxication, avait défendu à ses compagnons de manger quoi que ce fut qu'il n'aurait préalablement goûté.

Le jour déclinait. Le fleuve n'était pas très large, mais la queue progressait lentement à cause des voitures et des marchandises que le bac chargeait et déchargeait à chaque voyage. Aux premières lueurs du couchant, quand il se confirma que le passage du cercueil serait remis au lendemain et que son escorte devrait passer la nuit sur la rive, le consul décida d'intervenir. Il appela l'adolescent et tous deux coupèrent la file d'attente pour tenter de gagner les sympathies en racontant l'histoire de la pauvre femme qui, tuée à Jérusalem dans une guerre qui la dépassait, retournait avec son fils auprès de sa vieille mère, désireuse de l'enterrer dans son village natal. Ce récit et l'émouvante beauté du jeune orphelin attendrirent la foule qui s'écarta devant le cercueil et le véhicule militaire qui le précédait.

C'est ainsi qu'ils purent prendre le dernier bac, dans une splendide lumière crépusculaire. Mais le responsable des ressources humaines choisit de franchir le fleuve à pied, malgré l'opposition du consul qui, depuis l'incident du marché, s'inquiétait pour un oui ou pour un non. Il pria même le photographe d'immortaliser la scène pour pouvoir la montrer à sa fille. Ne voulant pas être en reste, le journaliste l'accompagna. Tous deux avancèrent lentement de peur de trébucher ou de glisser devant le photographe, juché sur le cercueil pour les prendre sous le bon angle.

« Si la glace rompt maintenant, ricana le gros journaliste en entendant des craquements inquiétants sous ses pieds, il n'y aura plus personne à admirer ni d'article pour faire pleurer dans les chaumières, mais un simple entrefilet en dernière page sur deux aventuriers qui cherchaient des embrouilles.

– Ce serait peut-être mieux, répliqua le responsable d'une voix triste dont il fut le premier surpris, parce qu'après des éloges aussi dithyrambiques sur mon dévouement pour une morte que je ne connaissais même pas, aucune femme vivante ne voudra de moi.

– Au contraire, rétorqua le serpent en posant la main sur l'épaule de son héros pour abolir définitivement les distances. Vous verrez que votre dévouement pour cette étrangère plaira aux femmes. Vous n'aurez plus besoin de faire le tour des bars. C'est elles qui viendront vous chercher… Et moi aussi, qui sait, grâce à vous… »

10

Quand la triste nouvelle nous parvient de Jérusalem, ville que nous n'imaginions n'exister que dans les Saintes Écritures et non dans la réalité, nous ne cessons de nous poser des questions. Ô, Sainte Mère, donnez-nous la sagesse et le cœur de ne pas nous tromper.

Nous nous sommes hâtés d'envoyer une jeune fille au monastère pour ramener au plus vite la vieille femme chez elle, en lui faisant jurer de ne rien lui dire. Cinq jours et quatre nuits ont passé, et toujours rien. Il est vrai que la tempête a inondé les chemins et endommagé les ponts, mais nous avons allumé chaque nuit des feux autour du village pour qu'on le voie de loin.

Ô, que ferons-nous si la fille défunte arrive avant que sa mère ne puisse l'accueillir et la pleurer ? Devrons-nous la mettre en terre ou faudra-t-il attendre ? Et dans ce cas, où pourrons-nous la déposer pour ne pas lui manquer de respect ? Forcerons-nous la porte de la cabane où elle est née et qui l'a vue grandir pour l'étendre sur son lit ? Ou bien placerons-nous le cercueil dans l'église, au pied de l'autel, comme d'habitude ? Ô, Jésus crucifié et supplicié, comment prierons-nous devant un corps qui n'est ni une statue ni une effigie ? Quelle angoisse ! Nous sommes habitués à voir le visage d'un paysan mort de vieillesse ou d'un voisin, vaincu par la maladie, mais pas à ouvrir un cercueil venu de Jérusalem pour contempler les stigmates d'une martyre.

Qui dira l'oraison funèbre et qui fera son éloge ? Voilà des années qu'elle est partie et que nous ne savons rien d'elle. Nous n'avons gardé que le vague souvenir d'une jeune fille délicate et discrète accompagnant sa mère au marché, aux champs, au monastère ou à l'église, jusqu'à l'arrivée d'un homme qui en est tombé amoureux et l'a emmenée à la grande ville. Les premiers temps, sa mère allait au bout du monde pour la voir, elle nous racontait que sa fille était devenue ingénieure et avait un adorable petit garçon. Et puis, quand on a eu le téléphone, elle ne s'est plus déplacée. Se peut-il que la pauvre vieille ait su de quelle ville elle avait reçu le dernier coup de fil et qu'elle ne nous en ait rien dit ?

Voilà cinq nuits que nous ne pouvons trouver le repos. Et nous avons appris que le cercueil a traversé le fleuve gelé par le dernier bac, escorté d'un blindé militaire et d'une importante délégation. Et toujours aucune nouvelle de la mère. Que faire ? Qu'allons-nous dire à ceux qui ont ramené cette ingénieure, morte en simple ouvrière dans une guerre qui n'est pas la sienne ?

Ô, Sainte Mère, nos questions restent sans réponse.

Nous avons l'impression de rêver lorsque les gigantesques roues stoppent devant le feu. Nous espérons trouver le cercueil vide et que votre silence l'a miraculeusement ressuscitée en cours de route. Pendant une fraction de seconde, nous croyons la voir descendre l'échelle, aussi jeune et belle qu'autrefois, en compagnie de son escorte. En nous approchant, remplis de crainte et de joie, nous voyons que c'est lui, ce grand adolescent pâle qui a insisté pour enterrer sa mère dans son village natal, afin que sa grand-mère l'aide à changer la rage et le désespoir qu'il a au cœur en douleur et pitié.

La délégation qui l'accompagne est éminemment respectable. Un vieux blindé aussi immense nécessite deux pilotes, pas un seul ; le récit des faits et gestes de l'émissaire exige deux rédacteurs ; et il faut un consul spécial pour traduire les paroles de l'envoyé.

Au début, nous ignorions que le soldat blême, dans son vieil uniforme, un homme intègre et dévoué, est le chef de l'expédition. Et c'est quand il s'est mis à parler, par l'intermédiaire du consul, que nous avons compris que votre silence, Sainte Mère, n'en était pas un puisque vous nous avez envoyé cet émissaire pour nous donner toutes les réponses.

Et voici ce qu'il a dit :

« Villageois, ne vous inquiétez pas du temps qui passe. La dépouille de votre compatriote a été préparée et momifiée à la morgue, telle une princesse égyptienne. Il n'y a donc aucune urgence à l'enterrer. On attendra le temps qu'il faudra que sa mère revienne pour lui dire adieu.

« Et si vous hésitez à la déposer sur son lit ou à l'église et craignez de prier devant un corps qui n'est ni une statue ni une effigie, il n'y a qu'à l'installer dans l'école qu'elle fréquentait quand elle était petite, parce que c'est là que tout le monde attend sa maman.

« Concernant l'oraison funèbre, sachez que votre fille est restée pure et préservée, comme un ange endormi, et que vous pourrez ouvrir le cercueil sans inquiétude.

« Quant à moi, je ne suis pas un simple messager qui passe en coup de vent, mais le directeur des ressources humaines et, comme mon devoir l'exige, j'attendrai que la dernière motte de terre soit jetée sur la sépulture de mon employée avant de retourner dans cette ville qui, pour moi, est on ne peut plus terrestre. »

11

D'abord réticents à l'idée d'entreposer le cercueil dans l'école, les habitants comprirent, à la réflexion, que le raisonnement se tenait, également sur un plan affectif. De toute façon, il fallait bien loger la délégation quelque part et l'on décida donc de fermer l'école pendant un jour ou deux plutôt que d'abandonner le cercueil sur la place du village.

On détacha les cordes, on déchargea le cercueil et on le transporta dans la salle des professeurs que l'on verrouilla. Les bancs et les tables furent empilés dans les classes, on répandit de la paille fraîche sur le sol, on alla chercher des matelas, des couvertures et des oreillers et, en moins de temps qu'il ne faut pour le dire, l'escorte se retira dans la petite école et le silence retomba. Une poignée d'hommes et de femmes resta près du feu mourant pour accueillir la voyageuse qui commençait peut-être à soupçonner ce qui l'attendait.

Mais la jeune fille avait su trouver des prétextes pour accélérer le retour de la vieille femme sans lui mettre la puce à l'oreille. Son pèlerinage au monastère, les prières et les bénédictions du Nouvel An l'avaient rendue si euphorique qu'elle avait décidé de garder son habit noir et son capuchon. Et quand, à l'aube, on vint chercher le responsable, le consul et, bien sûr, le petit-fils, ils furent très embarrassés de devoir apprendre la triste nouvelle à un moine, un petit vieux rondouillard au regard bienveillant et à la voix douce.

Les villageois n'avaient rien osé lui dire et lui avaient dépêché le messager pour qu'il confirme qu'une grande entreprise et la ville de Jérusalem assumaient la mort cruelle de sa fille. Mais d'abord, ils firent avancer son petit-fils qu'elle reconnut aussitôt, bien que ne l'ayant pas vu depuis des années, et elle saisit que quelque chose de grave avait dû se produire pour qu'on l'ait fait venir de si loin. D'effroi, elle rabattit sa capuche et dévoila les traits originels de ce beau visage.

Le garçon, terrorisé, qui se repentait d'avoir eu cette initiative, bredouilla l'histoire de la tuerie du marché en désignant l'école où attendait la dépouille de sa mère. La vieille comprit à demi-mot. Elle était bouleversée et furieuse qu'on ait inutilement traîné sa fille dans un si long voyage, alors qu'on aurait pu l'enterrer dans la ville où elle avait choisi de vivre, à Jérusalem qui ne lui appartenait pas moins qu'à tout le monde.

« Elle lui appartient ? chuchota le responsable au consul qui traduisait fidèlement. En quel sens ?

– En aucun sens », coupa le consul avec une brusquerie dont il n'était pas coutumier. Et sans lui demander son avis, il affirma à la vieille dame que c'était inenvisageable.

Mais, intuitive comme un animal blessé, elle avait compris que le chef de l'expédition n'était pas le vieil homme aux boucles gris acier, mais le plus jeune, le soldat au visage souffrant et aux yeux las. Et tout le monde eut le cœur serré quand elle s'agenouilla devant lui en le suppliant de ramener le corps de sa fille dans la cité où elle avait trouvé la mort pour l'y enterrer. De sorte qu'elle aurait le droit d'y habiter elle aussi.

Le petit-fils n'en revenait pas. Il se pencha vers sa grand-mère et essaya de la relever, mais elle le repoussa avec force et, terrassée par la douleur et le chagrin, elle s'affaissa et faillit se retrouver dans les braises incandescentes. On courut la relever et on la soutint pour la ramener chez elle – on aurait dit qu'elle planait dans les airs.

Le responsable était profondément attristé par la tournure des événements. Ce voyage, entrepris avec les meilleures intentions du monde, était un fiasco. Il pria le consul de l'accompagner chez la vieille mère pour lui expliquer que ce n'était pas de sa faute. Mais l'ex-agriculteur refusa avec une violence dont il ne l'aurait jamais cru capable.

« Arrêtez de nous rebattre les oreilles de votre culpabilité ! Ça va trop loin. Ce n'est pas parce que vous êtes subjugué par cette agente de nettoyage que cela vous donne le droit d'empoisonner tout le monde. »

Le responsable en resta muet de stupeur. Ravalant son humiliation, il le suivit dans la classe transformée en dortoir.

Le journaliste et le photographe étaient pelotonnés sous les couvertures, au pied des tables et des chaises, non loin du tableau. Ils ont encore raté la véritable douleur, songea le responsable, comme d'habitude, mais en se réveillant, ils trouveront le moyen d'en inventer une qui leur convienne. Non sans rancœur, il regarda le consul arranger les couvertures et se préparer à se rendormir. Vous oubliez que je vous paie pour me servir d'interprète, faillit-il lui dire. Mais il se contint, s'empara de la valise de cuir et sortit.

L'aube était encore loin dans cette contrée septentrionale. À présent que la funèbre nouvelle était connue, les villageois avaient éteint le feu et étaient allés se coucher jusqu'au matin, quand ils se réveilleraient pour orner l'église en vue de la cérémonie. Il se retrouva sur les sentiers enneigés, au milieu des isbas obscures, et pour la première fois depuis qu'il avait entrepris cette mission, il éprouva une solitude oppressante. Il continua à marcher, certain de trouver la maisonnette de la vieille à qui il voulait dire que, contrairement aux autres, sa demande ne l'avait pas du tout surpris.

Il devina qu'il était arrivé grâce à la lumière filtrant par les fenêtres et se souvint de la petite cabane de Julia

Ragaïev, dans la cour de Nahalat Ahim. À travers la vitre embuée, il constata que la vieille n'était pas seule, mais entourée de ses amies et de son petit-fils. Et bien que n'ayant aucun moyen de se faire comprendre, puisque le consul refusait de collaborer, il entra lui remettre la valise en silence, comme s'il était un proche parent.

12

À midi, accompagné du consul et des deux chauffeurs, il se joignit au cortège des habitants du village et des villages voisins qui défilaient devant le cercueil ouvert, avant le service funèbre. Brusquement, il recula. Si je l'ai vue en rêve, prostrée, si vivante que j'ai presque failli l'aimer, pourquoi devrais-je contempler le visage d'un cadavre ?

Il fit signe au consul et aux deux frères de passer devant. Le journaliste et le photographe, déjà arrivés sur les lieux, occupaient une position stratégique. Même s'il découvrait que c'était interdit, le photographe profiterait d'un moment d'inattention pour prendre, sans flash, un cliché qui serait publié dans le journal en regard de la rubrique des petites annonces d'appartements ou de voitures d'occasion. Un professionnel aussi déterminé et malin que lui n'avait pas fait un si long voyage pour renoncer au beau visage de la morte, la véritable héroïne de l'histoire.

Les derniers fidèles s'engouffrèrent dans la petite église, mais au lieu de franchir à son tour la grande porte de bois, le responsable quitta le parvis et emprunta l'étroit sentier qui menait à un petit cimetière de campagne, clos par un haut mur de glace qui lui parut être le bout du monde.

Silence. Il erra entre les tombes, les anciennes et les plus récentes, pour voir si l'on avait creusé la fosse de la nouvelle arrivante, mais il n'en vit nulle trace. La vieille mère était sans doute toujours aussi décidée à réexpédier le cercueil de sa fille à Jérusalem et les villageois, qui la craignaient, allaient probablement l'enterrer en cachette, à la faveur de la nuit. Les répons de l'assistance, entrecoupés d'un gémissement assourdi, montaient de l'église. Puis s'éleva la voix grave du pope qui commença par faire un discours avant d'entonner un hymne lent, monocorde, pareil à un thrène antique. Il ne chantait pas seul. L'assemblée reprit la complainte étouffée, monotone, qui fendit le cœur du responsable. Il savait que la place d'honneur lui était réservée et il aurait voulu exprimer sa douleur, comme les autres; mais il s'obstina à rester dehors pour ne pas risquer de la regarder, même de loin.

« L'heure des adieux a sonné », murmura-t-il en écrasant une larme gelée, imprévisible. Mais alors qu'il faisait les cent pas le long du mur de glace, qu'il effleura avec précaution, la requête de la vieille mère ne cessait de le tourmenter. Et si nous nous trompions ? Peut-être sommes-nous allés trop vite en besogne. Une femme comme elle, une ingénieure, n'est pas allée à Jérusalem pour chercher du travail, mais parce qu'elle croyait trouver dans cette ville décrépite quelque chose qui lui appartenait à elle aussi. Quand ce Juif, qui l'avait entraînée avec lui, s'était dégonflé et était reparti, elle avait tenu bon. Et si le contremaître ne l'avait pas licenciée pour se protéger, elle figurerait encore sur les listes du personnel.

Ses pensées tourbillonnaient dans sa tête, et il ne savait plus s'il tremblait de froid ou d'excitation. Ici, il était midi, donc dix heures du matin à Jérusalem.

Il sortit le portable de sa poche et appela le patron de l'usine.

La secrétaire du vieux fut bouleversée de l'entendre. Depuis qu'il était parti en mission, elle n'avait cessé de penser à lui. Était-il déjà arrivé ? Ou sur le chemin du retour ? Tout le monde se demandait quand il reviendrait.

« Bientôt, répondit-il doucement, encore surpris par la netteté de la liaison. Mais avant, je dois parler au vieux.

– Avez-vous oublié que nous sommes mercredi ? C'est le jour de sa visite hebdomadaire à la boulangerie.

– Alors passez-le-moi là-bas.

– Vous ne préférez pas attendre qu'il revienne ?

– Non, je n'ai pas le temps, il y a des décisions à prendre. »

Elle transféra la communication et, quand le vieux décrocha, sa voix éraillée avait du mal à dominer le ronflement des fours et le cliquetis de la chaîne de fabrication.

« Monsieur, j'ai quelque chose d'urgent à vous dire.

– Oh, mon cher, j'espérais votre coup de fil. Mais je suis occupé avec les contremaîtres. Pouvez-vous me rappeler plus tard ?

– Non.

– Il y a du bruit, ça risque de nous gêner.

– Je sais, mais ça ne me dérange pas parce qu'ici règne un silence absolu. Je suis près d'un mur de glace, derrière, il n'y a rien. Le bout du monde, quoi ! Et je trouve réconfortant que l'usine continue à tourner sans moi. Mais ça va peut-être vous empêcher de m'entendre ?

– Non, mon jeune ami, ne vous inquiétez pas pour moi. Je suis habitué à ce vacarme depuis tout bébé, quand je rampais dans les jambes de mes parents. Un peu comme un pêcheur accoutumé au mugissement de la mer.

– Bon, dans ce cas, allons-y. La situation est un peu compliquée et demande réflexion. La grand-mère, la mère de la défunte, est rentrée ce matin, et figurez-vous qu'elle a insisté pour ouvrir le cercueil et reconnaître sa fille.

– Je m'en doutais et j'aurais dû vous prévenir que ça vous pendait au nez.

– Mais je n'ai rien vu et je ne verrai rien. Je n'en ai pas besoin. Cette femme a fini par faire partie de moi au point que j'ai rêvé d'elle, vous vous rendez compte !

– Comme vous voulez, cher ami. Je me fie à votre bon sens. L'enterrement a-t-il eu lieu ? En a-t-on fini avec cette histoire ?

– Le problème est là. C'est le point sensible, le cha-grin, mais on n'en a pas encore fini. Vos doutes étaient fondés. Parce que la fin n'en est pas une. La vieille refuse d'ensevelir sa fille au village. Elle est furieuse qu'on l'ait trimballée jusqu'ici au lieu de l'enterrer dans la ville qui lui appartient à elle aussi.

– Elle lui appartient ? À quel titre ?

– Bonne question. Il faut y réfléchir ensemble.

– Mais c'est qui cette mère, par tous les diables ?

– Elle a plus ou moins votre âge. C'est une vieille femme autoritaire et dynamique, comme vous. Ce matin, elle est rentrée de son pèlerinage et c'était un bien beau spectacle, croyez-moi.

– Parfait. Que puis-je faire pour vous ?

– Je voudrais que vous me donniez l'autorisation de ramener notre employée à Jérusalem.

– La ramener à Jérusalem ? Est-ce possible ?

– Bien sûr que c'est possible. Il n'y a pas d'autre solution.

– Pardonnez-moi, mais ce n'est plus de notre compétence. C'est du ressort de l'État et des services sociaux de son pays.

– Mais l'État a déjà rempli son rôle dans cette histoire. Et même si nous le forcions à s'en mêler de nouveau, il ne pourrait se charger de faire revenir une résidente temporaire qui croyait en Jérusalem plus que cette ville ne croit en elle-même. Mais nous, je veux dire vous, le patron d'une usine florissante, et moi, votre fidèle émissaire, nous avons beau être des citoyens privés, nous sommes entreprenants et visionnaires…

– Vous avez perdu la tête ?

– Non, monsieur, absolument pas. Pour faire perdre la tête à un employé zélé comme moi, il faudrait une tempête. Mais ici, tout est calme. Il n'y a qu'un mur de glace et un ciel serein.

– Je n'y comprends rien. C'est peut-être le bruit qui m'embrouille. Tâchez d'être plus clair, s'il vous plaît. Vous voulez retourner à Jérusalem avec le cercueil ? Mais comment ?

– Comment ? Le blindé peut faire demi-tour avec la remorque, il connaît le trajet. Et l'avion qui nous a transportés peut rebrousser chemin lui aussi. Et si vous voulez savoir combien de temps il lui reste, je veux parler de la morte dans son cercueil, on nous a garanti que nous en avons à revendre.

– Et si je ne vous donne pas la permission, que ferez-vous ?

– Je la ramènerai à mes frais. Je ne suis pas riche, mais je ne suis pas pauvre non plus. Et en tant que responsable des ressources humaines, je peux même obtenir un prêt de l'usine. Mais que faites-vous de votre précieuse humanité, monsieur ? Elle ne sera pas parfaite. Que va écrire le serpent ? Que vous vous êtes rétracté au dernier moment ?

– C'est une menace ?

– Une menace ? Oh, non ! Je suis votre serviteur. Mais il est impossible qu'avec votre expérience et votre intelligence, vous n'ayez pas envisagé que ce voyage pouvait se conclure de manière à ranimer cette ville qui, ces derniers temps, commençait à nous désespérer.

– La ranimer, curieux homme, et comment ? Avec une nouvelle tombe ?

– Avec une nouvelle tombe, une vieille mère et un bel adolescent.

– Parce que vous voulez les faire venir eux aussi ?

– Pourquoi pas ? Ils en ont le droit.

– Le droit ? Quel droit ? (Le cri d'angoisse du patron couvrit le fracas des machines.) De quel droit voulez-vous parler ? Ça n'a pas de sens.

– Le sens, monsieur, c'est à nous de le trouver. Et, comme toujours, je vous aiderai. »

Haïfa, 2002-2003.

Table

Avraham B. Yehoshua
dans Le Livre de Poche

Israël, un examen moral   n° 4406

Voici trois textes écrits par Avraham B. Yehoshua sur des questions en apparence différentes : le premier, « Pour une explication structurelle de l'antisémitisme », propose de rechercher une racine commune, à travers les temps, à la haine des Juifs, et suggère que l'interrogation éternelle des Juifs sur leur identité – et la peur qu'elle suscite chez les autres – est peut-être une des racines de l'antisémitisme. Le deuxième, « Entre mon droit et le tien », pose la question du droit sur la terre d'Israël. Le troisième s'interroge : « La révolution sioniste a-t-elle un avenir ? » Mais ces textes ont en commun un point essentiel : ils rappellent aux Juifs et à Israël la nécessité d'un examen moral. Un examen, au sens cartésien du terme : ce n'est qu'au prix de ce questionnement moral qu'Israël pourra répondre aux défis qui se posent à lui.

La Mariée libérée   n° 30396

Yohanan Rivline, orientaliste de renom et membre du département d'études moyen-orientales de l'université de Haïfa, est convaincu que le divorce de son fils Ofer cache un secret. Il y a plus de cinq ans que sa femme Galia l'a répudié, après à peine douze mois de mariage, et Ofer n'a toujours pas surmonté son chagrin. Pourquoi le jeune homme tient-il encore autant à elle ? Quelles sont donc les causes de toutes ses souffrances ? Ignorant le calme et la sagesse de son épouse Haguit, Rivline est incapable de supporter la douleur de son fils. Et quand il apprend la mort soudaine du père de Galia, il en profite pour reprendre contact avec la famille de son ex-belle-fille. Commencent alors visites et enquêtes dans la propriété du défunt, un hôtel à Jérusalem, où la sœur de Galia, la sombre Tehila, a repris les choses en main. Mais Yohanan Rivline ne réussira pas à résoudre seul le mystère. Ce sont les Arabes, craints mais respectés, qui vont lui venir en aide. Il rencontre Rashed, le chauffeur-messager, et Fouad, le majordome-poète, qui s'efforceront de rendre justice au malheureux Ofer. En nous guidant au cœur de l'histoire d'une famille, A. B. Yehoshua explore les désirs, les sentiments profonds et les secrets des âmes. *La Mariée libérée* est aussi une saisissante allégorie du destin de deux peuples, et confirme encore une fois la maîtrise narrative et poétique de l'auteur, un des romanciers majeurs de la littérature mondiale.

Voyage vers l'an mil   n° 15611

Nous sommes en l'an 999 : la « sauvage et lointaine Europe » est plongée dans l'attente de l'an mil où, peut-être, le fils de Dieu reviendra sur terre. À Tanger, l'opulent négociant juif Ben-Attar s'embarque pour une aventureuse expédition avec ses deux épouses, son associé musulman et un rabbin. La nef du Maghrébin traverse l'océan et le mène, par la Seine, à une petite ville nommée Paris. Le but de ce périple : faire comparaître son bien-aimé neveu Aboulafia devant la cour de justice juive pour régler le litige qui les a séparés. Dame Esther-Mina, devenue l'épouse d'Aboulafia, a en effet exigé de lui qu'il rompe sa fructueuse association commerciale avec Ben-Attar, tant elle ressent de répulsion à l'égard de la bigamie de l'oncle. Le jugement rendu à Paris ne satisfait pas les parties : voici que la caravane entreprend un long périple, par voie de terre, jusqu'à Worms, où siège un second tribunal. Lorsqu'ils reviendront sur leurs pas – de Worms à Paris, puis de Paris à Tanger –, les Juifs du Sud seront aussi profondément transformés que l'ont été, à leur contact, ceux du Nord qu'ils laissent derrière eux. *Voyage vers l'an mil* est à la fois un roman d'aventures coloré, drôle et sensuel, qui peut être lu comme une parodie de récit picaresque; un roman d'initiation, qui explore la vie émotionnelle et les possibilités de rapports différents entre hommes et femmes, non exclusifs; un roman ambitieux à la symbolique complexe, bien documenté, et qui met en lumière la double ascendance culturelle du judaïsme.

Composition réalisée par Asiatype

Achevé d'imprimer en mars 2008, en France sur Presse Offset par
Maury-Imprimeur - 45330 Malesherbes
N° d'imprimeur : 136271
Dépôt légal 1ʳᵉ publication : mai 2007
Édition 03 - mars 2008
LIBRAIRIE GÉNÉRALE FRANÇAISE - 31, rue de Fleurus -75278 Paris Cedex 06

31/1750/4